영웅의 서

EIYU NO SHO
by MIYABE Miyuki

Copyright © 2009 MIYABE Miyuki

All rights reserved.
Originally published in Japan by MAINICHI NEWSPAPERS CO., LTD., Tokyo.
Korean translation rights arranged with OSAWA OFFICE, Japan
through THE SAKAI AGENCY and SHINWON AGENCY CO.

이 책의 한국어판 저작권은 SHINWON AGENCY를 통해
저작권자와 독점 계약한 (주)문학동네에 있습니다.
저작권법에 의해 한국 내에서 보호를 받는 저작물이므로
무단 전재와 무단 복제를 금합니다.

이 도서의 국립중앙도서관 출판예정도서목록(CIP)은
서지정보유통지원시스템 홈페이지(http://seoji.nl.go.kr)와
국가자료공동목록시스템(http://www.nl.go.kr/kolisnet)에서 이용하실 수 있습니다.
(CIP제어번호: CIP2010003959)

영웅의 서

{1}

미야베 미유키 장편소설

김은모 옮김

문학동네

'학아자사學我者死'
— 나를 배우는 자는 죽으리라

'염원의 노래' 혹은
'황의黃衣를 입은 왕의 불길한 노래'

천지의 경계조차 확인하기 어렵게 하는, 이 청회색 구름과 안개. 흘러가고 흘러들어 한데 뒤섞이며 무겁게 깔리어, 수의와도 닮은 차가움과 침울함으로 모든 것을 감싼다.

이 땅—옛 시대부터 여기에 있고, 아득히 먼 미래에도 여기에 계속 존재할지니.

한없이 무無에 가까운 정적만을 통치자로 삼아, 시간의 흐름이라는 은총에게 버림받고 그 멍에에서도 해방되어 있도다.

나라가 아니며 마을도 아니다. 여기 있는 자들은 그저 '이 땅'이라 부른다. 여기를 방문할 운명에 처한 자들은 웅변이라는 침묵 속에서 이 땅의 진짜 호칭을 이렇게 읽는다.

'이름 없는 땅'이라고.

어떤 뜻밖의 인연과 마주쳐 지금 이 문장을 보게 된 선량한 사람들이여. 경계하여 약속을 어기지 말지어다.

이름 없는 땅의 이야기를 남에게 묻지 말라.

이름 없는 땅의 말을 그 입술에 담지 말라.

이름 없는 땅에 붙잡힌 자를 인간으로 대우하지 말라.

앞으로 잠시 시간을 들여 할 이야기는 두 어린아이와 한 승려, 혼 없는 한 유랑자가 펼치는 불길한 생명의 이야기이다.

우리 '자아내는 자'는 영원한 시간의 흐름 속에서 몇 번이나 이 불길한 생명의 모습을 훔쳐보았다. 우리는 그것을 기록했고, 그것을 입으로 전했고, 그것을 몹시 두려워하면서도 또한 몹시 기다리고 바랐기에, 그 불길한 생명이 그려내는 암흑의 빛을 세계에서 다른 세계로, 시대에서 다른 시대로, 오래된 신으로부터 새로운 신에게로 전해왔다.

우리는 죄업을 진 자이다.

마찬가지로 모든 이야기는 자아내는 자의 죄업이나 다름없다.

선량한 사람들이여, 당신의 꿈에 평온 있으라. 우리 자아내는 자가 발들이기를 허락받지 못한 낙원의 땅에, 당신이 쉴 집의 불은 켜지리니.

그 불빛 아래서 그 불길한 생명의 방문을 갈망하지 말라.

그 불빛을 끄고 창가에서 귀를 기울이며 그 불길한 생명의 목소리를 기다리지 말라.

그리하면 당신의 길 앞에 이름 없는 땅은 없을지니, 이 이야기는 혼이 실리지 않은 말이 모인 곳에 머물러 당신의 걸음을 막지 않으리라.

이 불길한 생명의 이름을 '영웅'이라 한다.

때때로 '황의를 입은 왕'이라 일컫는 자이다.

프롤로그

파옥 破獄

'쪼갠 보리 언덕'으로 이어지는 긴 언덕길 중턱까지 올라갔을
쯤에 젊은이는 종소리를 들었다.

그는 멈춰 서서 고개를 든다. 소리는 싸늘하게 낀 청회색 안개
깊숙한 곳에서 안개의 두꺼운 옷을 수월하게 빠져나와 선명하게
울려퍼진다. 발치에 진동이 전해진다—

대종루大鐘樓 제1의 종이 울리는 소리다.

젊은이는 꼼짝도 않고 서 있었다. 이제부터 어떻게 해야 좋을
지 알 수 없었다. 제1의 종소리가 의미하는 바를 그는 잘 알고
있었지만, 실제로 그 소리를 듣는 것은 그의 생애 처음이기 때문
이다.

언덕 위까지 가면 울력을 하고 있을 동문들도 '죄업의 대륜大
輪'을 미는 손을 멈추고 그와 마찬가지로 가만히 서 있을 터이

다. 발을 바삐 움직여 그 안에 섞여드는 게 나으리라. 무어라 표현할 수 없는 불안과 함께 여기서 얼어붙어 있는 것보다는 훨씬.

하지만.

여기 있는 것은 불안뿐일까. 젊은이는 검은 옷에 감싸인 자기 가슴에 손바닥을 댔다.

그들 '무명승無名僧'은 그 호칭에서도 알 수 있듯 이름을 가지지 않는다. 아니, 개개의 존재로 인정받지도 못한다. 이 땅― '이름 없는 땅'의 분신이자 한 조각이며, 그 의지를 구현하기 위해 만들어진 하찮은 부품에 지나지 않는다.

혼은 없다.

그래도, 아니 오히려 그렇기 때문에, 시간의 멍에에서 해방된 이 땅의 영겁 속에서, 본래는 혼이 있어야 할 그릇에 깃드는 다른 무언가가 생겨난다. 일찍이 이 땅을 방문한 다른 세계의 내방자들― 별이나 나라라고도 불리는, 이름과 색채를 지닌 생명 있는 곳에서 찾아온 자들은 무명승 안에 깃드는 그것을 다양한 명칭으로 불러왔다. 그것은 감정이다. 그것은 마음이다. 또는 그것이야말로 인간다움이라는 것이다, 라고.

어쨌건 그것은 지금 젊은이가 손바닥을 대고 있는 곳 어딘가에 깃든다고 한다.

이 땅에는 시간이 없다. 시간이 없으면 일상은 형성되지 않는다. 무명승에게는 언덕 위의 울력과 되풀이되는 '만서전万書殿'의

경비뿐. 휴식은 없지만, 피로도 없다. 이 땅에서 예상치 못한 움직임을 보이는 것을 꼽으라면 오직 구름과 안개의 흐름뿐이다.

그것에 지루함을 느끼지 않느냐고 한 방문자가 물은 적이 있다.

지루함이란?

싫증난다는 뜻이다. 진절머리 난다는 뜻이다.

똑같은 일을 되풀이하면 누구나 그렇게 된다.

무명승은 '누구'가 아니다. '누구'도 아니다. 그래서 싫증나는 일도 없다—

그랬을 터인데.

젊은이는 얇은 검은 옷 아래의 여윈 몸 깊은 곳에서 떨림이 치밀어오르는 것을 느끼고 있었다. 분명 그는 싫증을 몰랐다. 하지만 바로 지금, 그것과 완전히 반대되는 감정이 여기 있다.

역逆이 있으면 참도 있다.

젊은이는 몸 어딘가에서—원래라면 혼이 깃들어야 할 텅 빈 그릇 속에서, 자신이 제1의 종소리를 기다리고 있다는 사실을 깨달았다.

사건이 일어난다. 사건이 움직인다.

머지않아 새로운 방문자가 이 땅에 발을 들이리라.

나는 그 사실을 기뻐하고 있다.

젊은이는 가슴에 댄 손바닥으로 주먹을 꽉 쥐었다. 눈을 감자 몸의 떨림이 한층 강하게 느껴진다.

제1의 종은 계속 울리고 있다. 젊은이의 파르라니 깎은 머리에 닿은 안개가 작은 물방울이 되어 이윽고 관자놀이를 타고 흘러 떨어진다. 크게 내뱉는 숨이 하얗다. 벗은 발가락 끝에는 언덕으로 이어지는 길의 흙이 잔뜩 묻어 있다.

얼마 안 있어 안개의 흐름을 타고 희미하게 염원의 노래가 들려왔다. 젊은이는 눈을 뜨고 언덕 정상을 올려다보았다. 아직 아무것도 보이지 않는다. 염원의 노래는 움직이는 안개 속에서 들려온다. 아아, 동문들이다.

시선을 집중하자 곧, 안개 속을 어지러이 날아다니는 정령처럼 그들이 쳐든 횃불 불빛이 불안하게 상하좌우로 두둥실 떠돌며 다가오는 모습이 보였다.

무명승들의 무리가 내려온다. 젊은이 그 자체이고, 젊은이의 일부이며, 젊은이도 그 일부다. 검은 옷을 입은 승려들.

똑같이 파르라니 깎은 머리. 똑같은 맨발. 똑같은 목소리. 똑같은 얼굴. 헤아릴 수 없을 정도로 많으면서 하나뿐이다.

젊은이는 가까스로 주먹을 풀더니, 노래를 따라부르며 발걸음을 옮겨 동문들 사이로 섞여들었다.

그들이자 나인 동문들. 그러나 젊은이는 동문들이 부르는 염원의 노래 속에 존재하지 않는 것을 마음속에 감추고 있다.

언덕을 내려갈수록 제1의 종소리가 점점 더 낭랑하고 힘차게

울려퍼진다. 노래는 안개에 삼켜지고, 만서전 꼭대기가 안개의
베일 너머로 모습을 드러낸다. 젊은이는 무리 맨 뒤까지 물러나
다시 발을 멈추고 숨도 멈추었다.

　안개를 우러러보며 그는 중얼거렸다.

　─그것이 감옥을 부수었다.

　싸움이 시작된다.

1장

부서져버린 소중한 것

누구나 졸음의 유혹에 빠지는 따뜻한 봄날 오후였다. 5교시 수업. 연필을 쥐고 눈은 똑바로 뜨고 있지만 머리는 잠들어 있다. 급식을 먹고서 배가 잔뜩 부른데다, 원래도 딱 질색인 과학 시간이다.

"유리, 유~리."

옆자리의 가나가 작은 소리로 부른다. 지우개 조각이 날아오더니 책상 위에서 탁 하고 튀었다.

"머리가 흔들려! 들킬라."

모리사키 유리코는 깜짝 놀라 잠에서 깼다. 다행히 가타야마 선생님은 칠판에 한창 글을 적는 중이라서 이쪽에 등을 돌리고 있다. 유리코는 부리나케 눈을 비볐다.

가나가 손으로 입을 막고 웃고 있다. 유리코도 겸연쩍은 웃음을 지었다. 둘의 자리는 교실의 딱 한중간이다. 빙 둘러보니 스물다섯 명의 반 친구 중 절반 정도는 졸고 있든가 졸기 시작한 것 같았다.

유리코는 칠판 위의 시계를 보았다. 수업이 끝나기까지 앞으로 이십 분 남았다. 어떻게든 깨어 있어야 한다. 펼쳐둔 공책을 보니 위에서 셋째 줄부터 글씨가 엉망진창이었다. 그 부근에서 꿈나라로 날아가버렸으리라.

"가나, 나중에 공책 보여줘."

이렇게 속삭였을 때, 마침 가타야마 선생님이 뒤돌아보았다. 안경테를 손가락으로 추켜올리며 유리코 위에서 시선을 멈춘다.

"모리사키."

지적당했다. 가나가 재빠르게 아래를 보고 연필을 움직이기 시작했다.

"잡담은 금지야."

"예, 선생님."

유리코는 목을 움츠렸다. 하지만 선생님, 주변에 자고 있는 아이들은요? 깨어 있는 것만으로도 저는 훨씬 낫다고 생각하는데요.

그런 변명과 반항심이 얼굴에 드러났으리라. 가타야마 선생님은 분필을 놓더니 하얘진 손끝을 탁탁 털고 한 손을 허리에 얹었다.

"우리 반은 저번 주 과학 시험 평균 점수가 구내 5학년 중에서 제일 낮았어. 좋아하고 싫어하는 과목이 있는 건 어느 정도 어쩔 수 없는 일이니, 선생님도 모두 다 백점을 받으라는 말은 하지 않겠어, 하지만 말이야—"

설교 때문에 졸음에서 깨어나는 반 친구들이 드문드문 보인다. 유리코는 괴발개발인 공책 글씨를 암호를 해독하듯 더듬어 나아가기 시작했다.

그때 누군가가 교실 앞문을 가볍게 두드렸다. 가타야마 선생님이 화를 내려다 만 얼굴로 교단에서 내려갔다.

유리코는 계속 암호 해독에 애쓰고 있었기 때문에 어떤 이야기가 오고 갔는지 모른다. 쾅, 하고 문을 닫는 소리가 크게 울려 퍼져 고개를 들자 가타야마 선생님이 이쪽을 보고 있었다.

아니, 그냥 이쪽이 아니다. 정확히는 유리코를 보고 있었다. 안경 렌즈에 빛이 비쳐서 선생님의 눈동자는 보이지 않는다.

"……모리사키."

교단으로 돌아가지 않고 문 옆에 우두커니 선 선생님이, 음정이 약간 어긋난 목소리로 말한다.

"바로 돌아갈 준비를 하렴."

교실의 아이들 모두(깨어 있는 학생은 전부)가 한꺼번에 유리코를 주목했다. 시선이 제각기 얼굴에 와 닿는 것을 느낄 수 있을 정도였다. 유리코는 그런 경험이 별로 없다. 눈에 띄지 않고 재미없는 학생이라서가 아니라, 무난하고 두드러지지 않은 학생이기 때문이다.

"저기, 그러니까."

선생님의 말이 무슨 의미인지 알 수 없어서 유리코는 주위를 둘러보았다. 누군가 가르쳐주지 않을까. 선생님이 지금 뭐라고 한 거야?

그러자 가타야마 선생님은 갑자기 태엽이 감긴 것처럼 움직이기 시작했다. 책상 사이를 지나 유리코에게 다가온다. 움직임이 부자연스럽고 이상하다.

유리코의 책상 옆에서 발을 멈추더니 한 손을 책상에, 한 손을 유리코의 어깨에 얹었다.

"집에 급한 일이 생겨서 어머니가 전화하셨어. 바로 돌아가렴."

그저 열심히 이쪽을 살피기만 하던 반 친구들이 웅성대기 시작했다. 상고喪故래, 상고, 하는 말이 유리코의 귀에 들어왔다. 상고가 뭔데? 누가 죽었단 뜻이야.

가나만 불안한 듯 유리코를 쳐다보고 있다. 하지만 선생님이 교실 뒤에 늘어선 사물함으로 다가가려 하자 유리코보다 먼저 말을 꺼냈다.

"선생님, 제가 도울게요!"

금방이라도 유리코의 사물함을 열려던 가타야마 선생님이 가나의 목소리에 뒤돌아보았다. 앞자리의 사토도 의자에서 일어나 유리코 곁으로 다가왔다. 그밖에도 몇몇이 일어서려 하자 선생님이 교단으로 돌아가며 큰 소리로 외쳤다.

"모두 앉거라! 앉아!" 여전히 어긋난 음정이다.

가나가 가져다준 책가방에 교과서와 공책을 집어넣으며 유리코는 얼굴이 빨개지는 것을 느꼈다. 그런데 수런대는 가슴은 차갑게 식어갔다.

가방을 끌어안고 복도로 나가자 가타야마 선생님이 같이 따라왔다. 더욱 놀랍게도 그곳에는 학년 주임인 기우치 선생님이 서 있었다. 선생님은 유리코를 보자 급히 표정을 누그러뜨렸다.

"준비 다 했구나. 그럼 가자."

선생님의 손이 유리코의 등에 닿았다. 기우치 선생님은 유리코의 할머니쯤 되는 나이로, 뚱뚱한 몸집에 땀을 많이 흘린다. 지금도 등에 닿은 손에서 뜨끈한 체온이 전해져왔다.

"잘 부탁드립니다."

가타야마 선생님이 머리를 숙이며 배웅한다. 유리코가 복도를 꺾어들 때까지 그 자리에 그대로 서 있었다.

"기우치 선생님, 저희 집에 무슨 일이 있나요?"

걸으면서 물었다. 기우치 선생님은 발치를 보며 걷고 있다. 발걸음이 빨라서 유리코도 종종걸음쳐야 했다. 선생님은 한 손을 계속 유리코의 등에 대고서도 시선은 다른 곳으로 돌리고 있다.

"부모님이 기다리고 계실 거야."

방금 전 가타야마 선생님의 걸음걸이와 비슷하게 부자연스러운 말투였다.

"어쨌든 빨리 돌아가자."

상고. 누가 죽었단 뜻이야. 아까 귀에 날아든 말이 유리코의 머릿속에서 부들부들 떨린다. 죽다니, 누가? 아빠? 엄마? 하지만 지금 기우치 선생님은 집에서 부모님이 기다린다고 했다—

지금까지의 놀라움이 일본 선수권급이었다고 치자면, 그다음에는 올림픽급의 놀라움이 기다리고 있었다. 교문 바로 밖에 택시가 한 대 멈춰 있었는데, 문 옆에 교장 선생님과 교감 선생님이 서 있었던 것이다.

"아, 모리사키."

교장 선생님이 이름을 불렀다. 교장 선생님이 나처럼 눈에 띄지 않는 학생의 이름까지 일일이 기억하나?

"아무 걱정 안 해도 된단다. 집까지 기우치 선생님이 따라가주실 거니까."

교감 선생님이 '집'이라고 했다.

유리코는 기우치 선생님과 둘이서 택시를 탔다. 집까지는 유리코의 걸음으로도 걸어서 십 분 정도 거리다. 그 정도 거리를 택시로 달려가다니.

유리코의 집은 십 층짜리 맨션의 오 층에 있다. 지은 지 십 년

된 '엔젤 캐슬 이시지마'. 천사 따위는 살 것 같지도 않은, 회색 외벽에 바깥 계단은 철제인 무뚝뚝한 건물이다.

택시에서 내리자 기우치 선생님은 유리코의 손을 잡았다. 선생님과 손을 잡는다? 함께 택시를 탄 것 이상으로 있을 수 없는 이야기다.

"기우치 선생님." 유리코는 다시 옆을 걷는 선생님의 얼굴을 올려다보았다. "아까 택시 탈 때 교장 선생님이 뭐라고 하셨었죠? 그거 무슨 소리예요?"

교장 선생님은 기우치 선생님에게 "뒷일을 잘 부탁합니다" 비슷한 말을 했다. 기우치 선생님은 절박한 눈으로 고개를 끄덕였다.

"교내 일이야."

기우치 선생님의 미소는 제대로 액자에 넣지 않고 대충 기대어둔 퍼즐 그림처럼, 금방이라도 산산히 흩어져 떨어질 듯 위태로워 보였다.

"모리사키는 걱정 안 해도 돼."

초등학교 5학년 정도 되면 이제 사리분별 못 하는 어린애가 아니다. 아직 어리기는 하지만 사춘기의 입구에 당당히 서 있다. 교장 선생님이 조례 때 그렇게 말한 적이 있으니까, 이는 유리코가 마음대로 생각하는 것은 아닐 터이다.

그런데 그런 유리코에게 입을 모아 "걱정 안 해도 돼"라며 아기를 어르는 듯한 말을 한다. 어째서?

엘리베이터에서 내리자 유리코는 선생님의 손을 뿌리치다시피 하고 뛰기 시작했다.

현관문은 잠겨 있지 않았다.

"다녀왔습니다! 엄마!"

신발을 벗어던지고 복도를 달렸다. 안쪽 거실에서 엄마가 나왔다.

"아, 유리코."

엄마는 무사하다. 분명히 살아 있다. 죽은 사람은 엄마가 아니다.

엄마가 유리코에게 달려왔다. 꼭 끌어안긴 유리코는 오늘 세 번째의 경악을 맛보았다. 올림픽보다 한층 위, 축구 월드컵급이다.

"엄마, 왜 그래?"

엄마의 몸이 떨리고 있다. 얼굴에서 핏기가 가셨다. 눈물이 맺힌 눈이 새빨갛다.

"학년 주임인 기우치입니다."

기우치 선생님의 인사에 엄마는 겨우 유리코에게서 떨어져 인사를 나누었다. 감사합니다. 정말 죄송합니다—

감사인사를 하고 사과한다. 저기, 정말이지 대체 무슨 일이야?

"그후로 학교에서 연락이 있었습니까?" 기우치 선생님이 묻는다.

"아니요, 아직……"

엄마의 눈에서 눈물방울이 흘러 떨어진다.

"아직 찾지 못한 모양이에요."

못 찾다니. 누구를?

학교? 우리 학교? 이상하다. 기우치 선생님은 우리 학교 아닌가? 무슨 소리 하는 거야.

"엄마, 무슨 일이야?" 유리코는 엄마에게 물었다. 엄마는 눈물을 뚝뚝 흘리며 울고 있었다.

"어머님, 유리코에게 사정을 이야기해주세요. 전화는 제가 받을 테니 잠시 동안 둘이서 이야기하시죠."

기우치 선생님은 마침내 퍼즐 조각을 우수수 떨어뜨리며 유리코에게 웃음을 지었다.

"유리코 방에서 이야기하시면 되겠네요."

선생님은 엄마의 어깨에 다정하게 손을 얹고 재촉했다. 엄마가 유리코의 손을 꼭 쥐고 일어섰다.

거실에서 복도로 나와 바로 왼쪽 방. 문손잡이에 매달린 작은 봉제인형이 유리코의 방이라는 표시다.

그 옆은—

유리코의 오빠 방이다. 매일 아침 등교할 때는 항상 문을 꼭

닫고 나간다. 중학교 2학년이 되고 나서 한층 더 '프라이버시'
니 뭐니 들먹이며 까다로워졌다.

그 문이 지금은 열려 있다. 오빠의 책상과 의자가 보인다. 의
자 등받이에는 점퍼가 걸쳐진 채로 놓여 있다.

유리코의 오빠. 모리사키 히로키. 열네 살.

유리코는 마음속으로 앗, 하고 소리를 질렀다. 학교라면, 그게
우리 학교가 아니라면, 오빠의 학교를 말하는 거 아닐까.

유리코의 방에 들어가자 엄마는 문을 조용히 닫았다. 유리코
를 책상 의자에 앉히고 자기는 마룻바닥 위에 주저앉았다. 풀썩
무너지는 듯한 느낌이었다.

지체 없이 유리코도 의자에서 내려와 엄마 가까이 달라붙었
다.

"엄마, 오빠한테 무슨 일이라도 있어?"

집에 무슨 일이 생겼다. 그 말을 들었을 때 유리코의 머리와 마
음에 히로키는 전혀 떠오르지 않았다. 왜냐하면 오빠는 정말 확
실히 안정된 타입이기 때문이다. 성적이 우수하고 스포츠 만능.
초등학교 1학년 때 소년 야구팀에 들어가서 4학년 때 투수로 주
전에 들었다. 중학교에서는 수영부에 소속되어(헤엄을 치면 어
깨가 강해진다고 했다) 그쪽에서도 활약하고 있다.

만약 오빠에게 무슨 일이 생겼다면, 그건 사고다. 교통사고가
났든가, 수영장에서 물에 빠졌든가. 아니, 지금 계절에는 수영장

에는 들어가지 않지. 그럼 역시 교통사고다.

"엄마, 오빠가 차에 치였어?"

엄마가 두 손으로 유리코의 손을 꼭 잡는다. 얼굴은 눈물에 젖었고, 눈을 뜨지도 못한다. 흐느끼고 있다. 유리코도 울음이 날 것만 같았다. 엄마가 이렇게 울다니. 어른이 이런 모습으로 울다니.

"오빠, 죽었어?"

엄마는 눈을 감은 채 고개를 저었다. 유리코의 마음에 박혀 있던 '죽음'에 대한 공포가 쑥 빠졌다. 상고라고 울려퍼지던 소리도 사라졌다. 아아, 다행이다. 오빠가 죽은 건 아니구나.

그런데 엄마는 왜 우는 거지?

"오빠가 말이야."

"응."

"학교에서, 점심시간에."

"응."

"친구랑 싸웠대."

엄마의 목소리가 잠긴다.

"그래서 친구한테 상처를 입혀서."

숨을 내쉬고 다시 흐느낀다.

"아마도 깜짝 놀랐겠지. 학교에서 도망쳤어. 지금 어디 있는지 모르니까 중학교 선생님들이랑 동네 소방단 사람들이 찾고 있어."

유리코의 마음에서 또 뭔가가 빠져나갔다. 지금 빠져나간 것의 정체는 유리코 자신도 알 수 없었다. 뭔가 빠져나가는 게 나쁜 일인지 좋은 일인지도 알 수 없었다.

"걱정하지 마."

엄마는 울면서 유리코의 머리카락을 쓰다듬었다.

"분명히 조만간 찾을 수 있을 거야. 오빠를 찾아서 아빠랑 엄마랑 같이 다친 친구한테 사과하러 가면 바로 원만하게 해결될 거야."

다정한 목소리였지만 그 목소리는 엄마의 표정과는 정반대였다. 유리코는, 엄마가 사실 금방 원만하게 해결되리라고 생각지 않는다는 사실을 알아차렸다.

"아빠는?"

오빠와 아빠는 사이가 좋다. 요새는 오빠가 조금 대들 때도 있지만 아빠가 자랑스러워하는 아들이다.

"엄청 걱정하고 있지? 중학교 선생님들이랑 같이 오빠를 찾고 있어?"

응, 하고 고개를 끄덕이더니 엄마는 가슴속에서 뭔가를 토해내듯이 울기 시작했다.

엄마는 거짓말을 하지는 않았다. 하지만 진실을 밝혀주지도 않았다. 유리코는 해질 무렵이 되어서야 그 사실을 알 수 있었다.

유리코의 오빠―모리사키 히로키는 그날 학교에 칼을 가지고 갔다. 집에서 가지고 나간 것이 아니라 어딘가에서 사서 지니고 있었던 듯하다. 본 사람의 말에 따르면 날 길이가 십오 센티미터 정도 되는 칼이었다고 한다.

히로키는 그것으로 같은 반 남학생 두 명을 찔렀다.

한 사람은 배를 찔렸고, 한 사람은 목을 찔렸다.

목을 찔린 학생은 구급차가 도착했을 때 이미 숨이 끊어져 있었다.

점심시간에 벌어진 일인데다, 일이 터진 곳이 교실이 아니라 히로키와 두 사람 말고는 아무도 없던 체육관 뒤편이었기 때문에 아무도 사건을 알아차리지 못했다. 배를 찔린 학생이 기다시피 해서 도움을 요청하러 갈 때까지 누구도 무엇 하나 알지 못했다.

선생님들과 학생들이 사태를 알고 소란을 피우기 시작했을 때, 모리사키 히로키는 자취를 감춘 뒤였다.

동급생을 찌른 칼을 지닌 채.

누구도 그가 학교를 나가는 모습을 보지 못했다. 달려갔을까. 걸어갔을까. 울고 있었을까, 웃고 있었을까. 아니면 화가 나 있었을까.

혹은 두려워하고 있었을까.

모리사키네 집에 다양한 사람들이 모여들었다. 히로키가 다니는 중학교의 선생님들과 학부모회 사람들. 경찰들. 소방단 사람들. 근처 사람들.

모리사키 집안의 친척은 모두 멀리 살고 있었기에 그날 안에는 올 수 없었다. 대신에 성가실 정도로 전화를 걸어왔다.

유리코는 집에서 엄마와 둘이 그저 기다릴 수밖에 없었다. 아빠는 엄마의 휴대전화로 연락을 했다. 한번은 유리코가 대신 받았지만, 아빠의 목소리를 들으니 잠자코 고개를 끄덕이기만 하고 아무 말도 할 수 없었다.

해가 지고 밤이 왔다. 모리사키 히로키는 발견되지 않았다.

야간 뉴스에 사건이 보도되었다. 유리코의 오빠는 '소년A'로 불렸다. 지역 경찰서가 한시라도 빨리 소년을 발견해 보호하기 위해 정보 제공을 요청하고 있다고 뉴스 캐스터가 심각한 얼굴로 말했다.

유리코의 주위에서 시간이 흘러간다.

유리코는 히로키의 방에 있고 싶었다. 거기서 기다리면 오빠가 돌아올 것 같았다.

하지만 그것은 허용되지 않았다. 어른들이 쉴새없이 오빠의 방 안을 뒤지고 있었으니까.

엄마는 몇 번이나, 몇 번이나, 몇 번이나 오빠의 휴대전화에 전화를 걸었다. 전원이 꺼져 있다고 했다. 그래도 몇 번이고 다시 걸었다.

초등학생인 유리코는 아직 자기 휴대전화를 가지고 있지 않았다. 유리코의 친구—가나는 해쓱해질 정도로 걱정하고 있으리라. 하지만 집 전화로 끊임없이 누군가가 연락을 하고 있기 때문에 통화를 할 수 없다. 오빠 방에 들어갈 수 없다면, 하다못해 가나와 이야기라도 하고 싶다고 생각하며 유리코는 멍하니 의자에 앉아 있었다.

모두 다 유리코의 존재를 잊고 있었다.

그 '모두'에는 유리코 자신도 포함되어 있었다. 여기 있는데도 없는 듯한 기분이 들었다. 모리사키 히로키와 함께 모리사키 유리코도 행방불명된 것 같은 느낌이었다.

정말 그럴지도 모른다. 유리코의 혼은 지금 오빠 곁에 있는지도 모른다.

인간은 누구나 그런 능력을 간직하고 있다고 예전에 텔레비전 방송에서 어떤 사람이 말하는 걸 들은 적이 있다. 몸을 놓아둔 채 마음만 자유자재로 이동시켜 보고 듣고 느끼고 이야기할 수 있다.

오빠—유리코는 마음속으로 불러보았다. 오빠, 들려? 유리코야.

돌아와. 모두 걱정하고 있어.

한껏 온 힘을 다해 부르면, 몸을 떠나 히로키 곁에 있는 유리코의 혼이 이 목소리를 전해줄 것이다. 아주 열심히 바라면.

하룻밤 내내 유리코는 계속해서 오빠를 불렀다.

대답은 없었다.

밥을 먹었고 화장실에도 갔던 것 같다. 조금은 잔 것도 같다. 하지만 실감이 나지 않았다.

엄마는 울다 지쳐 있었다.

눈부신 아침 햇살이 레이스 커튼 너머로 유리코의 방에 비쳐 든다. 유리코는 늦잠꾸러기지만 오빠는 일찍 일어난다. 어릴 때부터 아침 연습 습관이 몸에 배어 있어서라고 했다. 지금도 분명 어딘가에서 이미 일어나 있으리라.

그 '어딘가'가 어디인지 알 수만 있다면.

유리코의 마음에 드디어 '현실'이 형태를 잡기 시작했다. 그것은 바위처럼 단단하고 묵직하다. 그 바위가 유리코를 내리누르고 있다. 유리코가 억눌리고 있다는 사실조차 느끼지 못할 정도로 완벽하게.

이틀 후의 일이다.

이제는 모리사키 히로키가 일으킨 사건을 모든 뉴스 프로그램에서 톱뉴스로 다루게 되었다. 여전히 행방불명인 소년A.

배를 찔려 한때는 의식불명의 중태였던 동급생이 회복의 징후를 보였다는 보도가 있었다. 모리사키네 집에서는 텔레비전을 계속 켜두었다. 하지만 소년A가 자살할 위험이 있다는 코멘트가 흘러나왔을 때, 그 자리에 있던 누군가가 허둥지둥 텔레비전을 껐다. 누군지는 모른다. 규슈에서 가까스로 도착한 할아버지와 할머니인지. 아니면 미토에서 오자마자 말싸움을 시작한 할아버지와 할머니인지.

모리사키네 집 주위에는 언제나 취재 기자와 카메라맨이 어슬렁대고 있었다.

유리코는 엄마와 둘이서 호텔로 옮기기로 했다. 여름 캠프 때 가지고 간 배낭에 옷을 챙겼다. 엄마는 규슈와 미토의 할아버지 할머니에게도 호텔로 옮기라고 부탁했다. 바싹 여위어 수척해진 채 돌아와서 옷을 갈아입고 다시 어딘가로 나가기를 되풀이하던 아빠가, 모두 여기 있어봤자 소용없으니 돌아가라고 말해서 또 잠시 동안 분위기가 험악해졌다.

매스컴 사람들이 뒤를 밟지 않도록 경찰이 호텔까지 차로 데려다주었다. 도쿄의 어딘가인데, 예전 가족여행 때 유리코가 가본 리조트호텔과는 달랐다. 엄마가 비즈니스호텔이라고 가르쳐주었다. 종업원이 적고 자동판매기만 눈에 띄었다.

학교는 조퇴한 이후로 계속 쉬고 있다.

아주 희미하게 약품 냄새가 나는 침대에 앉아, 유리코는 하얀 벽에 걸린 싸구려 프린트 추상화를 올려다보았다. 액자가 기울어져 있다.

집을 떠나 호텔로 피신했다.

당연하다고 생각하던 것들이 전부 사라졌다.

오빠가 가지고 가버렸다.

엄마는 욕실 문을 닫고 휴대전화로 전화를 걸고 있다. 이윽고 비틀대며 나오더니 벽을 짚고 서서 유리코 쪽을 보았다.

"유리, 지금 경찰이 여기 온대. 괜찮겠니?"

유리코는 말없이 엄마의 얼굴을 보았다.

"오빠를 찾는 단서가 될지도 모르니까 유리한테도 이야기를 좀 듣고 싶대. 엄마도 옆에 있을 거니까, 괜찮지?"

싫다고 할 수 없다. 굳이 싫다고 한다면 지금 상황 전부가 싫다.

경찰은 삼십 분도 지나지 않아 찾아왔다. 정장 차림의 남자가 하나, 정복을 입은 여자 경찰이 하나. 비좁고 의자가 두 개밖에 없는 이 방에서 어떻게 이야기하나 싶었는데, 다시 차에 태워 경찰서로 데려갔다.

어쩐지 번거롭다.

드라마에 자주 나오는 '취조실'이라는 방에 들어가지는 않았다. 깨끗한 회의실이었다. 거기에는 아동 상담소 선생님이라는, 엄마 나이 또래의 여자가 기다리고 있었다.

유리코는 갑자기 화가 치밀어올랐다. 어째서 상담소 선생님 같은 사람이 와 있는 걸까. 엄마가 그렇게 부탁했을까. 오빠가 문제를 일으켰으니까 동생인 유리코도 저절로 문제아가 되었다는 건가? 상담소 선생님이 곁에 있지 않으면 이야기도 제대로 하지 못하는.

"잘 부탁드립니다."

엄마는 사람들에게 머리를 꾸벅꾸벅 숙이고 있다.

아동 상담소 선생님이 부드럽게 달래듯이 말을 걸었지만, 유리코는 대답도 하지 않고 창밖에 눈길을 주었다.

경찰서 창문에서 밖을 쳐다보면 경치가 이렇게 보이는구나.

택시 안에서 본 거리와 무엇 하나 다를 바 없다. 다르지 않다는 점이 유리코에게는 살짝 무섭게 느껴졌다. 달라 보여야 이치에 맞는다는 생각이 들었다. 경찰서는 특별한 장소니까. 그런 곳에 지금의 유리코 같은 용건으로 끌려온 사람은 특별한 사람이니까.

"그럼 유리코, 잠깐 이야기 좀 할까."

정장을 입은 남자가 말을 꺼냈다. 친근한 듯 미소를 짓는데도 묘하게 슬퍼 보인다. 오빠 일로 슬퍼하고 있을 리는 없다. 오빠를 붙잡는 쪽의 사람이기 때문이다. 그 표정은 이 사람의 우스꽝스러운 팔자 눈썹 때문이리라.

질문은 갖가지 단어와 다양한 말투로 날아들었지만, 요컨대 경찰이 듣고 싶은 것은 하나뿐이라는 사실을 유리코는 바로 알아차렸다.

요즘 히로키에게 달라진 점은 없었는가.

달라진 점 따위는 없었다. 히로키가 오빠라는 존재임을 인식한 이래로 계속 히로키는 달라진 적이 없었다.

고민 따위는 하지 않았다. 기분이 나쁘지도 않았다. 평상시의 오빠였다.

완벽한 오빠.

유리코는 그런 내용을 적은 말수로 작게 대답했다. 스스로도 더 큰 소리를 내야겠다고 생각했지만 배에 힘이 들어가지 않았다.

"그래⋯⋯"

팔자 눈썹의 남자가 손에 든 볼펜 뒤쪽으로 자신의 턱 끝부분을 쿡쿡 찔렀다.

"히로키의 담임선생님 이야기로는, 히로키는 2학년이 된 이후로 반 친구들과 사이가 좋지 않아서 고민하고 있던 것 같다고 하더구나. 뭔가 그런 이야기를 히로키한테 들은 적은 없니? 사소한 잡담이라도 괜찮아."

유리코는 엄마와 아동 상담소 선생님 사이에 끼여 앉아 있었다. 남자의 질문에 유리코가 잠자코 있자 상담소 선생님이 얼굴을 들여다보았다.

"유리코는 오빠랑 단짝이었지?"

유리코는 대답을 하지 않았다. 입을 다물고 무릎 위에 얹은 자신의 두 손을 쳐다보고 있었다. 살짝 깍지를 껴본다.

"유리코네 학교에서 있었던 일을 오빠한테 이야기한 적 있을 거야. 오빠도 그럴 때 자기 학교 이야기를 해주거나 하진 않았니?"

유리코가 아무 말도 하지 않자 상담소 선생님은 엄마의 얼굴로 시선을 옮겼다. "어떤가요, 어머님?"

엄마도 고개를 숙이고 있었다. 옆에서 손을 뻗어 유리코의 손을 가만히 잡았다. 차갑다. 엄마 손이 이렇게 차가워지다니.

"남자애랑 여자애고, 나이도 세 살이나 차이가 나니까요……중학생이랑 초등학생이고……"

유리코의 목소리보다 더 힘이 없었다.

"그런가요? 그렇겠군요."

아동 상담소 선생님이 혼자 말하고 혼자 대답한다. 그리고 남자 경찰의 얼굴을 본다.

모두 누군가가 입을 열어주기를 기다리는 탓에 사방이 고요해지고 말았다.

단짝이라는 말을 유리코는 마음속으로 되풀이했다. 오빠와 단짝. 유리코는 오빠와 단짝.

그것과는 뭔가 다르다는 생각이 들었다.

사이는 좋았다. 유리코는 오빠를 좋아한다. 오빠도 유리코를 싫어하지는 않았을 터이다. 숙제를 도와주었고, 유리코와 장난치며 잘 웃었고, 유리코를 '꼬맹이 유리'라든가 '꼬꼬마'라고 불렀다.

시험 점수가 좋았을 때 머리를 쓰다듬어준 적도 있다. 텔레비전에서 무서운 영화를 보고 유리코가 혼자서 화장실에 가지 못하는 밤에는, 일부러 일어나 따라와서는 복도에서 기다려준 적도 있었다.

단짝이란 조금 다른 것을 가리키는 표현 아닐까. 유리코와 오빠의 관계는 항상 오빠가 크고 유리코는 작고, 오빠가 위고 유리코는 그 발치에서 안락하게 지내는 것이었다.

"히로키는 이 아이를 귀여워했어요."

유리코의 손을 더욱 세게 잡으며 엄마가 중얼거렸다.

"그래서 이 아이에게 걱정을 끼칠 만한 말은 하지 않았을 거예요."

그래, 그 말이다. '귀여워했다'. 그것이 유리코와 오빠의 관계였다.

계속, 계속, 어른이 되어서도 그대로여야 했을 텐데.

"부모인 우리에게도 아무 상담도 안 했을 정도니까요……"

엄마의 중얼거림이 눈물 섞인 소리로 변하더니 몸이 크게 기울어졌다.

아동 상담소 선생님이 깜짝 놀랄 만큼 재빠르게 자리에서 일어나더니, 엄마 곁으로 다가와 끌어안다시피 받쳐주었다. 아주 다정한 동작이었고 선생님에게 안긴 엄마가 몹시도 연약해 보였기 때문에, 유리코는 처음으로 이 선생님이 있어준 것이 엄마를 위해 다행이라고 생각했다. 고마웠다.

죄송합니다, 괜찮아요, 하고 엄마가 말했다.

"그렇습니까. 아니, 저희도 유리코한테 기어이 무슨 얘기를 들어야겠다는 건 아닙니다. 그저 히로키를 찾는 데 단서가 될 만한 일이라면 어떤 소소한 것이라도 확보했으면 하는 생각에 만약을 위해서……"

무리한 부탁을 드려 죄송합니다, 하고 남녀 경찰 두 사람이 함께 머리를 숙였다.

"이제 돌아가도 되나요?" 유리코는 물었다.

"엄마가, 얼굴빛이 새하얀데……"

"그렇구나. 정말 고맙다, 유리코. 다시 호텔까지 바래다드릴게요. 모리사키 씨."

돌아오는 차 안에서 엄마는 눈을 감고 있었다. 자는 것이 아니라 정신을 잃은 것처럼 보였다. 그래도 유리코의 손은 꼭 쥐고 놓지 않는다. 유리코도 엄마의 차가운 손가락을 덥혀주고 싶어서 힘을 주어 꼭 마주 잡았다.

호텔에서 지내는 하루하루는 단조롭게 흘러갔다.

한 주가 지나고 열흘이 지나도 모리사키 히로키는 발견되지 않았다.

텔레비전 뉴스에서 히로키를 언급하지 않게 되었다. 기자들이 맨션 주위를 어슬렁거리지도 않는다고 할머니가 알려주어서 유리코와 엄마는 집으로 돌아가게 되었다.

오랜만에 얼굴을 마주한 아빠는 살이 쏙 빠진데다 흰머리가 늘어 있었다.

"유리코, 여러 가지로 미안하구나. 힘들었을 거야. 지금부터는 히로키가 돌아오기를 기다리며 셋이서 살아가자. 히로키는 반드시 돌아올 거니까 유리코도 건강해야지."

아빠는 열심히 유리코의 기운을 북돋아주려고 했다. 엄마도 아빠의 말에 고개를 끄덕였다. 모두 기운 차리고 힘내자.

유리코는 그럴 수는 없다는 말을 꿀꺽 삼켰다. 그럴 수 없다는 사실은 부모님도 알고 있다. 알면서도 유리코를 위해서 힘들게 애쓰고 있다.

딱 하나 마음이 놓인 것은 할아버지 할머니 들이 각자의 집으로 돌아가준 일이다. 곁에 있으면 분명히 울고 화내고, 엄마랑 싸우고, 아빠를 화나게 할 것이 뻔하다. 지금까지 아무 일도 없었을 때도 그랬으니까.

— 우리 친척은 모두 잔소리가 심하다니까.

오빠가 그렇게 말한 적이 있다.

— 친가랑 외가는 사이가 나쁘고 말이야.

유리코 넌 아직 모르겠지만, 이라는 말도 했다.

오빠는 알고 있었다. 그런데 왜 할아버지 할머니 들이 몰려와서 으르렁 꽥꽥댈 게 뻔한 일을 저지른 거야?

'지금까지처럼 기운차게 생활한다'는 방식 속에는 유리코가 다시 등교하는 것도 포함되어 있었다. 당연한 일이지만 유리도 다음 주부터 학교 갈 거지, 라는 엄마의 말을 듣고 유리코는 머릿속이 잠깐 텅 비어버릴 정도로 놀랐다. 아니, 놀라움이라는 감정은 아닐지도 모른다. 직접적으로 와 닿지 않는 것이다. 달에 간다는 말을 들은 것처럼 현실감이 없었다. 학교 교실에서 책상 앞에 앉아 수업을 받는 자신을 상상할 수가 없었다.

친구들은 어떤 표정을 지을까?

유리코는 어떤 표정을 지으면 될까?

그래도 현실은 착착 움직여 그주 금요일 오후 가타야마 선생님이 집에 찾아왔다. 유리코의 얼굴을 보자 야단스레 기뻐하며 말했다.

"모두 걱정하고 있었단다. 수업 필기도 반 아이들이 교대로 해줬어. 공부가 뒤처지는 일은 없을 거야."

그리고 엄마와 이런저런 상담을 시작했다. 도중에 유리코더러 자기 방에 가 있으라고 했다.

"선생님이랑 어머님 둘이서 잠깐 이야기 좀 할게."

거실 문도 닫아버렸다.

유리코는 자기 방에 가다 말고 문득 마음을 바꿨다.

오빠 방에 가자.

집에 돌아오고 나서도 오빠 방에 들어갈 기회가 없었다. 항상 엄마와 함께였고, 유리코가 혼자서 텔레비전을 보거나 책을 읽을 때에는 엄마가 몰래 오빠 방에 들어가 소리 죽여 울고 있었기 때문에 가까이 가지 않으려 했다. 그런 엄마를 보고 싶지 않았고, 엄마 역시 자기가 우는 것만으로도 괴로운데 유리코에게 우는 얼굴을 보이면 더욱 괴로울 테니까.

히로키의 방은 그날 유리코가 슬쩍 들여다봤을 때 그대로였다. 그때는 의자 등받이에 걸쳐 있던 점퍼가 개어져 침대 위에 놓여 있는 것만이 유일한 차이다.

다른 그림 찾기를 하는 것 같다고 생각했다. 가장 크지만 제일 간과하기 쉬운 차이는, 오빠가 없다는 것.

유리코는 단정하게 개어진 점퍼 옆에 살짝 앉았다. 유리코의 가벼운 몸을 침대가 부드럽게 받아주었다.

떠들썩한 음악을 튼 차가 창밖을 지나간다. 오늘도 날씨가 좋다. 오빠가 사라진 그날과 마찬가지로.

유리코는 혼자 침대에 앉아 창밖 소리를 듣고 있었다.

그러다 느닷없이 잃어버린 물건이라도 떠올리듯이, 난 지금까지 안 울었구나, 하고 생각했다. 눈물이 배어나온 적은 몇 번 있지만, 엄마가 우는 것처럼 울지는 않았다. 아빠가 우는 모습을 봤을 때도 울지 않았다.

어째서일까. 이렇게 슬픈데, 왜 소리 내어 울 수 없을까.

이게 '멍하다'는 걸까. 사람이 멍해지면 이렇게 맥이 빠지는 걸까.

유리코는 똑바로 털썩 누웠다. 엄마가 손으로 만든 퀼트 침대 커버 위에. 침대 스프링이 희미하게 삐걱거렸다.

커버에서 오빠 냄새가 난다.

한 인간이 체취만 남기고, 어제까지 입었던 점퍼를 의자 등받이에 걸쳐놓은 채 모습을 감춘다. 찾고 또 찾아도 발견되지 않는다. 그런 일이 이 세상에 일어나도 될 리가 없다.

천장을 올려다보고 유리코는 천천히 눈을 깜박였다.

지금도 믿을 수 없다. 진짜라고 생각할 수 없다.

우리집이 이렇게 되어버린 것. 당연한 듯 느끼던 매일의 생활이 산산이 부서져버린 것. 부서지고 나서야 그것이 정말 소중한 것이었다는 사실을 겨우 알아차렸다.

뭔가가 북받쳐 올라왔다. 이번에야말로 큰 소리를 내어 울 거라고 유리코는 마음속으로 준비 태세를 취했다. 한편으로는 울음을 기다리고 있었다. 울면 구원받는다. 오열과 함께 가슴속의 새카만 덩어리를 토해낼 수 있다면.

하지만 목구멍까지 올라온 것은 눈물이 아니었다. 유리코는 어금니를 꽉 깨물었다.

왜?

그렇다, 치밀어오른 것은 질문, 혹은 의문이다. 왜? 왜? 왜? 왜 오빠는 칼로 친구를 찔렀어? 그런 짓을 할 정도로 심각한 고민거리가 있었으면서 왜 이야기해주지 않았어? 어딘가로 도망칠 거라면 왜 가족에게도 갈 곳을 가르쳐주지 않았어? 왜 연락을 안 하는 거야?

유리코는 화내고 있는 거야, 오빠.

두 다리를 들어올리고 몸을 뒤척이다가 유리코는 침대 위에서 몸을 둥글게 말았다. 갑자기 졸음이 왔다. 이대로 자버리자. 자고 일어나면 나쁜 꿈에서 깰 수 있을지도 모른다. 이건 끈질기게 길고 나쁜 꿈이니까.

눈을 감자 침대 커버에 밴 오빠 냄새가 유리코의 머리와 마음속으로 퍼져간다. 깊이 숨을 들이켰다 내뱉는다. 기분 좋다. 유리코는 스스로 느끼는 것 이상으로 지쳤기에 몸이 휴식을 필요로 하고 있었다. 자자, 자자—

눈꺼풀 안쪽에서 어렴풋한 광경이 펼쳐진다.

그것 역시 꿈, 꿈의 조각이었다. 이부자리의 감촉과 따뜻함, 그리고 졸음. 그것들이 방아쇠가 되어 유리코가 예전에 꾼 꿈이, 바람 때문에 책장이 멋대로 넘어가는 것처럼 가볍게 팔랑대며 슬쩍 모습을 내보이다가 바로 원래대로 돌아갔다.

언제였을까. 꿈속에서 이 광경을 본 것은. 한 주 전? 열흘 전? 더 전이었을지도 모른다. 그 꿈속에는 오빠가 나왔다. 오빠 방문틈으로 유리코가 우연히 본 오빠. 유리코는 차가운 복도에 서 있었고, 오빠 방의 문이 십 센티미터 정도 열려 있었는데—

스탠드에 불이 켜져 있었다. 오빠는 창가에서 무릎을 꿇고 있었다. 오빠와 마주한, 커다랗고 검은 사람의 형체가 보였다. 오빠는 그 형체의 발치에 웅크리고 있었다.

그것은 한밤중의 일, 한밤중의 꿈이었다. 유리코는 화장실에 가고 싶어서 화장실에 가는 꿈을 꿨고, 우연히, 일부러는 아니지만 마치 훔쳐보는 꼴로 오빠 방 안을 무심코 들여다보고 말았다. 꿈속에서.

커다란 그림자였다. 보통 어른보다 훨씬 덩치가 크고 풍선처럼 부풀어오른 듯 보였다. 머리 위에 뭔가 얹혀 있다. 꼭대기가 톱니처럼 뾰족한—왕관 같은 형태의 물건. 그렇다, 꿈속 유리코의 눈에는 그렇게 비쳤다. 이상한 꿈이라고 생각했다. 아니, 이상한 광경이었기 때문에 꿈이라고 생각한 것이다. 여하튼 잠이 덜 깬 상태였다.

잠이 덜 깼다면, 자고 있지는 않았던 건가?

그건 꿈이 아니었나?

바닥의 딱딱하고 서늘한 감촉이 기억난다. 발가락을 움츠리고 걸었다. 화장실이 몹시 멀었다. 재채기가 날 것 같았다.

오빠는 왕관 같은 것을 쓴 형체에게 머리를 깊이 숙이고 있었다.

아, 오빠는 아직 깨어 있구나. 당장이라도 이쪽을 볼지도 몰라. 난 화장실에 가는 길이었다고 말해야지. 자기 전에 우유를 마셨으니까.

오빠는 머리를 앞뒤로 흔들어 이마를 바닥에 비벼대듯 움직이며 뭐라고 작게 노래하고 있었다. 오빠 앞에 떡하니 버티고 선 검은 형체에게 속삭이듯이. 바치듯이.

그 노래가 지금 침대 위에서 몸을 둥글게 만 유리코의 입술에서 문득 새어나왔다. 유리코가 모르는 노래, 모르는 멜로디, 모르는 말이다. 그런데도 이어지는 소절들을 완벽하게 노래할 수 있었다.

입술의 움직임이 멈춰 노래가 끊기자 유리코는 누운 채 눈을 휘둥그레 떴다.

방금, 뭐지?

내가 어째서 이런 기묘한 노래를 알고 있지? 입이 제멋대로 움직여 노래를 하다니.

이건 꿈속에서 오빠가 부르던 노래다.

"······씨."

조그맣고 잔잔한, 늦여름 날벌레의 날갯소리가 들려왔다. 지금은 봄이니까, 태어난 지 얼마 안 돼 신통치 못한 날벌레의 날갯소리라고 해야 할까.

"아가씨."

그 날갯소리는 이렇게 들렸다. 아가씨.

"아가씨, 아가씨, 일어나."

유리코는 눈을 부릅뜬 채 벌떡 일어났다가 그대로 멈춘다. 방 안에 움직이는 것은 없다. 창문을 닫아두었기에 커튼을 흔드는 바람조차 없다.

유리코는 천장의 형광등을 올려다보았다. 형광등에서는 이따금 징, 하는 소리가 난다. 그것이 목소리처럼 들렸을지도 모른다.

"아가씨, 그쪽이 아니야."

날갯소리가 조금 커지더니 점점 말처럼 분명해졌다.

"아가씨, 이쪽을 봐. 책꽂이야, 책꽂이."

유리코는 몸의 방향은 그대로 두고 고개만 천천히 신중하게 돌려 오빠의 책상 쪽을 보았다. 책꽂이는 책상 옆 창가에 놓여 있다.

"그래, 여기야. 여기로 와줘."

벌레의 날갯소리가 아니다. 분명히 '목소리'다. 유리코에게 말을 걸고 있다.

화가의 모델이라도 된 듯 굳어버린 유리코는 입만 움직였다.

"누구?"

바로 대답이 들려오지는 않았다. 유리코는 긴장한 채 귀를 기울였다. 창밖에 차 지나가는 소리가 난다.

"누구야?"

다시 한번 묻는다. 또 차가 지나간다.

대답이 없다. 유리코는 긴장을 풀었다. 또 잠이 덜 깼나보네.

"대답하기가 좀 어려운데."

되돌아온 날갯소리가 그렇게 말했다.

이번에는 침대에서 펄쩍 뛰어오르지 않을 수 없었다. 도망치려고 문으로 돌진하다 양말을 신은 발이 미끄러졌다. 균형을 잃고 문에 격렬하게 부딪힌 유리코의 눈에서 불꽃이 튀었다.

"아, 아가씨. 그렇게 무서워하지 마. 나는 무서운 게 아니니까."

웅웅대는 머릿속에 날갯소리가 들린다. 웃는 것 같기도 하고 당황한 것 같기도 한 말투, 그래, 분명 무섭지는 않은데.

"유, 유령."

바닥에 엉덩방아를 찧은 채 문에 부딪친 머리를 손으로 문지르며 유리코는 허둥지둥 외쳤다.

바로 벌레의 날갯소리가 대답했다. "나는 유령이 아니야. 유령에 관해서는 씌어 있지도 않고."

씌어 있지 않아? 무슨 소리지? 뭘 쓴다는 거지? 씌어 있지—

"나는 책이야, 아가씨. 그러니 그런 데 멍하니 있지 말고 책꽂이로 와."

씌어 있다—쓰다, 쓰인 것. 그러니까 책.

유리코는 아직 일어설 수 없었기에 엉거주춤한 자세로 순순히 기어서 오빠의 책꽂이로 다가갔다.

오빠의 책꽂이에는 다양한 책이 꽂혀 있다. 참고서와 사전, 도감도 있거니와 만화책도 있다. 오빠는 열혈 스포츠물을 좋아했다. 추리소설도 몇 권 있어서 추리소설을 좋아하는 유리코가 졸라서 빌린 적이 있지만, 글씨가 작은 문고본이라 읽는 데 고생했다. 내용도 잘 이해가 가지 않았다. 오빠에게 그렇게 말하자 꼬맹이 유리에게는 아직 이르다며 웃었다.

"위에서 두번째 단이야" 하고 날갯소리, 즉 정체불명의 '목소리'가 말한다. "앞에 있는 책을 전부 꺼내줘. 나는 그뒤에 숨겨져 있어."

두번째 단에 늘어서 있는 것은 『허블 망원경으로 포착한 우주』나 『별 관측』 같은 책이었다. 유리코는 기억이 났다. 작년 이맘때쯤인가, 천체 관측에 흥미를 가진 오빠는 천체 망원경을 가지고 싶어했다. 하지만 상당히 비싼 물건인데다 야구 때문에 안 그래도 시간이 없는데, 천체 관측 같은 걸 시작하면 잘 시간까지 없어진다면서, 평상시는 오빠가 조르면 대부분 들어주는 아빠도 사기를 주저했다. 그래서 그 이야기는 거기서 끝났다.

유리코는 예쁜 컬러 사진 표지의 그 책들을 한 권, 또 한 권 빼내서 옆에 있는 책상 위에 놓았다. 그 뒤에는 천체 관측 전에 오빠가 흥미를 가졌던(히로키는 야구 이외의 것에 대해서는 약간 변덕스러운 기질이 있었다), 바다 생물에 관한 책이 줄지어 있었다.

다섯 권을 빼냈을 때, 『돌고래, 멋진 바다의 성자』라는 책과 『수족관에 가자』라는 얄팍한 사진집 사이에, 빨간 가죽 표지의 낡은 책 한 권이 몹시도 어울리지 않게 끼여 있는 것이 보였다. 두께가 이 센티미터 정도 되는 책이다.

"그래, 아가씨. 이 빨강 책이 나야."

정체불명의 목소리가 반쯤은 마음을 놓은 듯, 반쯤은 유리코를 격려하듯 밝아졌다.

유리코는 오른손 집게손가락을 뻗어 빨간 가죽 표지의 책을 만지려다 멈췄다. 제목이 뭘까. 책등에는 처음 보는 기호 같은 글자가 줄지어 있다. 금색 글자다. 닳아서 엷어진 탓에 군데군데 완전히 사라져 있다.

"무슨 책이야?"

대답을 기대하고 물어보았다. 집게손가락도 목소리도 떨리고 있다.

"내 이름을 묻는 거라면, 아가씨는 읽을 수 없어. 내용을 묻는 거라면, 글쎄, 아가씨가 알아듣도록 설명하자면 나는 사전이야. 특별한 용도가 있는 사전이지."

"용도?"

"쓰임새란 말이야."

유리코의 집게손가락은 여전히 공중에 떠 있었다.

"아까도 말했잖아. 난 무서운 물건이 아니야. 아가씨가 놀라는 건 무리도 아니고 나 역시 그건 잘 알고 있지만 말이야."

그냥 보고 있을 수만 없어서, 라고 목소리는 이야기한다.

"일단 나를 손에 들어줘. 그러면 이야기를 하기 더 쉬워져."

유리코는 일단 손가락을 거두었다가 두 손을 마주 잡는다. 떨림이 멈추지 않는다.

꿀꺽, 침을 삼킨다.

유리코는 순간 눈을 감았다. 그리고 눈을 뜸과 동시에 손을 슥 뻗어 빨간 가죽 표지 책을 책꽂이에서 뽑아냈다.

다음 순간, 책을 집어던질 뻔했다.

손 안의 책이 깃털처럼 가볍고 살짝 따스했기 때문이다. 사람의 살갗 같은 느낌이었다.

유리코가 바로 책을 떨쳐내려고 손을 움직이자, 책은 떨어지지 않으려고 유리코의 손가락에 엉겨붙었다. 표지가 휘어지는 감촉이 생생했다. 기분 나쁘다!

"으, 으, 으."

"난폭하게 다루지 말아줘. 나는 이제 낡았거든. 책장을 매어놓은 곳이 느슨해졌단 말이야."

자기 의지와는 반대로, 정신을 차리자 유리코는 두 손으로 빨간 가죽 표지 책을 소중하게 받쳐들고 있었다.

"아가씨, 거기 있는 의자에 앉아. 나는 그 책상 위에 놓으면 되겠군. 책장을 펼치고 아가씨의 손바닥을 얹어줘."

"어디를 펴?"

"어디든 괜찮아."

시키는 대로 유리코는 오빠 의자에 자리를 잡고 빨강 책을 책상 위에 놓았다. 자세히 보자 책은 말한 바대로 꽤 상해 있었다.

유리코는 책 한가운데를 펼쳤다. 닳아서 사라진 책등의 글자와 마찬가지로 기호 같은 글자들이 빼곡히 늘어서 있다. 종이는 바래서 노래졌고 군데군데 구멍이 나 있다.

"정말 낡은 책이네……"

그렇게 중얼거린 유리코는 오른쪽 손바닥을 운동복 배 언저리에 쓱쓱 문지르고 나서 가만히 책장 위에 얹었다.

손바닥을 밑에서 살며시 쓰다듬는 것 같은 감촉이 전해져왔다. 역시 따스하다.

"아아, 아가씨는 보기보다 훨씬 어리구나."

빨강 책이 그렇게 말했다. 지금까지 들리던 날벌레의 날갯소리가 분명한 사람 목소리로 바뀌었다.

"아, 알 수 있어?"

"알 수 있지."

"나, 열한 살인데."

"아가씨가 사는 세계에서 헤아리면 그 나이가 된다는 말이군. 아가씨의 오빠는 몇 살이지?"

모리사키 히로키는 열네 살이다.

"그래? 역시 어리군."

한탄하듯 말한다. 유리코는 발끈 화가 났다.

"오빠는 이제 어리지 않아. 어린애가 아니라고. 아빠랑 엄마도 그렇게 말해. 아직 완전히 어른이 되지는 않았지만, 어린애도 아니라고."

그래서 어려운 나이대라고, 언젠가 부모님이 이야기한 적이 있었다. 유리코도 주워들은 기억이 났다. 하지만 아빠와 엄마 둘 다 히로키는 무슨 일이 있어도 걱정 없다고 기쁜 듯이 자랑스레 이야기했다.

"아니, 어려. 충분히 어려."

손바닥을 통해 빨강 책의 목소리가 전해져온다. 귀로 듣는다기보다 마음에 직접 울려퍼지는 것 같은 느낌이었다.

"저기…… 너 설마, 책의 정령?"

"아가씨는 그런 말을 알고 있구나. 어디서 배웠지?"

책의 정령. 책의 스피릿.

"영화 같은 데 나오니까……"

"아아, 이야기 말이군."

나도 이야기야, 라고 목소리는 말한다.

"하지만 넌 사전이잖아."

"사전이지만 이야기야. 적힌 것에는 모두 이야기가 깃드니까. 이야기가 그보다 앞서 존재해."

손바닥에 전해지는 책의 파동에는 타이르는 듯한 다정함이 깃들어 있다. 낡고 더럽고 망가져가는 책인데, 유리코는 그 책을 만지고 있다는 사실이 조금도 불쾌하지 않았다.

"아가씨, 미안해. 실은 아가씨에게 말을 걸지 않으려고 했었어. 그래 봤자 별수 없으니까. 그런데 아가씨가 아까 노래를 불러서 말야."

"내가?"

입술에서 멋대로 새어나온 영문 모를 그 노래다.

"그거, 아가씨는 무슨 노랜지 모르겠지."

유리코는 고개를 끄덕이고, 꿈속에서 오빠가 부르던 노래라고 설명했다. 그 꿈의 광경에 대해서도 말했다.

그러자 빨강 책이 부들부들 떠는 것이 느껴졌다.

"그렇구나, 아가씨는 봤구나. 그럼 역시 말 걸기를 잘한 건가. 그래, 잘한 거야."

이 중얼거림의 의미를 납득하고 있는 건 저 사람 혼자뿐이다. 아니, 저 책 혼자라고 말하는 게 나으려나. 상대는 책이니까.

"이상한 꿈이었어. 꿈속에서 들었던 노래를 한 거야."

"노래의 의미는 모르지?"

"알 리가 없잖아."

"그러면 됐어, 응."

빨강 책이 또 유리코의 손바닥을 쓰다듬는다. 이상한 감각이지만, 분명 그렇다.

"아가씨, 그 노래는 두 번 다시 부르면 안 돼. 잊어버려."

뭔가를 하면 안 된다는 금지의 명령은 언제 어떤 시대에서든지 어린아이의 호기심을 자극하는 최고의 주문이다. 유리코는 살짝 몸을 내밀었다. 손바닥을 책장에다 세게 누른다.

"어째서? 왜 부르면 안 돼?"

"그렇게 세게 누르지 마, 아가씨."

유리코는 당황해서 손에 힘을 뺐다. 빨강 책은 흡사 사람이 꽉 눌려서 괴로워하다가 호흡을 가다듬듯이 떨렸다.

"그건 좋지 않은 노래니까."

유리코는 잠시 입을 다물었다. 오빠가 그 노래를 부르던 때의 심상치 않은 자세와 상황이 다시 머릿속에 떠올랐다. 이번에는 일부러 생각해냈기 때문에 세세한 부분까지 더 분명해진 듯했다.

그러자 빨강 책이 다시 몸을 떨었다. 유리코의 손바닥에 인간의 피부가 비틀리는 것 같은 감각이 전해졌다.

"아아, 그래 맞아. 그게 **그거야**."

"**그거**라니?"

그거야—라고만 중얼거리고 빨강 책은 입을 다물었다.

"내가 본 게 지금 너한테도 보였구나. 내 마음을 엿본 거야? 그거, 초능력?"

묻고 나서 혼자 웃음을 터뜨렸다. 초능력이라면 다름아닌 지금 유리코가 발휘하고 있지 않은가. 책과 이야기를 하고 있으니까.

"뭐, 그런 셈이지……"

이 빨강 책, 무서워하는 것 같다.

"그거라고 한 거, 무서운 거야?"

"아가씨는 무섭지 않았어?"

몇 번이고 바닥에 이마를 비벼대던 오빠. 오빠를 내려다보던 거대한 그림자. 으스대며 몸을 뒤로 젖히고 있는 것 같았다.

문득 어떤 말이 떠올랐다.

"성의 왕, 나 혼자."

빨강 책이 "뭐?" 하고 되묻는다. "지금 뭐라고 했어?"

"성의 왕 말이야."

유리코는 책을 쳐다보고 고개를 끄덕였다.

"내가 본 커다란 그림자는 그림책이나 판타지 영화에 나오는 옛날 왕 같은 모습이었어. 왕관도 썼고."

"망토는 봤어? 너덜너덜했을 거야."

그렇구나! 그것의 몸 전체가 부풀어오른 듯이 보인 건 등을 덮고 발목까지 내려오는 망토를 두르고 있었기 때문이었나.

"어둑어둑해서 거기까진 몰랐어."

"그럼 그것의 얼굴은 못 봤겠지?"

빨강 책은 그 사실이 정말 중요하다는 듯이, 유리코가 엉겁결에 책장에서 손바닥을 뗄 정도로 강한 힘을 담아 물었다.

"……어두웠으니까."

"못 봤지?"

"응, 못 봤어."

그럼 됐어, 하고 빨강 책은 말했다. 책 전체에 가득 찼던 힘이 스윽 빠져나가는 듯한 느낌이 들었다.

"그게 그렇게 무서운 거야? 어느 나라 왕인데?"

빨강 책은 침묵을 지키고 있다. 갑자기 보통 책으로 돌아갈 생각인 듯했다. 하지만 유리코의 손바닥은 책의 호흡을 감지하고 있었다. 뭔가 큰 걱정거리가 있을 때 어른들이 자주 그러듯, 숨을 깊게 내뱉고, 완전히 내뱉은 후에 잠시 멈췄다가, 생각난 듯 들이마시고 다시 내뱉는다.

이 년 정도 전의 일인데, 유리코의 아빠가 회사 건강진단에서 주의를 받고 재검사에서 또 주의를 받아서, 더 자세한 검진을 받으러 큰 병원에 간 적이 있다. 그 당시 부엌 테이블 앞에 혼자 오도카니 앉아 있던 엄마가 그렇게 숨을 쉬었다. 생각할 수 있는 최대한 나쁜 상상을 떠올리면서 숨을 내뱉고, 그 상상을 뿌리치며 급히 숨을 들이마신다. 다행히 얼마 지나지 않아 아빠의 병이 그리 심각하지 않다는 사실이 판명되어 엄마의 걱정 호흡법은 자취를 감추었다. 하지만 유리코는 그 리듬을 지금도 잊지 않았다.

그렇게나 무서운 존재.

그것에게 머리를 숙이고 있던 오빠.

유리코의 작은 머릿속에 어두운 불이 켜졌다.

"어쩌면 — 오빠가 그런 무서운 짓을 저지른 건, 그 왕 같은 존재랑 무슨 관계가 있는 걸까?"

빨강 책이 흠칫했다.

유리코는 눈을 동그랗게 떴다. "그래? 그렇지? 내 말이 맞는 거지?"

책이 대답을 하지 않아 유리코는 양손으로 잡고 흔들었다. "가르쳐줘! 응, 가르쳐달라니까!"

"아, 아, 아가씨, 진정해."

"진정 못 하겠어!"

알았어, 알았어, 하고 빨강 책이 우는소리를 했다.

"그래. 그건 나쁜 거야."

인간에게 들러붙어 나쁜 짓을 시켜 —

순간 유리코의 무릎에서 힘이 빠졌다. 책을 끌어안고 털썩 주저앉았다.

오빠가 모습을 감추고 나서 오늘까지, 부모님이나 선생님들은 어땠는지 몰라도 유리코는 무엇 하나 제대로 된 설명을 듣지 못했다. 설명을 바라면, 넌 그런 걱정을 안 해도 된다느니 몰라도 된다느니 하면서 양팔을 벌리고 막아선다. 방금 빨강 책이 곧

드레만드레 취한 것처럼 떨면서(유리코가 호되게 흔든 탓이다) 툭 내뱉은 말은 유리코가 처음으로 얻은 대답이었다.

아, 울어버릴 것 같아.

"오빠답지 않다고 생각했어."

정말로 눈물이 흘러나왔다. 빨강 책의 표지에 한 방울, 두 방울 떨어진다.

"오빠가 그런 짓을 할 리 없어."

그렇지, 하고 빨강 책이 아주 다정한 목소리를 전해왔다. "아가씨의 오빠는 좋은 아이인걸. 친구를 상처 입히거나, 목숨을 빼앗는 짓을 할 아이가 아니야."

"……알아?"

"알지. 잠깐이었지만 가까이 있었으니까."

유리코는 손으로 얼굴을 문질러 눈물을 닦았다. 그래, 이 책은 오빠의 책장에 숨겨져 있었다.

"그러니까, 아가씨. 나도 열심히 말렸어. 정신 차리라고 경고했지. 하지만 아가씨의 오빠에게는 통하지 않았어. 너무나 빨리 그것에 씌고 말았으니까."

그것에 비하면 나는 아주 약해. 빨강 책은 부끄러운 듯이 몸을 움츠리고(실제로 그런 감촉이 느껴졌다) 중얼거렸다.

"그것한테는 도저히 당할 수 없어. 그것은 '영웅'이니까."

"영웅?"

그 말이라면 유리코도 알고 있다. 히어로. 아주 위대하고 강한 사람을 말한다. 역사상의 인물로 말하자면 훌륭한 일을 한 사람이다. 스포츠 선수로 말하자면 기록에 남을 활약을 한 사람이다. 그리고 대개는 이야기의 주인공이다. 그게 왜 나쁜 거지?

"너 거짓말쟁이구나. 영웅이 나쁠 리 없어."

"아가씨는 그렇게 배웠구나."

"그런 건 상식이야."

상식이라, 하고 빨강 책은 한숨을 쉬듯 말했다. "그럼, 그렇게 생각해."

유리코의 손바닥 아래서 책의 감촉이 변했다. 따뜻함이 사라지고 호흡도 더이상 느껴지지 않았다. 말을 거는 신기한 빨강 책은 이번에야말로, 그저 낡은 책으로 돌아가버린 모양이다.

"잠깐 기다려!"

유리코는 책을 흔들다가, 거꾸로 들기도 하고, 책등을 붙잡고 책장을 펄럭이면서 머릿속에 떠오르는 온갖 난폭한 짓을 했다. 그래도 책은 침묵을 지킨다.

"이런 게 어딨어." 유리코는 울먹였다. "너무하잖아. 왜 그렇게 심술 맞게 구는 거야?"

책을 상대로는 여자아이의 눈물 섞인 항의도 통하지 않는다. 유리코는 화가 치밀어올라 온 힘을 다해 빨강 책을 벽에 내던졌다. 책은 펼쳐진 채로 벽에 부딪혀 바닥에 철퍼덕 하고 떨어졌다. 바닥에 닿은 책장이 접혀버렸다.

아프다고도 하지 않고 화도 내지 않는다. 노려보아도 더이상 아무 일도 일어나지 않는다.

유리코는 책을 그대로 둔 채 반쯤은 싸움에 이기고 반쯤은 져서 풀죽은 기분으로 히로키의 방에서 나왔다.

부모님에게는 빨강 책에 관해서 이야기하지 않았다. 설명할 방도가 없다. 스스로도 이상한 꿈을 꾼 듯한 기분이었다. 그날 밤 저녁식사 자리에서는 내일부터 유리코가 등교한다는 것, 처음이니까 엄마가 따라가준다는 것, 유리코는 지금까지와 마찬가지로 친구들과 사이좋게 지낼 것—그런 이야기만 했다.

빨강 책은 벽 옆에 찰싹 엎어진 채로 아무렇게나 내버려두었다.

다음 날 유리코는 예정대로 등교했다. 학교에서는 교장 선생님, 교감 선생님, 기우치 선생님, 담임인 가타야마 선생님이 모두 모여 교장실에서 맞이해주어서 엄마가 몇 번이나 머리를 숙였다. 선생님들도 머리를 숙였다. 그러고 나서 가타야마 선생님이 유리코를 데리고 교실로 갔다.

1교시 수업이 끝나고 첫 쉬는 시간에 가나가 울 것 같은 얼굴로 안아주었다. 걱정했어. 다시 만나서 다행이야. 주변의 동급생들도 싱글싱글 웃거나 울 듯한 표정을 지었고, 일부러 모르는 척하는 표정을 지은 아이들도 결코 차가운 느낌은 아니었다.

다행이다—원래대로다. 오빠가 없어진 것만 제외하면 아무것도 변하지 않았다. 유리코는 마음의 긴장을 풀었다.

하지만 그것은 겉보기에 지나지 않았다.

3교시 수업이 끝나고 유리코는 가나와 함께 화장실에 갔다. 첫 사건은 거기서 일어났다.

얼굴은 알지만 이름은 모르는 옆 반 여자아이들이 유리코와 가나가 나갈 때 우르르 화장실로 들어왔다. 유리코의 얼굴을 보자 깜짝 놀란 표정을 지었다. 눈이 빛난다. 깊숙한 곳에서 은밀히 번 뜩이듯이. 재미있는 것을 찾았다, 별난 것을 찾았다, 건드려보자. 눈에서 손길이 뻗어나온다. 그런 느낌이 생생하게 전해진다.

싫어. 빨리 나가야지.

스쳐 지나갈 때 유리코의 손이 가볍게 그 아이들 중 하나의 손에 닿았다. 정말 가볍게 닿았을 뿐이다. 자주 있는 일이다. 그런데도 그 아이는 화상이라도 입은 것처럼 홱 물러서서 요란스레 허둥대기 시작했다.

"와아! 미안해!"

함께 온 여자아이들도 비명 같은 소리를 지르며 떠들썩댄다.

"모리사키지? 미안해! 정말 미안해! 일부러 그런 거 아니야!"

그러니까 날 찌르지 마~!

화장실의 차가운 벽에, 천장에, 쩌렁쩌렁 울리는 목소리였다. 여자아이들은 누군가가 덮친 것처럼 비명을 지르며 앞다투어 화장실에서 도망쳤다. 문이 크게 흔들린다. 복도로 뛰어나가자 그

녀들의 비명은 깔깔대는 웃음소리로 바뀌었다.

유리코는 꼼짝도 못한 채 서 있었다.

문득 쳐다보자 가나가 새파랗게 질려 있었다.

4교시 수업은 유리코의 머리 위를 가만히 지나쳐갔다. 옆자리의 가나는 유리코가 보지 않을 때는 유리코를 보고 있다가, 유리코가 눈길을 주면 서둘러 시선을 돌렸다. 유리코를 보지 않으면서도 사과하는 듯한 얼굴로.

급식 시간에 다음 사건이 일어났다. 학생들과 함께 배식을 하던 가타야마 선생님에게, 유리코의 엄마 나이 또래 여자가 몹시 황급히 찾아온 것이다. 선생님도 아니고 학교 사무원도 아니다. 반 아이 중 누군가의 엄마라는 사실을 알 때까지 시간이 좀 걸렸다.

그 엄마는 황급해할 뿐만 아니라 화도 나 있었다. 가타야마 선생님을 붙잡고 퉁명스레 뭐라고 말하더니, 한편으로는 자기 아이를 불러 — 후카야마라는 여자아이인데 유리코와는 별로 친하지 않다 — 꼭 끌어당겼다. 때때로 유리코 쪽에 날카로운 시선을 던졌다. 가타야마 선생님은 안색을 바꾸고 겨우 그 엄마를 복도로 데리고 나갔지만, 그때까지 나눈 몇 마디 말이 귀에 날아들어왔다.

범죄자. 살인자. 우리 아이가. 설명이 없었다. 도저히 참을 수 없다. 학교는 무슨 생각으로. 부모도 정상이 아니다.

단편적으로라도 의미는 알 수 있었다.

그때서야 처음으로 깨달았다. 반 친구들 중 몇 명이 결석했다는 사실을.

유리코는 범죄자가 아닌데.

유리코는 살인자가 아닌데.

오빠는 동급생을 죽인 범죄자다. 유리코는 그 동생이다. 그런 유리코가 있는 반에 자기 아이를 두다니 참을 수 없다. 후카야마의 엄마는 그렇게 말하는 것이다. 유리코가 오늘부터 등교한다는 말은 듣지 못했다, 들었다면 내버려두지 않았다, 학교는 무얼 하느냐고 화를 내는 것이다.

후카야마의 엄마는 화를 내면서도 두려워하고 있었다. 그 옆에서 엄마의 손을 꼭 쥔 후카야마도 두려워하고 있었다. 다른 누구도 아닌 유리코를 두려워하고 있었다. 그리고 그 눈은 약간, 아주 약간이지만 유리코를 비웃고 있기도 했다. 바보 같다. 뻔뻔스레 학교에 오다니. 무슨 생각을 하는 거야.

문득 주위를 보자 교실에 있는 동급생들이 모두 유리코를 쳐다보고 있었다. 그중에는 가나도 있었다.

하나, 또 하나 등을 돌린다. 다들 슬그머니 엉뚱한 곳을 본다. 급식 식판에 눈길을 떨어뜨린다. 식판이 부딪치는 소리가 난다. 떠들썩한데도 학생의 목소리는 존재하지 않는 교실.

유리코라는 블랙홀이 모두의 목소리를 빨아들이고 있다.

유리코는 소지품을 가방에 집어넣고, 가타야마 선생님이 돌아오기 전에 학교에서 도망쳐나왔다.

집으로 돌아가자, 집으로 돌아가자, 집으로 돌아가자. 유리코의 마음속에서 암흑의 오르골이 돌아가며 음악을 연주한다. 집으로 돌아가자, 집으로 돌아가자. 이제 두 번 다시 학교에 오지 않아.

학교에는 이제 유리코가 있을 곳이 없다.

무릎이 부들부들 떨리고, 턱이 덜덜 요동친다. 한 걸음 달릴 때마다 세상이 흔들리고 유리코가 밟은 곳이 모래처럼 무너진다.

집에 도착하자 거실로 뛰어들어 엄마에게 매달렸다. 후카야마의 엄마에게 지지 않을 정도의 목소리로 유리코도 부르짖었다.

그리고 둘이서 오랫동안 서로를 끌어안고 울었다.

유리코는 이제 학교에는 가지 않는다. 그 학교에는 가지 않는다.

그날 밤이 깊어지고 난 후 유리코는 다시 오빠의 방으로 들어갔다. 부모님에게 들키고 싶지 않았기에 불은 켜지 않았다. 창문으로 들어오는 가로등 불빛으로 충분하다.

빨강 책은 책장으로 돌아가 있었다. 앞쪽 열 구석에 반듯하게 꽂혀 있다. 엄마가 오빠 방에 들어와서 주워들었으리라. 접힌 책장도 펼쳐져 있었다.

유리코는 다가가서 손가락으로 살짝 책을 만졌다.

마법이 되살아났다는 사실을 알 수 있었다. 빨강 책의 표지가 따스하다.

아가씨야? 하고 책이 물었다. 유리코는 말없이 고개를 끄덕이고 소리 죽여 울기 시작했다. 울고 또 울었는데도 아직 눈물이 난다.

자신도 모르게 빨강 책을 가슴에 꽉 껴안았다.

"……아팠단 말이야."

책이 입을 삐쭉 내민 느낌이 든다. 미안해, 하고 유리코는 눈물을 뚝뚝 흘렸다.

"아가씨도 아팠던 모양이구나."

다정한 떨림이 전해졌다. 응. 유리코는 고개를 떨어뜨리고 책을 끌어안은 채 벽 옆에 주저앉았다.

낮에 학교에서 있었던 일을 털어놓았다. 내용이 왔다갔다하고 흐느낌이 섞여서 이야기는 몹시 뒤죽박죽이었지만, 빨강 책은 알아들은 모양이었다. 그리고 빨강 책은 유리코가 헛소리처럼 이야기하는 내내 한 가지 말밖에 하지 않았다. 괜찮아, 괜찮아, 이제 눈물 그치렴. 유리코가 무슨 말을 해도, 아무리 울어도. 괜찮아, 괜찮아, 이제 눈물 그치렴.

"모두 그래."

이윽고 유리코의 이야기가 바닥나고 이 자리에서 흘릴 눈물이 말랐을 무렵에 책은 그렇게 말했다.

"모두 아가씨랑 똑같은 생각을 하지. 누군가가 '영웅'에 홀리면 말이야."

책은 노래하듯 멜로디를 붙여 유리코에게 그렇게 전해왔다. 아득하게 오랜 시간 속에서, 헤아릴 수도 없을 만큼 많이, 인간들은 눈물의 강을 건너왔다.

"누구도 어떻게 할 수 없어. 불쌍하지만, 일어난 일은 원래대로 되돌릴 수 없어."

시간을 되감을 수는 없으니까.

"아가씨는 이제부터 계속 집에 있을 거지? 천천히 하면 돼. 지금은 시간이 아가씨의 적이지만, 잠깐 지나면 같은 편이 되어줄 거니까."

"그 말은 잊을 수 있을 거라는 뜻이야?"

"……아마도."

그건 무리다. 가능할 리 없다.

"하지만 오빠가 없는걸."

오빠의 부재는 유리코의 시간을 멈추고 말았다. 모리사키 집안의 시간을 꽁꽁 얼려버렸다.

"어제 이야기 말인데." 유리코는 책을 얼굴 앞으로 가져왔다. "넌 더 많은 일을 알고 있지? 오빠가 왜 그런 짓을 했는지 안다면, 오빠가 지금 어디 있는지도 아는 거 아니야?"

빨강 책이 대답을 주저한다. 그렇다면 맞는 거다.

"오빠는 지금 어디 있어? '영웅'에 쓴 사람은 어떻게 돼? 어딘가로 끌려가? 갇히고 그래?"

질문은 먼저 입에서 나온 말에 끌려나오듯 차례차례 솟아났다.

"오빠는 자기가 그러고 싶어서 친구를 찌른 건 아니지? '영웅'에게 홀려서 잔인한 짓을 하게 된 거지?"

한 박자 쉬고 나서 책이 대답했다.

"그래."

그게 그것의 본성이니까. 사람을 조종해 분란을 일으켜 세상을 어지럽히는 것. 책의 말은 어려워서, 유리코는 얼굴을 찌푸리고 생각해야 했다.

"'영웅'이 분란을 일으켜? 내가 아는 영웅은 분란을 끝내는 사람들이야."

여러 이야기에 씌어 있다. 교과서에도 그렇게 씌어 있다.

"시작과 끝은 같은 법이야, 아가씨. 머리와 꼬리가 이어져 있어."

점점 더 모르겠다. 나는 그런 수수께끼 같은 이야기를 하고 싶은 게 아닌데.

"그럼 오빠는 나쁘지 않아. 오빠가 나쁜 게 아니야. 나쁜 것에 사로잡혀서 마지못해 무서운 짓을 한 거니까."

오빠는 피해자다. 희생자다.

"구해내야 해."

소리 내어 말하자, 눈앞에서 그 말이 형태가 되어 어두운 방의 허공에 떠오르는 것 같은 기분이 들었다. 반짝반짝 빛나고 있다.

"구하러 가야 해. 저기, 오빠가 어디 있는지 가르쳐줘."

생각이 퍼뜩 떠올랐다. "혹시 네 안에 그게 적혀 있어? 그래서 네가 '영웅'을 잘 아는 거 아니야?"

말하자마자 유리코는 빨강 책을 펴려고 했다. 하지만 놀랍게도 책은 완강히 저항했다.

"뭐야! 이상하잖아."

책이 몸으로 버티고 다리에 힘을 주면서 유리코의 힘에 거스르려는 것을 알 수 있다. 유리코는 정색을 하고 빨간 표지를 잡아당겼다. 그래도 책은 책장을 펼치려고 하지 않는다.

"너, 책 주제에."

어제는 팔락팔락 넘어간 주제에!

"구해낼 수 없어" 빨강 책은 말했다. 이제는 노래하는 말투가 아니다. 다정한 떨림도 전해지지 않는다.

"'영웅'에게 사로잡힌 자를 구해낼 수는 없어. 인간의 힘으로는 무리야."

"할 수 있어! 어디 있는지 알면, 당장이라도 할 수 있어! 경찰이나 소방서 아저씨나, 우리 아빠 엄마라도 —"

"말도 안 돼! 어른 따위가 뭘 할 수 있다고. '영웅'에게 다가가기는커녕, 이 세계에서 나가지도 못하잖아."

또 영문도 모를 소리를 한다.

"됐으니까 네 몸속을 읽게 해줘. 씌어 있을 거잖아, 단서가. 중요한 게."

유리코는 창문 너머로 가로등 불빛이 비쳐드는, 깔끔히 정리된 오빠의 방에서 빨강 책과 씨름하기 시작했다. 나중에 생각해 보니 도대체 어떻게 했는지 스스로도 짐작이 가지 않았다. 어쨌거나 상대는 책이다. 하지만 그 상황에서는 인간 남자아이 ─ 딱 모리사키 히로키와 비슷한 나이의 남자아이와 격투하는 듯한 느낌이었다.

물론 불리하다. 실제로 오빠와 엎치락뒤치락하는 싸움은 한 적이 없지만 힘과 팔다리의 길이, 민첩함 모두에서 뒤졌다. 하지만 여자아이에게는 최후의 무기가 있다.

유리코는 이를 드러내 책 표지를 물고 늘어졌다. 빨강 책이 켁, 하고 비명을 질렀다. 유리코의 손 안에서 반회전하며 공중에 튀어올라 표지를 밑에 두고 바닥에 떨어졌다.

유리코는 숨을 몰아쉬며 책을 주워들었다. 기분 탓이겠지만 충격 때문에 축 늘어진 것처럼 보인다. 표지 모서리에 유리코의 이 모양이 희미하게 나 있다. 치열이 고른 것은 자랑거리다.

"지독한 짓을 하는군." 책이 신음했다.

"네가 심술궂으니까 그러지."

"아가씨는 내용을 못 읽어. 표지에 적힌 글자도 못 읽잖아."

냉정히 생각해보면 그렇다.

"아가씨가 이런 불뚱이라고는 생각지 않았어. 겉보기와는 다르구나."

빨강 책은 놀랐다기보다 상처 입은 듯했다. 정말 인간 같다.

"하지만 아무리 날카로운 이를 가졌어도 결국 아가씨는 조그만 여자아이야. 오빠를 구할 수는 없어. 착한 아이니까 눈물 닦고 코 풀고, 얌전하게 자렴. 아침이 되면 기운 내서 학교에 가는 거야. 그렇게 지금까지와 변함없는 생활을 계속할 수 있도록 노력하는 수밖에 없어."

설교다. 유리코는 짜증은 가라앉았지만 약은 계속 올라 있는 상태였다. 거기에 더해 화가 울컥 치밀어올랐다.

"지금까지와 변함없이 생활할 수는 없어."

"해봐야지."

"학교에 가면 괴롭힘 당하는걸."

"한편이 되어줄 친구도 분명 있을 거야."

"너 따위가 뭘 알아. 그냥 책 주제에."

책은 잠시 입을 다물었다. 그리고 말투를 약간 바꾸었다. "뭐야, 요컨대 아가씨는 학교에 가기 싫은 거네. 오빠를 구하러 가고 싶다니, 도망치기 위한 구실이잖아."

유리코는 다시 한번 책을 힘껏 바닥에 내팽개쳐주려고 했다. 하지만 그 손은 허공에서 멈추었다. 책을 머리 위까지 치켜든 참에, 자기 자신이 너무 슬프고 부끄러워서 눈 속이 뜨거워졌다.

유리코는 팔을 내리고 빨강 책을 히로키의 책장에 살짝 되돌려놓았다.

"좋아, 좋아, 그러면 됐어." 책은 만족스러운 듯 말했다.

"잘 자, 아가씨."

책에서 손을 떼고 방을 나가자. 당장에라도 그렇게 하자. 이야기는 끝이다.

아니, 끝이 아니야.

"정말 오빠를 구해낼 수 없어? 아까 어른은 못한다고 했지? 아빠도, 엄마도, 경찰들도 못한다고."

"응, 그렇지."

"나도 못해. 난 조그만 여자아이니까. 자, 그럼 또 누가 있어? 누군가 오빠를 구할 수 있는 사람은 있어?"

"……그런 걸 물어서 뭐 하게?"

"그 사람한테 오빠를 구해달라고 부탁하러 갈 거야."

무슨 일이 있어도 부탁하고 또 부탁해서 허락을 받는 거다.

"그러니까 알면 가르쳐줘. 오빠를 구할 수 있는 사람이 있긴 있어?"

유리코는 시계를 보지 않았기 때문에 대답이 나오기까지 얼마나 걸렸는지 모른다. 빨강 책은 오랫동안 망설였다.

"이 세계에는 없어."

그렇게 대답하는 책의 '목소리'에는 지금까지 없던 엄숙함이 깃들어 있었다.

"아가씨가 있는 이 세계에서 다른 곳으로 가지 않으면, 아가씨의 오빠를 찾기 위한 단서는 얻을 수 없어."

그렇다면 전혀 방도가 없는 건 아니다!

"어른은 이 세계에서 나갈 수 없다고 한 것도 그런 의미야?"

"응, 그래."

"나는 아이니까, 가능해?"

그렇다면 그곳으로 가자.

"어디? 외국? 비행기를 타야 갈 수 있는 곳이야?"

"그런 의미의 '다른 곳'이 아니야. 아가씨가 있는 이 '테두리'의 바깥이지."

'테두리'란 세계라는 뜻이다. 여기서 세계란 '세계사'나 '세계지도' 등 유리코가 알고 있는 의미의 말이 아니다. 훨씬 넓다고 책은 설명했다.

"아가씨가 평생 동안 갈 일이 없는 이 별의 끝이든, 우주 저편이든 간에, 우리가 보기에는 거기도 아가씨 같은 인간들의 '테두리' 안이야. 인간들의 세계─좁은 의미에서의, 세계의 이야기가 깃든 '테두리' 안일 뿐이지."

여전히 잘 모르겠다. 하지만 중요한 점은 한 가지다.

"하지만 내가 정말 가고 싶다고 원하면 거기에 갈 수 있어? 네가 데려가줄 거야?"

어린아이니까…… 하고 책은 중얼거렸다.

"어린아이니까, 이런 중대한 일도 간단히 결정해버릴 수 있지. 일생과 맞바꾸어야 할지도 모르는 결단인데."

기가 막힌 것도 같고, 감탄하고 있는 것도 같다.

"어쩔 수 없군. 아가씨에게 말을 걸어서 흥미를 가지게 한 건 나니까. 책임이 있어."

유리코의 가슴 깊은 곳이 꽉 메어왔다. 슬픔이나 분노를 제외하고 이런 느낌을 받은 게 얼마만일까.

"고마워!"

"감사 인사를 하긴 아직 일러. 아가씨, 이건 아주 큰일이야."

자기 혼자서는 아무것도 할 수 없다고 빨강 책은 말했다.

"그러니까 아가씨는 일단 나를, 친구들이 있는 곳으로 돌려보내줘야 해."

어쨌거나 입구도 거기고 — 라고 수수께끼 같은 말을 작게 덧붙인다.

"알았어. 어딘데? 서점이야? 도서관? 넌 낡은 책이니까, 헌책방인가?"

빨강 책은 낯간지럽다는 듯이 웃었다. "아가씨는 재미있군.

그래, 잊어버렸구나."

잊다니. 내가, 뭘?

"아가씨는 진심으로 오빠가, 나처럼 뭐가 적혀 있는지도 모르는 책을 그런 평범한 곳에서 가져왔다고 생각해? 떠올려봐. 얼마 전이더라, 아직 추울 때였어. 아가씨랑 오빠는 따듯해 보이는 코트를 입고 있었지. 그 무렵에 나 같은 책이 셀 수도 없을 정도로 많이 모인 장소에 모두 같이 갔던 기억은 없어?"

곰곰이 생각해보기 위해 유리코는 다시 책을 손에 들고 그 자리에 앉았다. 아직 추울 때. 코트를 입고. 모두 같이.

"모두 — 가족끼리?"

"그래."

하얀 입김을 내뿜으며. 셀 수도 없을 정도로 많은 책이 모인 장소에.

유리코는 눈을 크게 뜨고, 그러는 김에 입까지 벌리고 말았다. "그거 작은아버지 별장 아니야?"

"정확하게 말하면, 아가씨 아빠의 작은아버지지만. 작은할아버지야."

작년 12월 첫째 일요일이었다. 가족 모두가 아빠가 운전하는 차를 타고 나갔다.

"응, 그 별장에 엄청난 서재가 있어서 마치 도서관 같다며 깜짝 놀랐었어."

"나는 거기 있었어." 빨강 책은 그렇게 말하고서 목소리를 죽였다. "'영웅'도 거기 있었어."

유리코는 기억을 떠올리고 생각하는 데 정신이 팔려 책이 중얼거리는 소리를 듣지 못했다. 작은할아버지의 별장, 장소는 어디였더라? 당일치기였으니까 그렇게 멀지는 않겠지만 꽤나 깊은 산속이었다. 도중에 포장되지 않은 길로 접어들어 엄마가 불안해했다.

"나 혼자서는 그런 곳까지 못 가. 장소도 모르고, 길도 모르겠어."

"그럼, 어떻게 할래?" 빨강 책이 재미있다는 듯이 물었다. "아가씨, 이게 최초의 시련이야."

2장
은둔자의 도서관

아이는 상당히 거짓말을 잘한다. 다만 익숙하지 않기 때문에 바로 들키고 마는 것뿐이다. 거짓말을 하려면 일단 스스로 그 거짓말을 철썩같이 믿어야 한다.

빨강 책이 해준 충고를 가슴에 간직한 뒤, 유리코는 삼십 분 정도 사전 준비를 했다. 거짓말을—이야기를 꾸며내기는 간단하지만, 그 이야기를 박진감 넘치는 연기로 매끄럽게 전하기는 어렵다.

부모님을 깨우는 건 전혀 힘들지 않았다. 오빠가 모습을 감춘 후로 아빠와 엄마 둘 다 푹 잠든 적이 없다. 제대로 이부자리에 들어가 자게 된 것도 극히 최근의 일이다. 그때까지는 둘이 거실에서 아무렇게나 쓰러져 잤다. 현관문도 잠그지 않고, 아무리 작은 소리에도 벌떡 일어나서 오빠가 돌아오지 않았는지 살피러 뛰어갔다. 이러다가는 둘 다 쓰러진다고 경찰이 설득해서 겨우 침실에서 자게 되었다.

유리코가 지어낸 이야기를 시작하자 일단 엄마의 안색이 변했다. 놀라거나 화가 난 것이 아니라, 그러고 보니 그렇다, 중대한 것을 놓쳤다 하는 기쁨과 후회가 뒤섞여서 수척해진 뺨 위를 스쳐 지나갔다.

"그렇지? 나도 완전히 깜박했어. 하지만 그 별장이라면, 아무에게도 들키지 않고 오빠 혼자 숨어 있을 수 있지 않을까?"

맞아, 맞아. 여보, 유리코 말이 맞아. 오른손으로 유리코를 끌어안고 왼손으로 아빠를 붙잡고 흔들며 엄마는 들뜬 목소리를 낸다.

"히로키는 분명 그 별장에 있는 거야!"

"중학생이 혼자 그런 곳까지 갈 수 있을까. 차도 없는데……"

아빠는 반신반의한다. 아니, 반희반의半希半疑인가. 그랬으면 좋겠다는 바람을 현실적인 판단으로 억누르고 있다.

"히로키는 결심한 일을 여봐란듯이 해내는 성격이잖아. 머리가 좋은 아이니까, 요령도 있고. 히치하이킹이니 뭐니 방법은 얼마든지 있어."

가자, 바로 가자. 엄마가 이불을 밟고 일어선다.

"자, 잠깐 기다려. 이런 시간에."

"꾸물대고 있을 수 없어!"

"누구한테 알리는 편이 낫지 않을까?"

"누구한테? 누구한테 알린다는 거야. 경찰?" 엄마는 눈빛까지 변했다.

"농담하지 마." 침을 튀기며 소리를 질렀다.

"우리끼리 히로키를 찾는 거야. 경찰 같은 덴 나중에 신고하면 돼!"

그 기세에 아빠도 끌려간다. 중대한 사항을 결정할 경우, 모리사키 집안에서는 대개 이런 패턴이다.

"아, 알았어. 가보자. 유리코는……"

"나도 함께 갈래!"

"물론이지. 유리코도 데려가는 거야, 여보."

이제 뿔뿔이 흩어지는 일은 없을 거야, 하고 갑자기 목 멘 소리로 엄마가 선언했다.

사십오 분 후에 모리사키 집안의 남은 세 명은 자가용을 타고 캄캄하고 고요한 마을 안쪽에서 출발했다. 갈아입을 옷과 출발 준비는 십오 분도 걸리지 않았지만(엄마는 오빠가 갈아입을 옷과 먹을 것, 감기나 배탈에 대비한 비상약 등을 한없이 가방에 채워넣다가 도중에 아빠에게 제지당했다), 나머지 삼십 분은 목적지인 별장 주소를 확인하는 데 허비하고 만 것이다.

작은할아버지의 별장에는 한 번 방문한 게 전부다. 두 번 다시 갈 일 없으리라 생각하고 있었다. 의논 끝에 모두 변호사에게 맡기기로 결정했기 때문이다. 그래서 아빠는 작년 12월에 딱 한 번 물어서 알아놓은 별장 주소를 적은 메모지를 어디 두었는지 잊어버렸다.

아버지께 전화해서 물어볼까. 안 돼, 그럼 이유를 말해야 하잖아. 아버님은 경찰에 신고할 거야. 우리 친정이랑 달리 그쪽은 모두 히로키에게 냉랭하니까. 그렇지 않아, 우리 아버지도 — 이런 실속 없는 싸움이 벌어지려 할 때 유리코가 끼어들어 말렸다. 뭐든지 '일단 보관해두는' 버릇이 있는 엄마가 그런 '일단 보관 물품'을 넣어두는 서랍 몇 개와 빈 상자를 기억해둔 덕택에 문제의 메모지를 찾아낸 것도 유리코였다.

운전석과 조수석에 앉은 아빠와 엄마. 지금까지 가족끼리 차를 타고 나갈 때는 운전석 뒤에 오빠, 조수석 뒤에 유리코가 앉는 것이 모리사키 집안의 관례였다. 지금 뒷좌석에는 유리코 혼자뿐이다. 하지만 무릎 위의 작은 분홍색 배낭 속에는 빨강 책이 들어 있다.

—아가씨, 잘했어.

유리코는 배낭 속에 오른손을 찔러넣어 손바닥을 표지에 대고 있었다. 책의 목소리가 똑똑히 들렸다.

—이야기하는 중에, 나도 정말 오빠가 그 별장에 혼자 숨어 있을지도 모른다고 생각하게 됐어.

유리코의 말도 가슴속으로 생각하기만 하면 손바닥을 통해 책에 전해진다.

—그건 있을 수 없는 일이야.

책이 딱 잘라 대답했다.

—어중간한 희망을 품으면 안 돼, 아가씨. 그것보다 더한 문제는 내 친구들이 지금도 거기 있느냐는 거지.

—뭐야, 그게. 이야기가 다르잖아.

—아빠한테 물어봐. 그후에 아빠 친척 중 누군가가 별장 안에 있던 책을 처분하진 않았는지.

유리코는 일단 배낭에서 손을 거두었다. 그리고 운전석으로 몸을 내밀었다.

"아빠. 그 별장, 우리가 보고 간 다음에 누가 청소하거나 정리하지는 않았어?"

아빠는 앞을 향한 채 눈만 움직여 룸미러에 비치는 유리코의 얼굴을 잠깐 쳐다보았다.

"그런 이야기는 못 들었는데."

"그럼 그대로겠네. 책이 아주 많았잖아? 꼭 도서관처럼. 그 책도 모조리 남아 있겠구나."

"아마 그럴 거야. 처분했다면 아버지나 다카시 형이 알려줬을 테니까."

다카시라는 사람은 아빠의 두 형 중 하나로, 모리사키 가문의 장남이다.

"그런 별장을 사려는 사람은 나올 리 없다고 하지 않았나" 하고 엄마가 말했다. 조금이라도 빨리 가기 위해, 차를 밀어서 돕기라도 하려는 듯 한 손을 대시보드에 대고 있다. "외진 곳인걸. 길도 없었고. 건물도 꽤나 망가졌잖아."

유리코도 기억하고 있다. 장소와 상태가 조금만 더 좋으면 돈을 들여 리폼해서, 모두 함께 사용하는 별장으로 삼을 수 있는데, 하고 다카시 삼촌이 말했다. 저래서는 어쩔 도리도 없다. 폐가나 마찬가지니까.

"하지만 책들은 일단 전문업자한테 봐달라고 해야겠다고 했지, 형이."

어쨌거나 엄청나게 많았으니까.

"개중에는 가치 있는 책이 섞여 있을지도 모른다고 ―"

"유리코, 오빠가 별장 책에 대해 뭐라고 한 적 있니?"

엄마는 날카롭다. 질문을 받고 유리코는 고개를 저었다. "아니. 그냥 진짜 많다고, 작은할아버지가 이걸 혼자 모아서 다 읽었을까 하고 감탄했어."

이것은 거짓말이 아니다. 사실이다. 가족과 별장을 보러 갔을 때, 오빠는 그 도서관 같은 '책방'에서 질리지도 않고 이런저런 책을 꺼내봤다. 여기에는 전 세계의 책이 모여 있는 것 같다고도 했다. 봐봐, 꼬맹아. 이쪽은 영어 책, 이쪽은 아마도 프랑스어, 이쪽은 무슨 말일까, 처음 보는 글자가 늘어서 있어. 몇백 년은 된 책 같은데.

그래, 하고 엄마는 작은 목소리로 말했다. "히로키는 책을 좋아하니까."

"우리가 다녀오고 나서 다섯 달 가까이 지났잖아. 자물쇠 같은 건 어떻게 했을까?"

갑자기 생각났는지 아빠가 불안한 듯 중얼거린다.

"자물쇠가 잠겨 있어도, 창문 같은 걸 부수고 들어갈 수 있잖아. 히로키는 그렇게 했을 거야."

좀더 속력을 내라고 엄마가 재촉한다. 아빠가 핸들을 고쳐 잡았다.

유리코는 배낭에 손을 집어넣었다.

─엄마는 완전히 확신하고 있어.

─어쩔 수 없지. 그게 어머니의 마음이라는 거야.

─내 탓이야.

─그런 걸로 벌써부터 주눅 들면 앞으로 아무것도 못해.

그것보다 아가씨, 하고 빨강 책은 말했다.

─지금 좀 자두는 편이 좋을 거야.

─잘 수는 없어. 졸리지도 않고.

─그럼, 그 별장의 주인인 작은할아버지에 대해 아가씨가 얼마나 알고 있는지 가르쳐줘.

─넌 몰라? 넌 작은할아버지가 산 책이잖아.

─그러니까, 나랑 아가씨가 알고 있는 걸 맞춰보려고. 그냥 생각나는 것만으로도 괜찮아, 설명하려고 안 해도 되니까.

유리코는 시트에 머리를 대고 책이 말한 대로 작은할아버지에 관해 떠올려보았다.

처음 그 이야기를 들은 것은 작년, 아직 더운 무렵이었으리라. 저녁식사 테이블에서 아빠가 아무래도 아버지께 동생이 있는 것 같다고 말을 꺼냈다.

아빠의 아빠, 유리코의 친할아버지는 외아들이다. 형제자매는 없다. 그런데 이제 와서 '있는 것 같다'니, 이상한 이야기다.

"꽤나 복잡한 사정이 있어서 말이야. 그래서 아버지도 지금까지 우리에게는 잠자코 있던 거지." 아빠는 엄마에게 그렇게 설명했다.

할아버지가 초등학교 4학년 때부터 고등학교 2학년이 될 때까지 한동안, 피가 이어지지 않은 '동생'이 있던 시기가 있다고 한다. 할아버지의 부모님이 양자를 얻은 것이다.

"아버지의 아버지가 일 관계로 신세를 진 사람의 아들인데, 본처의 아들이 아니었거든."

그때 아빠는 모두 다같이 식탁에 앉아 있는데도 이야기의 특정 부분이 되면 오로지 엄마 한 사람을 향해 말했다. 그런 부분은 유리코가 들어도 이해가 안 되는 구석이 많았다. 오빠는 이해했는지 못 했는지 알 수 없는 표정으로, 애당초 그런 이야기에는 흥미 없다는 듯 열심히 밥을 먹고 있었지만, 실은 귀 기울여 듣고 있다는 사실을 유리코는 알 수 있었다. 그도 그럴 것이 유리코가 '지금 무슨 얘기 하는 거야?'라는 얼굴로 오빠를 훔쳐보자 '몰라도 돼'라는 사인을 보냈으니까. '꼭 알고 싶으면 나중에 가르쳐줄게.'

"여러 가지로 말썽이 있어서 젖먹이 때부터 친척들 집을 옮겨 다녔거든. 하지만 어디에도 자리 잡지 못해서, 결국 우리 할아버지가 부탁을 받고 양자로 삼기로 했다더군."

증조할아버지는 그런 점에서는 '배포가 큰 사람'이었다고 한다. 호적에는 넣었어? 안 넣었어. 어머니는? 혼자서는 키울 수 없다고 도망쳤다더라, 하면서 아빠와 엄마가 빠른 말투로 이야기를 주고받았다.

"나이는 몇 살 정도였어?"

"아버지보다 한 살 아래."

"그럼, 정말 형제네."

"그대로 잘 지냈다면 말이지."

유감스럽게도 그 양자는 모리사키 집안에 와서도 잘 지내지 못했다고 한다.

"뭐, 몇 년은 버텼으니까 다른 집보다는 나았겠지만."

"딱하다."

할아버지는 그 양자와 항상 싸우기만 했다고 한다.

"일단 우리 할아버지가 고등학교까지는 진학시켜줬지만, 바로 그만뒀어. 그길로 모리사키 집안에서도 나가버렸대."

정식 절차를 밟은 양자가 아니었기에 호적 등의 문제는 전혀 없었다. 그저 그 사람이 자취를 감춘 것으로 끝났다.

"은혜를 모른다고 할아버지는 한때 역정을 내셨나봐. 할머니는 걱정하셨나보지만, 어쩔 도리도 없었으니 말이야."

할아버지는 그 양자를 완전히 잊어버린 채 어른이 되어, 자신이 아빠가 되고, 현재는 할아버지가 되기에 이르렀다. 증조할아버지와 증조할머니는 벌써 오래전에 돌아가셔서 무덤 속에 있다.

양자의 이름은 미노치 이치로라고 한다.

"별난 성이네."

"낳아준 어머니의 성이래."

그 미노치 이치로 씨가 별세한 것이다.

"바로 저번 달이래. 그래서 유산 관리인으로 지정된 변호사가 아버지께 연락해왔어."

미노치 이치로 씨는 유언장을 남겼다. 거기에는 유산의 일부를 어릴 적에 신세진 모리사키 가문에 주고 싶다고 씌어 있다고 한다.

"유산이라니…… 그렇게 부자였어?"

엄마가 젓가락을 입에 문 채 눈을 동그랗게 떴다.

"주식이 대박을 쳤다나봐. 상당한 자산가가 됐어. 인생은 모를 일이라니까. 고등학교도 제대로 나오지 않고 부모가 없어도 그런 식으로 성공하는 경우도 있는 거지."

미노치 이치로 씨는 독신이라 친족은 전혀 없다. 유산의 대부분은 자선단체에 기부하게 되었다.

"아버지는 꽤 감동하셨어. 그 이치로가 말인가, 아버지랑 어머니가 살아 있었으면 기뻐하셨을 텐데, 하고."

"그거, 정말 받을 수 있는 돈이야? 세금은 어떻게 돼? 잘못 상속받았다가 도리어 세금이 많이 붙거나 하지는 않을까?"

"괜찮아. 그쪽은 전부 변호사가 처리해줄 거야. 우리는 그냥 준다고 하는 몫을 받으면 된다나봐."

"우리가 받는 건 아니지. 받는 분은 아버님이잖아."

아빠는 방정맞게 웃었다. "하지만, 언젠가는 우리 형제 것이 될 테니까."

그것이 첫번째 소식이었다. 다음 소식이 올 때까지 한 달 정도 걸렸을까. 어느 날 밤, 회사에서 돌아가는 길에 다카시 삼촌이 집에 들러(이야, 잠깐 못 본 사이에 둘 다 또 키가 컸구나. 히로키는 야구 열심히 하고 있니?) 자세하게 이야기해주었는데, 아빠는 상당히 실망한 모양이었다.

"뭐야. 역시 굴러들어온 호박은 덧없는 거로군."

"아버지도 그렇게 말씀하셨어. 세상에 그렇게 그럴듯한 이야기가 널려 있지는 않지."

변호사의 설명으로는, 이런저런 절차를 마치고 세금을 납부하면 모리사키 집안으로 가는 미노치 이치로 씨의 유산은 기타 칸토의 산속에 있는 낡은 별장 한 채뿐—이라고 한다.

"별장이긴 하지만 본인이 거기 살고 있었어."

"그럼 거기서 죽었나?"

"아니, 죽은 건 여행지. 파리였대."

미노치 이치로 씨는 센 강변에 있는 고서점 안에서 죽었다. 헌책 더미 사이에서 픽 쓰러져, 가게 주인이 달려갔을 때는 이미 숨이 끊어졌다고 한다. 심근경색이었다.

"전부터 안 좋았대. 본인도 각오를 한 상태라 유언장을 작성한 거고."

파리에는 자주 갔던 모양이다. 그밖에도 전 세계 여기저기를 여행하며 다녔다.

"남아돌 정도로 많은 돈을 가지고 혼자 살았잖아. 여행 갈 때 말고는 그 별장에 틀어박혀 있기만 했대. 사람을 싫어해서. 친구고 아는 사람이고 아무도 없어. 친분이 있던 건 그 변호사뿐이야. 그것도 필요했으니까 어쩔 수 없이 말이야. 같이 한잔한 적도 없다면서 웃더라고."

큰 부자이자 사람을 싫어하는 은둔자. 변호사는 그렇게 평했다. 미노치 씨 본인이 스스로 자신을 그렇게 불렀다고 한다.

"그래서, 해외여행만이 유일한 취미였나?"

"아니, 여행은 단순한 수단. 목적은 책이야, 책. 그것도 헌책만."

전 세계를 돌아다니며 고서점을 방문한다. 발견한 책은 죄다 산다. 가격 따위는 문제가 아니다(다카시 삼촌은 이때 돈에 벌이줄을 매지 않는다*라는 표현을 썼다). 사고, 사고, 또 사모은다.

"살던 별장 말고도, 책을 보관하는 용도로만 집을 세 채 더 가지고 있었대. 그쪽은 아버지한테 남겨주지 않았어."

별장에도 책이 산더미처럼 있다고 한다. "본인이 특별히 마음에 들어하던 책을 거기 모아뒀대."

어쨌든 한번 상황을 보러 갔다 오겠다고 다카시 삼촌은 말했다.

"아버지는 완전히 흥미를 잃고 귀찮아하셔서. 전부 내게 맡긴다니 어쩔 수 없지."

"미안해, 형."

"만약 낡았어도 수선해서 쓸 만한 별장이면 모두 같이 쓰자. 여름휴가 때 모여서 바비큐를 한다든지."

엄마가 살짝 끼어들었다. "부자였다면 가구는 좋은 걸 가지고

---

* 벌이줄을 매지 않으면 연을 제어할 수 없다는 말에서 나온 것으로, 어떤 제한도 없이 사용한다는 뜻.

있었을지도 모르겠네요. 좀 보고 와주세요, 아주버님."

"예예, 알겠습니다."

이런 사정으로 그후로도 몇 번인가 다카시 삼촌한테서 연락이 왔었다. 들을 때마다 맥이 빠지는 소식뿐이었다. 별장은 그냥 낡은 수준이 아니다. 어떻게 무너지지 않았는지 신기할 정도다. 가구도 제대로 된 물건이 없고, 집 안은 쓰레기 천지. 가사 도우미도 고용하지 않았던 모양이다. 식사는 어떻게 했는지, 부엌의 수도꼭지를 비틀자 빨간 녹이 섞인 물이 졸졸 나올 뿐이다.

책은 어떤가. 있기는 있다. 산더미처럼 있다. 일층 안쪽의 제일 큰 방이 서재인데, 벽 한 면의 붙박이 서가에 책이 빽빽하다. 그래도 다 수납하지 못해서 바닥에 쌓여 있다.

"슬쩍 봤는데, 외국어 책뿐인 것 같아. 어느 정도 가치가 있는 물건인지 아마추어는 짐작도 안 가."

값진 물건이 있을지도 모른다는 이야기는 분명 이때 나왔을 것이다.

"업자를 불러서 보여주는 게 낫겠어. 하여튼 엄청 불편한 곳이더라고. 거긴 별장지가 아니야. 그냥 산속에 그 집 한 채만 덩그러니 서 있어. 주변에는 아무것도 없고. 길도 도중부터 사유도로인데 손질이 안 되어 있어서, 네 형수랑 일단 되돌아가서 가게를 찾아 낫이랑 손도끼를 사서 다시 갔다니까. 정말 고생했어."

그래서야 괜히 업자에게 부탁해서 보러 오라고 하면 수수료가 터무니없이 높아질지도 모른다. 아빠는 쓴웃음을 지으며 그렇게 말했다.

그런 곳에서, 그런 집에서, 무수히 많은 헌책에 둘러싸여 미노치 이치로 씨는 어떻게 살았을까. 무슨 생각을 했을까. 외롭지는 않았을까. 처음에 그런 말을 꺼낸 사람은 오빠였다.

"우리도 한번 가보자."

계속 아빠를 졸랐다. 엄마가 그에 동의했다.

"아주버님이랑 형님은 소탈한 사람들이라 욕심이 없어. 괜찮은 게 있는데 빠뜨렸을지도 몰라. 나도 보러 가고 싶어. 눈으로 직접 확인해보고 싶고."

"하지만 이사무 형네도 가봤다가 어이없어하며 돌아왔던데."

이사무란 아빠의 둘째 형이다. 전 부인과 이혼하고 지금 부인은 두번째인데 아이는 없다. 맞벌이를 해서 형제 중에는 제일 부유하다고 아빠와 엄마 둘 다 인정하고 있다. 돈 씀씀이가 좀 헤프지만.

"이사무 아주버님네는 좋은 물건을 보는 눈은 있지만, 요즘 유행만 따지잖아. 그런 데 돈을 척척 쓰니까 골동품이나 골동 가구 따위는 눈에 안 들어올 거야."

중대한 사항을 결정할 때는 엄마의 의견이 우선이다. 이 철칙에 따라 12월 초에 유리코 가족은 다함께 문제의 별장을 견학—탐험하러 가게 되었다.

그날도 손도끼 정도는 아니더라도 낫은 필요했다. 그 사실을 떠올리고 유리코는 퍼뜩 정신을 차렸다.

"그 길, 지나갈 수 있을까?" 하고 앞좌석의 부모님에게 물었다. "또 풀이 자라났으면 어떻게 해?"

"전에 갔을 때 너희 삼촌한테 빌린 낫이 트렁크에 들어 있어" 하고 아빠가 대답했다.

"잘 생각해냈네, 유리코."

"히로키가 풀을 베어놨을 거야, 분명히."

엄마의 재빠른 중얼거림에 왠지 아빠는 대답을 하지 않았다.

차는 고속도로를 달리고 있었다. 텅 빈 도로에서 때때로 대형 트럭이 앞서거니 뒤서거니 했다. 옆면 패널에 다양한 종류의 물고기 그림이 그려진 트럭이 잠시 유리코네 차와 나란히 달리다 앞쪽 램프웨이에서 내려갔다.

빨강 책이 말을 걸어왔다.

—아무래도 내 친구들은 그대로 별장에 남아 있나보네.

—응. 다행이야!

—다카시라는 사람은 나도 기억하고 있어. 그 방에 들어왔으니까. 부인이 함께였지만 아이들은 없었어.

유리코의 사촌들 이야기다.

—오빠랑 나보다 나이가 많으니까. 이제 아빠 엄마랑 같이 잘 다니지 않아.

실은 오빠도 그랬다. 중학교에 올라가고 나서는 '가족끼리 외출'을 하자고 하면 그다지 좋은 얼굴을 하지 않았다. 이러니저러니 구실을 만들어 함께 가지 않은 때도 있었고, 적당히 어울려주는 느낌도 들었다. 야구팀 친구들과 학교 친구를 만날 땐 신이 나서 나가면서.

"저기, 여보." 엄마가 조급한 말투로 물었다. "결국 그 별장은 어떻게 됐어? 아버님이 받으셨어?"

"받으셨겠지."

"정식 절차는 마쳤어?"

"그럴 거야."

"그럼 히로키가 거기 있어도 불법 침입은 아니겠네. 할아버지 별장인걸."

빠른 말투로 딱 잘라 말하고 만족스러운 듯 입을 다물었다. 아빠도 한순간 뭔가 덧붙이려는 표정을 지었지만, 결국 말없이 운전에 전념했다.

신기하군, 하고 빨강 책이 말했다.

—아가씨네 가족은 그 별장을 남긴 사람을 잘 모르고, 친근함을 갖고 있는 것 같지도 않아.

—그도 그런 게, 정말 모르는 사람인걸.

—하지만 삼촌이니 작은할아버지니 하고 부르잖아. 난 그게 신기하다는 생각이 들어.

유리코도 잠깐 생각했다.

—그건 아마 미노치 씨라든가, 이치로 씨라고 부르기 거북해서 그런 걸 거야.

그게 오히려 친근한 분위기가 감도니까.

—그런가.

—응. 할아버지는 이치로, 이치로 하고 이름을 불렀고 한때는 형제였다고 하니까. 그래서 우리도 별 생각 없이 그러는 거지.

그러고 보니 할아버지는 이미 죽은 사람이니 일가로 대우하는 것이 최소한의 공양이라고 말한 적이 있다. 그러자 기일은 어떻게 하느냐, 우리집에서 챙기느냐고 할머니가 신경을 썼다. 기일이란 뭘까.

—그 사람은 말이지, 확실히 고독한 사람이었어.

—작은할아버지 말이야?

—응. 난 그 사람 별장에 간 지 삼 년 정도밖에 되지 않았지만, 그 사람이 혼자라는 사실은 금방 알았어.

하지만 쓸쓸한 것 같지는 않았다고 한다.

—고독한데 쓸쓸하지 않다고?

그 물음에 대답이 오기 전에 유리코는 중요한 사실을 떠올렸다.

—넌 '영웅'도 너랑 같이 별장에 있었다고 했지. 즉, '영웅'도 너랑 같은 '책'이라는 말이야?

손바닥을 세게 누르지 않으면 들리지 않을 정도의 희미한 목소리로 책은 대답했다. 그렇다고.

— 작은할아버지가 산 '책'이구나.

— 응. 어디에서 왔는지는 난 몰라. 친구 중에 누군가 알고 있겠지.

— 왜 작은할아버지는 무사했어? 왜 '영웅'에 쐬지 않았어?

차는 고속도로를 내려와서 가로등과 간판 조명이 켜진 넓은 도로로 들어섰다. 지금은 밤하늘과 구별이 가지 않지만, 주변에는 드문드문 산과 언덕이 보일 터이다. 아빠의 내비게이션 화면에도 커다란 건물 표시가 뜸해졌다.

— 설명이 어려운데.

그건 이미 충분히 잘 알고 있다.

— '영웅'의 본체는 이 '테두리'에는 없어. 다른 장소에 엄중히 봉인되어 있지.

옆길에서 순찰차가 나와서 이쪽으로 커브를 틀면서 유리코네 차와 스쳐 지나갔다. 조수석의 순경이 목을 젖혀 이쪽 차 안을 살폈다. 아빠의 매끄러운 운전 솜씨는 변함이 없고, 엄마는 순찰차의 존재 자체를 알아차리지 못한 것 같다. 앞쪽을 응시하는 엄마의 눈빛은, 룸미러로 보아도 무서울 정도로 가차없다. 그 눈동자에는 분명, 아직 제법 떨어진 산속에 있는 그 별장이 비치고 있으리라. 어두운 방 어딘가에서 회중전등이나 촛불 하나만 켜고, 낡은 담요나 재킷을 뒤집어쓰고 떨고 있을 오빠의 모습도 보일지 모른다.

─하지만 '영웅'은 다른 책에는 없는 힘을 갖추고 있어. 그리고 아가씨가 있는 이 '테두리' 안에는 그 힘을 전할 수 있는 일종의 사본이 몇 권 있지. '영웅' 그 자체는 아니지만, '영웅'의 일부랄까, 영향력을 지니고 있는 '책'.

히로키가 미노치 이치로의 별장에서 뜻하지 않게 만난 것은 그런 사본 중 하나였다는 말이다.

묘한 이야기이자, 흘려넘길 수 없는 이야기이도 하다.

─아무리 '영웅'의 본체를 봉인해도, 사본이 나돌아다니면 의미 없지 않아?

지극히 당연한 초등학교 5학년의 비판에도 빨강 책은 동요하지 않았다.

─그렇지는 않아. 내버려두면 온 '테두리'에 늘어날 대로 늘어났을 사본이 지금 정도의 수에 머무르는 건, '이름 없는 땅'에서 '영웅'의 본체를 봉하고 있기 때문이야.

이름 없는 땅. 처음 듣는 명칭이 나왔다. 무슨 소리냐고 유리코가 손바닥에 힘을 주어 다시 물으려고 했을 때, 차체가 크게 튀어올라 무릎 위에서 배낭이 미끄러져 떨어졌다.

차가 비포장도로로 들어선 것이다. 운전석에 앉은 아빠는 몸에 힘을 주고, 엄마는 대시보드를 더 세게 붙잡았다.

"이제 거의 다 왔네. 이 길을 올라가는 거지?"

"외길이었을 거야."

유리코는 시트에서 굴러떨어지지 않도록 균형을 잡으며 어찌 어찌 배낭을 집어올렸다.

창밖에는 어둠이 흘러넘치고 있다. 두 줄기의 헤드라이트가 그 속에서 튕기듯 위아래로 움직인다. 그 탓에 빛에 드러난 밤의 나무들도 가지를 흔들고 뿌리를 꿈틀대며 춤추는 듯하다. 이런 시간에 산에 불빛을 들고 온 자는 누구냐. 이런 시간에 숲에 발을 들여놓으면서 불빛을 필요로 하는 자는 누구냐. 우수수, 바스락바스락. 나무들이 떠들썩댄다. 유리코는 저도 모르는 사이에 몸을 움츠렸고 목덜미가 뻣뻣해졌다.

느닷없이 별장의 실루엣이 나타났다. 아까까지는 전혀 눈에 들어오지 않던 것이 갑자기. 잠자던 동물이 차의 엔진 소리에 깨어나 시야에 들어온 것 같았다.

밤하늘은 어둡고, 산도 어둡고, 숲은 더 어둡게 느껴졌는데, 별장은 한층 더 어두웠다. 거기에 어둠이 갇혀 있기 때문이라고 유리코는 생각했다. 하늘과 산, 숲의 어둠은 자유롭지만 별장 안에 있는 어둠들은 갇혀 있다. 밖에 나갈 수 없는 어둠이 겹겹이 응축된 것이다.

어둠의 무게 때문에, 작은할아버지가 남긴 별장은 처음 방문했을 때보다 훨씬 기울어져 있는 것처럼 보였다.

차가 멈췄다. 아빠가 시동을 끈다.

"유리코, 내리자."

유리코는 왠지 방탄조끼를 입는 기분으로 배낭을 꼭 끌어안았다.

별장 현관에 다다르기 위해 아빠는 낫을 휘둘러야 했다. 풀이 마구 자라나 있었다. 누군가가 벤 흔적은 없었다.

지금까지의 길보다 거리는 짧지만 더 급한 경사면이다. 그래서 차로는 올라갈 수 없다. 전에 가족끼리 왔을 때 올라가기 시작하자마자 유리코가 넘어지면서, 옛날에 내놓은 듯한 길 흔적을 찾은 적이 있었다. 광택이 나는 예쁜 포석의 파편이 풀숲 속 여기저기에 남아 있었던 것이다.

넘어진 유리코를 일으켜 세우려던 오빠가 그걸 발견했었다. 그때는 아무 말도 없다가, 별장 안팎 모두 황폐하다는 사실이 분명해진 후에 자기가 발견한 것을 설명하며 이런 말을 꺼냈다.

"미노치 씨, 옛날에는 부자였지만 요즘 들어 돈이 궁했던 것 아닐까?"

아빠 엄마도 포석 파편을 확인하고 얼굴을 마주 보았다.

"여기를 유지하기도 어려웠나?"

"그럼 책들을 팔면 됐을걸."

파리까지 책을 찾으러 갈 수는 있어도, 별장 손질을 할 수는 없었나보다.

히로키, 히로키! 엄마가 아빠 앞으로 나서서, 한 손으로는 풀을 헤치고 한 손으로는 대형 회중전등을 휘두르며 큰 소리로 불렀다. 이봐, 위험해. 손 베이니까 좀 뒤로 물러서. 아빠가 당황해서 충고하는 것도 귀에 들어오지 않는다.

별장 창문에 불빛은 보이지 않는다. 엄마가 몇 번이나 불러도 어딘가에 불이 켜지지도 않는다. 유리코는 엄마의 눈동자가 존재하지 않는 불빛을 찾아 번뜩이는 모습을 보았다. 창문에 반사되지 않을까 싶을 정도로 강한 빛이다.

부르고 또 불러도 별장은 대답하지 않는다.

현관문은 잠겨 있었다. 그냥 잠겨 있는 것이 아니다. 문손잡이 바로 위쪽과 문과 문틀에 걸쳐 고정된 연두색 금속판에 가방 모양 자물쇠가 매달려 있었다. 둘 다 아주 새것이다. 방금 마법으로 휙 끄집어낸 것처럼 반짝거렸다.

누가 이런 짓을 했을까. 변호사일까, 다카시 삼촌일까. 새된 목소리로 캐묻는 엄마에게 아빠가 "나도 몰라!" 하고 항변한다.

"요시코, 정신 좀 차려."

아빠가 엄마를 부르며 어깨를 붙잡고 몇 번인가 세게 흔들었다. 엄마의 시선이 여기저기를 떠돌다가 눈동자 속의 빛이 꺼졌다. 회중전등을 든 팔이 축 처졌다.

결국 문 옆에 있는 일층 창유리를 깨서 창문을 열고 거기를 통해 실내로 들어가게 되었다. 유리가 깨진 틈으로 손을 집어넣어 반달형 자물쇠를 열다가, 아빠는 그만 손목 부분을 약간 베였다.

몸집이 작은 유리코가 제일 수월하게 창틀을 넘었다. 건물 안으로 들어가자 먼지 냄새가 났다. 어둠이 묵직하게 짓눌러왔다. 유리코는 재채기가 멈추지 않아서 결국에는 배낭으로 얼굴을 짓눌러야 했다.

"히로키, 히로키."

아빠와 엄마가 회중전등으로 실내를 비추면서 부른다. 찾아 헤맨다.

배낭의 얇은 천을 통해 유리코의 코끝에서 빨강 책의 속삭임이 전해져왔다.

—아가씨, 서재로 가자.

유리코가 손에 든 것은 어딘가에서 사은품으로 받은 작은 펜라이트 하나다. 넘어지지 않도록 조심하면서 한 발 내딛을 때마다 발끝으로 마루청을 더듬어야 한다. 신발을 신고 있어서 다행이다. 바닥에는 갖가지 것들이 어지러이 널려 있다. 어둠에 섞여 그것들을 짓밟으며 나아간다. 도중에 빨강 책을 꺼내 한 손으로 가슴에 꼭 끌어안고 배낭은 발치에 버렸다.

—이 복도에서 오른쪽으로.

애매한 기억이 떠오른 덕분에 유리코도 방이 어떻게 배치되어 있는지 알 수 있었다. 두드러지게 넓은 방이 서재다. 그래, 이

문을 열면 된다.

문손잡이가 스르르 돌아갔다. 문은 바깥쪽으로 열렸다. 살며시 바람이 일어 유리코의 머리를 어루만졌다.

캄캄한데도, 펜라이트가 비치지 않는 곳에 책등이 죽 늘어서 있는 모습이 눈에 들어왔다.

빛나고 있다. 여기 놓인 책들은 별처럼 희미한 빛을 발하며 반짝이고 있다. 저마다 미묘하게 색깔이 다르다. 하양, 노랑, 파랑, 금색, 보라색.

가슴에 품은 빨강 책에서도 어렴풋한 빛이 솟아나고 있다. 그 빛이 유리코의 뺨 언저리까지 비친다.

"아쥬."

"오오, 아쥬냐?"

"돌아왔구나, 아쥬."

목소리가 빗발친다. 여기에서도, 저기에서도. 천장에서도, 벽에서도. 깜짝 놀라 물러나자 발밑에서도 부르는 소리가 난다.

"아쥬, 잘 돌아왔다."

유리코는 앞뒤 가리지 않고 도망치려 했다. 그러자 끌어안은 빨강 책이 한층 더 밝고 따뜻하게 빛났다.

"괜찮아, 아가씨. 무서워하지 않아도 돼. 내 친구들이야."

여기 있는 책들이 전부 말을 한다는 건가.

주위를 둘러싼, 헤아릴 수 없을 정도로 많은 책들이 캄캄한 서재에서 번갈아 어렴풋한 빛을 발하자, 유리코는 마치 천문관을 찾은 단 하나의 관객이 된 것 같았다.

"아쥬, 이 아이는 누구냐?"

"어째서 아이를 데리고 돌아왔지?"

손을 대지 않았는데. 다른 책들은 만지지 않았는데. 왜 귀에 이런 소곤거림이 들리는 걸까.

"여기는 우리 책들이 만들어낸 결계 안쪽이라서 그래, 아가씨."

빨강 책이 다정한 목소리로 가르쳐주었다.

"그러니까 이제 날 그렇게 열심히 끌어안지 않아도 이야기할 수 있어. 아가씨, 피곤하지. 거기 앉아. 오느라 고생했어."

유리코는 완전히 넋이 나가서 바로 움직일 수가 없었다. 책들은 소곤거리기를 멈추고 유리코를 기다리듯이 그저 조용히 반짝이고 있었다. 그 빛에 오른발 조금 앞에 있는 작은 접사다리가 보였다. 서가 높은 곳에 꽂힌 책을 꺼낼 때 사용하는 것이다.

사다리는 삼단으로, 제일 위와 둘째 단에는 책이 놓여 있었다. 유리코는 첫째 단에 앉아, 책을 건드리지 않도록 등을 꼿꼿하게 폈다.

빨강 책은 아까처럼 무릎 위에 놓았다.

"이 아이의 부모가 함께 왔어. 누가 주문을 외워주지 않겠어?"

빨강 책이 친구들에게 부탁했다. 그러자 문 바로 옆의 서가에서 노래하듯 아름다운 목소리가 들렸다. 불과 한 소절. 읊조렸을 뿐이다.

오빠를 찾아 별장 안을 찾아다니는 부모님의 기척이 사라졌다. 히로키를 부르는 목소리가 끊겼다.

유리코는 펄쩍 뛰어올랐다. "뭘 한 거야? 아빠랑 엄마한테 뭔가 한 거지?"

빨강 책을 내던지고 서재를 뛰쳐나가려 하자 코 앞에서 문이 쾅 닫혔다.

"괜찮아, 아가씨."

어딘가에 떨어진 빨강 책이 살며시 웃고 있다.

"잠시 쉬게 했을 뿐이야. 그냥 잠들었어. 아빠랑 엄마한테 걱정 끼치지 않는 편이 낫겠지?"

유리코는 문손잡이를 거머쥐었다. 돌아가지 않는다. 달칵달칵 소리만 날 뿐이다. 문은 결코 움직이려 하지 않았다.

"정말? 정말 잠만 자는 거야?"

"그럼, 그렇고말고."

"어떻게 너희가 그런 일을 할 수 있어?"

"책에는 인간을 잠으로 이끄는 힘이 깃들어 있어. 아가씨도 자주 책장을 펼친 채 자잖아?"

책상 앞에 앉아 교과서나 참고서를 펼치고 졸았던 경험은 확실히 있다.

"……재미있는 책이면 안 자."

입을 삐쭉 내밀어봤지만 적절한 항의는 아니었던 모양이다.

"아쥬, 이 아이는 누구지?"

유리코의 등뒤, 천장에 가까운 곳에서 목소리가 들려왔다.

"『엘름의 서書』를 가져간 아이의 여동생이야."

빨강 책이 대답했다. 분간이 된다. 책들의 목소리는 하나하나
다른 듯하다. 마치 사람처럼.

유리코는 아까의 접사다리로 신중히 돌아갔다. 빨강 책은 어
디에 끼어들었는지 무수히 많은 반짝임에 섞여 찾을 수가 없다.

"아가씨, 손에 든 불빛을 꺼줘. 그런 빛은 눈부시니까."

여기까지 와서 반항해봤자 어쩔 도리가 없다. 유리코는 순순
히 시키는 대로 했다. 내친 김에 크게 호흡을 하자 또 재채기가
났다.

그 바람에 바닥 위에 떨어진 뭔가를 밟고 말았다. 자세히 보니
보자기 같은 천 조각이었다. 짙은 회색인데, 다시 밟지 않도록
주워들었더니 벨벳 같은 감촉에 꽤나 묵직했다.

"아쥬, 넌 이미 무슨 일이 일어났는지 알고 있겠군."

유리코의 주위에서 책들이 대화를 시작했다.

"알아. 이 아이의 오빠가 엘름의 서와 접촉했어. 히로키라는
남자아이야. 히로키는 그릇이었어. 그래서 씌고 말았지."

유감스럽다는 듯이, 빨강 책의 목소리가 가라앉는다.

"어떻게든 막으려고 노력했지만, 내 힘으로는 무리였어."

미안해 ─ 빨강 책이 사과했을 때, 유리코는 겨우 빨간색 반짝임을 찾았다. 접사다리 반대편에 떨어져 있다.

"네 이름이 아쥬야?"

유리코의 귀에는 그렇게 들린다.

"응. 진짜 이름을 줄인 별명이지만."

아쥬는, 자신이 기원전 삼천년 무렵에 편찬된 사전이라고 설명해주었다.

"물론 그때부터 이런 형태였던 건 아니야. 그 시대에 이 '테두리'에는 가죽 장정 책은 없었으니까."

기록된 내용이 그 정도로 오래되었다는 의미이리라.

"어느 나라 사전?"

"바빌로니아라는 나라야."

초보자용 주술 용어 사전이라고 한다. 주술과 초보자라는 말의 조합이 우스워서 유리코는 웃음을 터뜨리고 말았다.

"이상해. 지어낸 이야기 같아."

빨강 책 ─ 아쥬는 함께 웃어주지 않았다. 유리코의 웃음은 책들의 조용한 반짝임 속에 빨려들어가버렸다.

"아쥬, 그 히로키라는 아이는 그냥 그릇이 아니야. '최후의 그릇'이었어."

"뭐라고!"

아쥬는, 유리코가 지금까지 들어본 적 없는 비명 같은 소리를 질렀다.

책들이 차례차례 이야기하기 시작한다.

"히로키라는 아이는 그냥 홀린 게 아니야."

"소환자가 됐어."

"감옥이 부서졌다."

"감옥이 열린 거야."

"'이름 없는 땅'에서는 제1의 종이 울리고 있어."

"'영웅'은 해방되었다."

"봉인은 깨졌어."

사방팔방에서 책들의 목소리가 빗발친다. 새들의 무리 속에 내던져진 것 같다. 속삭이는 소리로 우는 새. 별처럼 반짝이면서 일제히 소곤댄다. 유리코는 현기증이 났다. 기분이 나쁘다. 뱃속의 것이 왈칵 올라온다. 눈을 꼭 감고 귀를 막으려고 했을 때였다.

"—이 세상의 끝이 찾아온다."

그 한 목소리를 남기고 책들은 침묵했다.

귀를 막은 손가락 사이를 비집고 차갑게 파고든 말.

이 세상의 끝.

고개를 들자 넓은 서재에 가득 채워진 책들이 물 아래 잠긴 보석처럼 빛나고 있었다. 유리코는 혼자서 그들의 빛을 몸에 받고 있었다.

"맙소사."

귀에 익은 목소리의 울림이다. 유리코는 덤벼들 듯 손을 뻗어 접사다리 반대편에서 아쥬를 주워들었다.

"이봐, 지금 이야기는 도대체 뭐야? 얘들이 뭐라고 하는 거야? 설명해줘. 나도 알아듣게 이야기해. 가르쳐줘."

아쥬를 붙잡고 휘둘러 책장을 펄럭대다 한가운데 부근을 펼쳐 얼굴을 갖다댔다. 기호 같은 글자가 늘어서 있다.

"아가씨, 아가씨."

아쥬도 어지러웠을까. 목소리가 떨리고 있는 것 같다.

"진정해. 나를 닦달해도 아무 해결도 안 나. 그것보다 이들에게 말해주지 않을래? 아가씨의 오빠가 어떤 일을 했는지."

"네가 나한테 설명하는 게 먼저야!"

『엘름의 서』는 뭐지? '이름 없는 땅'이란 어디? 어느 나라?

"엘름의 서란 '영웅'에 대해 서술한 사본 중 하나로, 아가씨의 오빠가 나랑 같이 여기서 가져간 책의 이름이야. 오빠는 그걸 읽으려면 내가 필요하다고 착각한 것 같아."

『엘름의 서』에 사용된 문자와 아쥬에 사용된 문자는 얼핏 보기에는 매우 닮았다고 한다. 닮기만 했을 뿐 구성요소나 역사, 그것을 만든 민족과 국가 모두 완전히 다르지만.

"그래도 내가 사전이라고 짐작했을 정도니 아가씨의 오빠는 영리하지."

가지고 갔을 때는 물론 혼자 해독할 생각은 아니었으리라고 한다.

"아마 학교 선생님에게 보여줄 생각을 한 거 아닐까. 희한한 책을 발견했다고."

"아니, 아쥬. 그건 아니다."

중후한 목소리가 유리코의 등뒤에서 이의를 제기했다.

"엘름의 서를 만진 시점에서 그 아이는 더럽혀졌다."

"그럼 나는 처음부터 필요 없었을 거야. 그 아이는 그때 정말로 손에 든 책에 흥미를 가졌을 뿐이라고. 나를 선택하기 전에 나 말고도 몇 권인가 책장을 넘겨 문자를 비교했으니까. 다들 기억하고 있잖아."

"그릇은 어차피 그릇에 지나지 않아."

다른 목소리가 차갑게 내뱉었다.

"……그런 말투는 쓰지 마. 히로키는 이 아가씨의 오빠야."

아쥬는 슬픈 것 같았다. 대화 내용은 따라갈 수 없어도, 유리코는 아쥬가 자신을 감싸주고 있는 듯한 기분이 들었다.

"우리 오빠는,"

유리코는 고개를 들고 방 안의 책들을 향해 목소리를 냈다. 책들이 이쪽을 보고 있다는 사실을 알 수 있었다. 느낄 수 있다.

"학교에서, 친구를."

유리코는 말했다. 히로키에 대해. 히로키가 어떤 오빠였는지, 집에서는 어땠는지 이야기했나 싶더니, 그가 학교에서 사건을 일으켰을 때 유리코는 어디에서 무엇을 했다든지, 선생님이 바래다주어 집에 도착하자 엄마가 울음을 터뜨렸다든지, 오늘밤 여기까지 오는 길에 부모님이 어떤 이야기를 했다든지 하는 식으로 어느새 이야기는 뒤죽박죽이 되었다.

그래도 책들은 귀담아듣고 있었다.

"오빠는 혹시 친구와 싸우더라도, 칼로 찌르거나 할 사람이 아니야."

이번에는 유리코가 오빠를 감쌀 차례다.

"아쥬가 내게 가르쳐줬어. 오빠는 나쁜 책에 홀렸다고. 오빠가 여기서 가져간 책 — 엘름의 서? 그게 그 나쁜 책이지? 사람에게 들러붙어서 나쁜 짓을 시키는 책이지? 너희들의 '영웅'이지? 오빠는 그 녀석 때문에, 사실은 친구를 상처 입히거나 죽이기 싫은데도 억지로 하게 된 거야."

나는 '영웅'을 보았다. 얼굴은 모르지만 모습을 보았다. 기묘하게 뾰족한 왕관과 너덜너덜한 망토를 보았다. 오빠는 그 앞에서 바닥에 머리를 비비고 있었다.

"오빠 앞에 우뚝 서서 '영웅'은 으스대고 있었어. 오빠는 속은 거야. 분명히 그래. 그렇지 않다면 절대, 절대, 절대로 그런 심한

짓은 하지 않는다고!"

숨이 차서 유리코의 이야기도 끊겼다. 하고 싶은 말과 하소연하고 싶은 건 아직 산더미처럼 많은데.

"이 아이는 모습을 감춘 오빠를 찾고 싶다고, 구하러 가고 싶다고 해."

아쥬가 거들어주듯 덧붙였다.

책들의 반짝임이 요란스레 흔들리며 빨라졌다. 빛의 색깔도 짙어졌다가 옅어졌다가 한다.

"나는 안 된다고 했어. 무모하다고 했어. 그때는 아직 몰랐으니까."

감옥이 깨어져버렸다는 사실을.

모리사키 히로키가 '소환자'가 되었다는 사실을.

"하지만, 이렇게 된 이상 누군가가 영웅을 잡으러 가지 않으면 안 돼. 그리고 이 아가씨에게는 그 자격이 있지 않을까?"

아쥬의 물음에 책들은 침묵으로 대답했다. 그저 희미하게 빛을 발하며 반짝일 뿐이었다.

상당히 오랫동안 누구도(어느 책도) 아무 말도 하지 않다가, 유리코의 호흡이 완전히 편안해졌을 때쯤에 드디어 건너편 벽면 책꽂이 제일 높은 곳에서 묵직한 목소리가 울려퍼졌다.

"자격만 운운하자면 네 말이 맞겠지. 하지만 아쥬, 너는 이런 어린아이를 더욱 가혹한 처지에 빠뜨리는 게 옳은 행동이라 생각하느냐?"

이야기하는 것은 짙은 녹색으로 반짝이는 책이었다. 그 책이 입을 열자 다른 책들이 숨을 죽이듯이 옅은 빛깔로 반짝였기 때문에 유리코도 쉽게 구분할 수 있었다.

"옳고 그르고의 문제가 아니야."

몹시 뻗대는 느낌으로 아쥬가 되받아쳤다.

"이 아이는 오빠를 찾으러 가고 싶어해."

"그 여정의 험난함을 모르기 때문이겠지."

"아가씨라면 괜찮아. 그렇지?" 아쥬는 유리코에게 응원을 요청했다. "아무리 괴로운 처지에 빠지더라도 이대로 원래 생활로 돌아가는 것보다는 낫잖아?"

아가씨는 오빠 때문에 학교에 가면 괴롭힘을 당한대, 하고 아쥬는 말을 이었다.

"그러니까 오빠를 찾으러 가기로 결정했어. 그렇다니까!"

분명 아쥬에게는 그렇게 말했다. 하지만 이런 이해할 수 없는 상황에서 '아무리 괴로운 처지에 빠지더라도'라는 말까지 들으니 유리코의 결심도 좀 약해진달까, 흔들리는 느낌이 든다. '아무리'가 어느 정도인가에 달려 있다―고 할 수 있을 것이다.

"오빠를 찾는 게, 그렇게 힘든 일이야?"

"어, 뭐야, 꽁무니를 빼는 거야?"

아쥬는 유리코의 약해진 마음을 민감하게 알아차렸다.

"결심한 거 아니었어?"

"했어. 했지만……"

무엇보다 걱정되는 것은 방금 들은 말이다. 이 세상의 끝이 찾아온다. 그것은 한 중학생의 실종보다도 몇십 배, 몇백 배나 무거운 문제 아닌가. 그것을 내가 짊어진단 말인가?

"아쥬, 잠깐 입을 다물어라."

짙은 녹색 빛이 반짝이며 그렇게 명령했다. 그리고 유리코에게 말을 걸었다.

"어린아이야. 네 이름은 무엇이지?"

"유리코야." 유리코도 서가의 높은 곳을 우러러 짙은 녹색 빛을 쳐다보며 대답했다.

"유리코라. 나는, 음, '현자'라고 부르거라."

할아버지 같은, 잠긴 느낌이 드는 목소리다.

"나는 이 저택의 주인과 친하게 지냈다."

"작은할아버지 — 미노치 씨랑?"

"그래. 이 저택에 머무른 세월로 따지면 나보다 오래된 이들도 많이 있지만, 친밀함의 정도로는 내가 제일이었지."

미노치는 어떻게 되었느냐고 현자는 물었다.

"몰라?"

"여기서 모습을 감춘 지 벌써 오랜 시간이 흘렀다. 여행치고는 너무 긴 기간이지. 가르쳐다오. 미노치는 목숨이 다한 거지?"

맞아, 하고 유리코는 대답했다. 파리의 고서점 안에서 쓰러져 그대로 숨을 거두었다.

"역시 그랬나."

"나도 전에 한 번 여기 온 적이 있고, 그밖에도 삼촌이랑 숙모도 왔는데, 그때 미노치 씨가 죽었다고 이야기하지 않았어?"

"분명 사람은 자주 숨어들어왔지. 우리를 발견하고 놀라곤 했어. 하지만 그들의 이야기는 단편적이었고, 미노치는 세상과의 교류를 끊고 지냈으니까, 어쩌면 자신이 죽었다고 알리고 다른 곳으로 가버렸을지도 모른다고 생각했는데."

정말 죽어버렸나, 하고 현자는 중얼거렸다. 그 목소리는 약간 쓸쓸하게 들렸다.

"나는 미노치와 사이가 틀어지고 말았어. 미노치가 파리로 나간 것도 그 때문이리라고 생각한다."

인간과 책이 싸움을 한 셈이다. 여기 있는 책들이라면 그런 일이 일어났어도 이상하지 않다. 여기는 그럴 만한 장소라고, 유리코는 다시금 생각했다.

"나는 미노치의 소원을 이뤄줄 수 없었어. 원래부터 불가능한 일이었지. 여기 온 이후로 오랜 시간 동안 미노치에게 그 사실을 이해시키려 노력해왔지만, 미노치는 내 생각을 받아들이려 하지 않고 내 설득을 계속 거절하다 결국 화를 내고 말았다. 그리고 나를 대신할 현자를 사려고 다시 여행에 나선 거야."

큰 부자에 고독한 은둔자이자 헌책 수집가. 무엇을 원하고 있었을까?

"미노치는 죽은 자를 되살리는 방법을 찾고 있었다."

지금 상황 전체가 놀라움에 가득 차 있는데, 그에 더해 유리코는 다시 놀랐다.

"누구를?"

"오랜 옛날에 죽은, 미노치에게 단 하나였던 소중한 여성이지."

미노치 이치로는 고독한 신세였다. 하지만 딱 한 사람 소중한 여자가 있었다. 그 사람을 사랑했으리라.

그 사람이 죽었기 때문에, 되살리려 했다는 것이다.

"그 하나만을 위해서 이렇게 많은 책을 사서 조사한 거야?"

"그렇지. 이 세상에 있는 모든 지식을 모으면 언젠가는 죽은 자를 되살릴 방법을 알 수 있으리라고 미노치는 굳게 믿고 있었어."

유리코는 어둠 속에서 빛나는 무수히 많은 빛을 둘러보았다. 그래, 이것은 방대한 지식의 집대성이다.

"나는 미노치에게 그런 노력은 덧없다고 일렀다. 죽은 자를 불러들일 방법 따위는 어디에도 존재하지 않아. 적어도 미노치가 추구하던 방법은. 그래서 나는 다른 이야기를 선택하라고 미노치를 설득했지. 그는 귀를 기울이지 않았어."

갑자기 '이야기'라는 말이 나왔다. 어린아이라 불리기에 합당할 정도로 어린 유리코도 단어의 사용법이 이상하다는 것은 알수 있었다. 여기는 '방법'이나 '길'이나 '기술'이라고 해야 할 부분 아닌가.

"……이야기?"

확인할 생각으로 소리 내어 말해보았지만, 현자는 설명을 덧붙이지 않고 가볍게 흔들리듯이 반짝거리더니 말했다. "유리코. 내가 보기에는 아쥬 또한 너와 마찬가지로 어리다. 아쥬가 네 편을 드는 심정은 알겠다만, 아쥬는 젊은 혈기의 소치로 네게 제대로 된 지식을 전하지 않고 얼떨결에 여기까지 데려오고 말았어."

"그렇지 않아." 오랜만에 아쥬가 목소리를 냈다. "나를 애송이 취급 하지 말아줘."

"그래도 네가 유리코를 혼란스럽게 한다는 사실에는 변함이 없어."

딱 자르는 말에 아쥬는 불만스러운 듯 끙, 하는 소리를 냈다.

"현자님, 아쥬한테 화내지 마. 아쥬 덕분에 난 마음이 든든해졌어. 외톨이가 아니라는 기분이 들었거든."

학교에서 괴롭힘을 당한 것도 사실이다. 아쥬가 있어주지 않았다면 유리코는 도저히 버티지 못했으리라.

"그러면 더 이상 아쮸를 야단치지는 않겠다."

다정한 말투였다. 유리코도 상냥하게 고마워, 하고 대답했다. 그리고 잠시 생각하고 나서 고맙습니다, 하고 정중하게 다시 말했다.

"유리코. 우선 네가 결정해야 할 일이 한 가지 있다."

이대로 부모님을 깨워 집으로 돌아가든가. 아니면 이 다음 이야기를 듣든가.

"물론 이야기를 듣고 나서 떠나도 좋아. 하지만 긴 이야기가 될 거야. 너도 부모님의 몸이 걱정되겠지. 이 저택은 쌀쌀해."

확실히 유리코도 춥다. 아무것도 모른 채 잠들어버린 부모님은, 내버려두면 꽁꽁 얼어붙어버리리라.

"주문으로 따뜻하게 할 수 있어요?"

"……못할 것도 없다만."

현자의 목소리가 웃음을 머금었다.

"그 말은 즉, 네게는 발걸음을 돌려 이 자리를 떠나려는 생각이 없다는 의미냐?"

유리코는 예, 하고 고개를 끄덕였다.

"굳센 아이로군."

칭찬한 걸까.

"그런 너도 학교에서 괴롭힘을 당하는 건 두려우냐? 그렇게 무서운 일이냐?"

"음…… 하지만 이제 그것만은 아니에요."

호기심이 있다고 유리코는 말했다. "책과 이야기를 할 수 있는 것만 해도 대단하지만, 지금은 훨씬 더 대단한 이야기의 한 부분밖에 듣지 못한 느낌이니까요."

현자는 한숨을 쉰 것 같았다. "호기심이라. 지식욕인가. 넌 네 오빠와 똑같은 눈동자를 가졌구나."

유리코의 가슴이 아팠다가 두근거렸다. 오빠와 나는 닮은 걸까.

현자는 누군가 다른 책의 이름을 불렀다. 알겠습니다, 하고 그 책이 대답했다. 방을 따뜻하게 하는 주문은 잠을 부르는 주문보다 약간 길고, 울려퍼지는 소리도 달랐다.

이윽고 유리코의 발치에서 따뜻한 공기가 솟아올랐다. 책의 마법. 진짜 마법이다.

"고맙습니다. 이제 문제없어요."

유리코는 접사다리에 똑바로 앉았다.

"일단 '영웅'에 대해 이야기하지" 하고 현자는 말했다.

'영웅'이란 유리코가 사는 이 '테두리'에 존재하는 것 중에서 가장 아름답고 귀한 이야기라고, 현자는 이야기하기 시작했다.

"그거라면 저도 알아요. 영웅이란 그런 사람인걸요."

"사람이 아니야, 유리코. 이야기다."

"하지만……"

"사람이 살아 있는 것뿐이라면, 얼마만큼의 위업을 달성하든 그건 단순한 사실에 지나지 않아. 생각하고, 말하고, 회자됨으로써 비로소 '영웅'은 탄생하지. 그리고 생각하고, 말하고, 회자되는 것, 이 전부가 이야기다."

'영웅'이란 모든 위업의 원천이 되는 이야기라고 현자는 말했다.

"네가 의미하는, '테두리'에 존재하는 사람으로서의 영웅은, 원천인 '영웅'이라는 이야기에서 태어난 복사본 같은 거야."

'영웅'이라는 이야기가 먼저 존재한다.

그리고 세상에서 훌륭한 일, 위대한 일을 해낸 사람이 '영웅'이라 불리며 오랫동안 입에서 입으로 전해지는 것은, 그 '영웅'이라는 원천이 되는 이야기의 복사본이 만들어진다는 말이다.

"그렇게 만들어진 복사본 또한 이야기이기에, 그것들은 원천인 '영웅'에게 힘을 주지."

이야기는 순환하기 때문이다. 인간의 역사가 오랫동안 이어지며 수많은, 갖가지 종류의 영웅이 탄생했고, 그 위대한 업적이 이야기로 태어나 전승됨으로써 원천인 '영웅'은 힘을 늘려갔다.

더 아름답고 더 존귀한 이야기가, 크고 강하게 성장해간다.

"그거 멋진 일이잖아요! 원천이 커지면 점점 더 훌륭한 복사본이 생길 수 있어요. 수많은, 훌륭한 영웅이 이 세상에 탄생한다는 말인데."

"그것뿐이라면 확실히 멋지겠다만."

더 아름답고 존귀한 이야기가 빛을 발하면, 거기에는 마찬가지로 짙은 그림자도 생긴다. 그 역시 '영웅'이라고 현자는 설명했다.

"한 사물의 앞과 뒤다. 정의와 불의야. 빛과 그림자는 항상 짝을 지어 존재하지. 누구도 이 둘을 나눌 수는 없어. 결코 불가능해."

빛이 강해지면 그림자도 짙어진다.

"'영웅'이라는 원천에 그림자와 불의의 요소가 축적되어, 그 또한 빛과 마찬가지로 힘을 얻어가지. 마치 경쟁하는 것처럼."

그러면 어떻게 될까. 원천에서 태어난 복사본에도 똑같은 현상이 일어난다.

"네가 사는 이 '테두리'의 영웅들도 정의와 불의를 겸비하고 있어."

원천의 불의가 짙어지면, 복사본의 불의도 짙고 강해져간다.

"빛은 선량한 것, 어둠은 사악한 것을 지배하지."

현자는 천천히 한 번 반짝이고는 유리코를 내려다보았다.

"어둠이 힘을 얻으면 어떤 일이 일어날까. 네 조그만 머리로도 생각할 수 있지 않겠느냐?"

그 말대로 유리코는 작은 머리로 생각했다.

"세상에 사악한 일이 많이 일어나게 되나요?"

그렇다고 현자는 대답했다. "세차게 빛나는 수없이 선량한 것과, 어둡게 고여 있는 수없이 사악한 것이 이 '테두리'에 흘러넘치게 됐다."

그 까닭에 어느 날, 원천인 '영웅'은 봉인되었다.

"근원이 멈추면 새로운 순환도 멈추지. 이미 이 '테두리'에 나타난 정의와 불의의 영웅이라는 이야기를 사라지게 할 수는 없어도, 그것이 더 늘어나는 건 막을 수 있어."

거대한 순환을 멈추고, 작은 순환으로만 억제하는 것이다.

"예를 들어, 수도꼭지를 비틀어 잠가서 그 이상은 물이 나올 수 없도록 하는 것처럼? 그리고 그때까지 나온 양만큼을, 그건 양동이 같은 데 담겨 있으니까, 돌려가면서 다시 쓰도록 한 거예요?"

뜻밖에도 현자가 웃었다. 역시 할아버지의 웃음이다.

"재미있는 비유로구나. 하지만 이해하는 방식으로는 충분해."

맞힌 듯하다.

"하지만 현자님, 잘 모르겠는 게 있는데요."

아까부터 빈번히 나오는 말. 아쥬도 말했었다.

"'테두리'라는 게 뭐예요?"

아무래도 세계나 이 세상을 말하는 것 같은데, 왜 '테두리'라고 부르는 걸까.

"세계라고 하면 안 되나요?"

"세계는 '테두리'가 아니야."

왜냐하면 세계는 있는 그대로의 것이니까.

"세계는 인간세상이 생겨나기 이전부터 존재했지. 세계는 인간세상만으로 이루어진 것이 아니야. 천체, 자연. 삼라만상의 모든 것이 '세계'다."

'테두리'는 그것과는 전혀 다르다고 한다.

"'테두리'는 사람이 말을 만들어 '세계'를 해석하려고 한 순간에 탄생한 거야. 힘이고, 의지이며, 희망이자, 바람, 기도이기도 하지. 그 모든 것을 포괄해. 그것이 '테두리'다."

어려워졌다. 유리코는 현자의 말을 따라가려고 애썼다.

"그럼 '테두리'는 인간세상이군요?"

"인간세상은 테두리 안의 일부지."

"하지만 기도하거나 바라는 건 인간인데요."

"하지만 사람은 인간세상에서 눈에 보이지 않는 것에 대해 해석을 하지? 그건 때때로 인간세상 그 자체보다도 커진단다. 그러니까 유리코. '테두리'는 인간세상보다 광대해져. 그뿐이냐, 지금은 '세계' 자체보다 커지고 말았어."

있는 그대로의 존재인 '세계'보다도.

그것을 해석하려고 하는, 힘이자 의지인 '테두리'가 커졌다?

"그리고 바로 그 '테두리' 안에서 이야기는 순환하는 거야."

안 된다. 포기다. 유리코는 두 손을 들었다.

"모르겠어요. 머리가 못 따라가요."

현자는 학교 선생님처럼 유리코를 야단치거나 하지 않았다.

"아직 어쩔 수 없지. 넌 어리다. 지금은 그냥 들어두면 돼. 언젠가 이해될 때가 올 거야. 언젠가는 꼭 이해하겠다고 생각하면 돼."

숙제를 냈다. 그건 선생님과 똑같다.

"세계 속에 살고 있는 건 인간만이 아니지? 생명체만 쳐도 그밖에 많이 있을 거야."

"동물들? 개나 고양이요?"

유리코는 고양이를 좋아하지만 오빠는 개를 좋아했다. 생뚱맞은 추억이 머릿속을 잠깐 스쳤다. 애완동물을 키운다면 단연코 개라면서, 그때만은 한 발도 양보해주지 않았지.

"그래. 개나 고양이는 이야기를 할까? 세계를 해석하려고 해? 안 하겠지. 개나 고양이는 세계에 살고는 있지만 '테두리'를 만들지는 않아."

"하지만 인간은 개나 고양이를 잘 알아요. 개나 고양이가 주인공인 이야기도 많이 있고요."

"그건 개나 고양이의 이야기가 아니야. 개나 고양이를 인간이 해석하려고 만들어낸 이야기지. 개나 고양이의 '테두리'가 아니야. 어디까지나 인간의 '테두리'다."

이야기를 만들고 언급하는 것은 인간뿐이니까.

"그러면 유리코. 더 생각해보아라."

이야기는 어디서 태어나는가.

그건 뻔하다.

"인간이 생각하는 거니까, 인간 속에서 나오겠죠."

"속에서? 인간의 어디에 그런 힘이 있지?"

"뇌요." 유리코는 자기 머리를 탁 두드렸다.

"바로 여기. 머리요."

"정말 그럴까?"

유리코는 잠깐 망설이다가 이번에는 가슴에 손을 얹었다.

"그럼, 여기요. 마음. 하트예요."

그래, 그게 맞는 것 같다.

"마음이라. 그건 네 몸 어디에 있지? 가리킬 수 있겠느냐."

"그러니까, 가슴속."

"거기 있는 건 그저 심장이라는 장기가 아니더냐."

지금도 규칙적으로 뛰고 있다. 유리코의 손바닥은 유리코의 심장이 움직이는 것을 느끼고 있다.

"이야기에는 말이다, 유리코. 원천이 있단다. 그건 인간이 세계를 해석하려 한 순간에 '테두리'가 태어난 것과 때를 같이 해 탄생했지. 모든 이야기는 거기서 태어나고, 거기서 '테두리'로 흘러나와 '테두리' 안을 순환하지."

원천. 거기에 수도꼭지가 달려 있다?

"이상해요. 이야기는 인간이 생각한 거니까, 어디 다른 곳에 원천이 있을 리 없어요."

"있어. 인간의 수만큼 있지."

"그거 봐요, 그런 거잖아요?"

현자에게 손가락을 들이대며 유리코는 빠른 말투로 끼어들었다. 그러자 현자의 어조에 유리코를 나무라는 듯한 여운이 섞였다. 내가 하는 말을 주의 깊게 듣거라.

"인간의 수만큼 있지만, 그건 모두 똑같은 거야. 인간의 수만큼 있지만 하나밖에 없지. 세계를 해석하려는 의지는 단 하나니까. 하나의 '테두리'에는 하나의 원천이 존재할 뿐이야."

더욱더 이해할 수가 없다.

"그 원천을 '이름 없는 땅'이라고 하지."

드디어 나왔다. 이름 없는 땅. 유리코는 얼굴을 들고 눈을 크게 떴다. 영문을 모르겠지만, 조금이라도 이해하고 싶다.

"모든 이야기가 태어나고, 모든 이야기가 회수되는 곳이다."

'영웅'이라는 근원의 이야기가 봉인되어 있는 곳도 그 '이름 없는 땅'이라고, 현자가 말을 잇는다.

"봉인을 지키고 있는 건 '이름 없는 땅'에 있는 지킴이들이지. '무명승'이라고 부른다."

"스님?"

유리코의 물음에 적절한 말을 찾기 위해서인지, 현자는 잠깐 틈을 두었다.

그리고 대답했다. "모습은 그렇게 보이지."

하지만 본래 그들에게는 이름이 없다고 한다.

"일찍이 그 땅을 방문한 '테두리'의 인물이 그렇게 이름 지었을 뿐이야. 필시 그자들의 외관이 승려를 닮았기 때문이겠지."

"신을 섬기는 사람들이 아닌가요?"

"'이름 없는 땅'에는 신이 없으니까."

모든 '신'의 근본이 되는 이야기가 있을 뿐이다.

"어쨌든 '영웅'의 근원―본체도 거기 봉인되어 있다."

유리코는 '이름 없는 땅'에 대해 더 자세히 이야기를 듣고 싶었지만, 그 생각을 제지하듯 현자는 화제를 되돌려놓았다.

"하지만 방금 전에 이야기했듯이, '테두리'에는 이미 흘러나간 '영웅'의 이야기가 있어. 그건 순환을 계속하지. 거듭해서―"

봉인된 '영웅' 본체에 대해 기술한 사본도 '테두리' 안에 존재한다고 한다.

"앞의 것은 인간의 기억이지. 뒤의 것은 인간이 만든 기록이고. 이 차이는 알겠느냐?"

그럭저럭. 유리코는 고개를 끄덕였다.

"기록과 기억은 서로를 보완하지. 기억에서 기록이 만들어지는 경우도 있거니와, 기록이 다다르지 못하는 부분을 기억이 보충하는 경우도 있어. 기억해야 할 사항이 없는데도 불구하고 기록에서 새로운 기억이 생겨나는 경우도 있고."

그래서 근원의 수도꼭지를 잠가도 이미 흘러나온 '영웅'의 이야기가 마르는 일은 없다.

"다만 본체가 봉인되어 있는 한, 위험할 정도로 그림자가 짙어지지는 않아. 한편 찬란한 빛 역시 '영웅'의 본체가 자유로웠을 무렵에는 한참 미치지 못하지."

그것이 '테두리'의 평화를 유지하는 방법이라고 현자는 설명했다.

"하지만 인간이라는 생물은, 아무리 오랜 시간을 들여도 이 소박하고 소중한 규칙을 이해하지 못하는 것 같아."

한탄하는 듯한 말투로 변했다.

"자고로 인간은 '영웅'을 바라 마지않았지. 그것이 봉인되자 한층 더. 원하고 찾아서 손에 넣으려 몸부림쳐왔어."

그 실마리가 되는 것이 '사본'이다.

아쥬가 이야기해주었다. '영웅' 그 자체는 아니지만, '영웅'의 일부랄까, 영향력을 지니고 있는 '책'이라고.

"'영웅'에 대해 쓴 사본도 있거니와, '영웅'이 이룬 일을 쓴 사본도 있다. '영웅'을 만난 자들의 견문록도 있지."

유리코는 지체 없이 끼어들었다. "엘름의 서는요? 어떤 사본인데요?"

"극히 하찮은 견문록이지."

그래도 아이에게는 충분했으리라고 현자는 씁쓸한 말투로 덧붙였다.

　"서적이라는 몸을 이룬 지 백 년 정도 된, 아직 어린 책이야. 아이에게는 어울리지."

　유리코는 자신도 모르게 아쥬를 보았다. 아쥬도 유리코를 보고 있다는 것을 알 수 있었다. 얼굴을 마주 본 느낌이다. 아이와 '젊은 책'의 조합.

　"그런 사본들을 통해 인간은 '영웅' 본체의 힘을 들여다보지. 그 힘의 일부분을 쐬는 거야."

　그리고 그것에 씌고 만다.

　"물론 사본과 접촉한 자가 모두 씌지는 않아. 씌는 자에게는 씔 만한 자격이 필요해. 그런 자를 가리켜 우리는 '그릇'이라고 부르지."

　히로키도 '그릇'이었다.

　"그럼 '소환자'는? 그냥 '그릇'이랑은 다른 거예요?"

　아까 '최후의 그릇'이라는 표현도 썼다.

　"유리코. 넌 제법 영리하지만 성급하구나. 멋대로 서둘러서는 안 돼. 지식이란 걸어가며 몸에 익히는 거다. 달리면 놓치는 것이 많아져."

　야단을 맞고 유리코는 얌전히 입을 다물었다.

　"인간이 '그릇'이 되기 위해 필요한 것. 올바르게 말하면 사본

과 접촉해 흘려서 '그릇'이 될 경우에 갖추고 있던 요소란, 다름
아닌 분노다."

현자는 담담히 말을 이었다.

"'영웅'의 그림자 부분은 인간의 분노라는 감정을 특히 좋아
하거든."

"그 말은 즉, 오빠도 누군가에게 화가 나 있었다는 뜻이에
요?"

또 성급한 질문이었던 듯 묵살당하고 말았다. 그리고 현자는
유리코의 물음에 대답하는 대신 이런 말을 꺼냈다.

"너뿐만 아니라, 이 '테두리'에 살고 있는 인간들은 '영웅'이
라는 말을 언제나 아름답고 선한 것으로만 받아들이는 것 같구
나."

그래서 '영웅'의 빛나는 부분만 가리켜 영웅이라 부른다. 인간
이 보통 '영웅'이라는 말을 쓸 때, 그것은 좋은 의미다.

"그래서 우리가 이처럼 '영웅'의 진실을 말할 때 완벽히 이해
하지 못하고 당황해하는 거로군. 너도 그렇겠지."

아마도 그렇다. 유리코의 머릿속은 여전히 꽤나 어지러워져
있다.

"예……"

"그렇다면 호칭을 바꾸자. 네가 지금까지 생각해온, 선한 '영
웅'이 영웅이다. 그리고 '영웅'의 그림자 부분—사악한 부분은

'황의黃衣를 입은 왕'이라고 부르는 게 좋겠어."

황의를 입은 왕. 유리코가 미심쩍다는 듯이 따라하자, 아쥬가 옆에서 아가씨가 사용하는 말로 나타내면 이런 글자라고 가르쳐주었다.

그걸 보자 유리코의 머리에도 이미지가 솟아올랐다. 분명 유리코가 목격한 그 기묘한 것은 왕처럼 왕관을 쓰고 망토를 걸치고 있었다. 망토 색깔이 무슨 색이었는지는 모르겠지만.

"네가 태어나기도 전에 이 '테두리'에는 '자아내는 자'가 하나 있었다."

이야기를 쓰는 자라고 역시 아쥬가 일러준다.

"작가라는 말이야?"

"딱 들어맞는다고는 할 수 없지만, 뭐 그런 셈이야."

아쥬의 뜻풀이를 유리코가 이해하기를 기다려 현자는 말을 계속했다. "그 '자아내는 자'는 인간의 몸으로서는 '영웅'의 진실에 최대한 가까이 다가갔어. 그리고 그것을 하나의 책으로 지어 남겼지. '황의를 입은 왕'이라는 책이다."

소설이 아니라 희곡이라고 한다.

"읽는 자를 파멸로 이끄는 희곡이라며 그 존재를 아는 자들이 몹시 배척하고 두려워하는 한편, 그것을 원하는 자들 역시 끊이질 않지."

"즉 그 책도 '영웅'의 사본이라는 말이군요."

"그 말이 맞다. 최강의 사본 중 하나야."

현자는 미소를 지은 것 같았다. 야단칠 때는 엄하지만, 칭찬할 때는 아주 다정하다.

"그런 고로 우리도 '영웅'의 그림자 부분을 가리켜 '황의를 입은 왕'이라고 부를 때가 있지."

지금부터는 그 이름을 사용하자.

"'영웅'의 본체는 그것을 보는 자에 맞추어 모습을 바꾼다."

보는 자가 바라는 형태를 취한다고 한다.

"그러니까 유리코, '영웅'은 반드시 왕의 옷차림을 하고 있지는 않아. 누런 옷으로 몸을 감싸고 있지도 않지. 네가 봤을 때 왕관을 쓰고 망토를 걸치고 있던 건 네 오빠가 그 모습을 바라고 있었기 때문일 거야. 네 오빠는 강대한 힘을 지닌 존재에게는 왕관과 망토가 어울린다고 생각했던 게 아닐까?"

유리코는 오빠가 좋아한 만화와 영화, 소설을 생각해내보려고 했다. 왕관과 망토 차림의 왕이 나오는 내용이 있던가.

"그럴지도 몰라요. 이미지는 그렇지 않았을까 싶어요."

유리코 역시 강대한 힘을 지닌 존재라는 말에서 다른 모습을 상상하기는 어렵다. 설마하니 대통령은 아닐 테지—그냥 양복을 입은 보통 아저씨니까. 다음으로는 그래, 군복을 입은 장군? 그보다는 왕이 머리에 떠오르기 쉬울 거야. 비디오게임 같은 데도 나오니까.

"알았어요. 오빠에게 그런 못된 짓을 시킨 건 '황의를 입은 왕'이라는 존재로군요."

사악하고 강대한 힘.

"자, 유리코. 여기서 또 한 가지 생각해보려무나."

만약 네가 모든 자유를 빼앗기고, 정신이 아득해질 정도로 오랜 시간 동안 한 장소에 갇혀 있었다면.

"넌 뭘 바랄까?"

깊이 생각할 필요도 없다. 유리코는 바로 대답했다.

"자유로워지고 싶어요."

"황의를 입은 왕도 같은 바람을 품고 있단다."

그러려면 힘이 필요하다. 자신을 가두고 있는 봉인을 부수기 위한 힘이.

"황의를 입은 왕은 '테두리'에 존재하는 사본을 통해 그릇에 씌어 그 힘을 모으고 있지. 무명승들도 그걸 저지할 수는 없어."

"어째서요? 사본을 전부 회수하면 되잖아요."

"'테두리'에 흩어진 모든 사본을?"

"그렇죠."

"터무니없이 오랜 시간이 걸려. 게다가 성과도 없고."

"왜요?"

"사람은 사본을 숨긴다. 또는 사본에서 또 사본을 만들지. 끊임없이 계속해서."

유리코는 얼굴을 찌푸렸다. 작은 여자아이가 대량의 책으로 가득 찬 서재에서, 매끈한 하얀 이마를 찌푸리고 있었다.

"그럼, 차라리 '영웅'이라는 이야기 그 자체를 회수하면요? 수도꼭지를 잠그기만 하는 게 아니라, 양동이에 담겨 있는 물도 전부."

한 호흡 틈을 두고 현자가 차분하게 되물었다. "그러면 '테두리' 안의 선한 것들도 사라져버리지 않겠느냐."

영웅 이야기가 모두 회수된다면.

"그럼…… 나쁜 것만 회수하면 되잖아요."

"뭐가 선이고, 뭐가 악일까. 그 경계선을 어디에 긋지?"

유리코는 약간 약이 올랐다. 난 초등학교 5학년인데. 그렇게 어려운 건 아직 학교에서 안 배웠다고요.

"사본과 접촉해도 그릇이 되지 않는 자도 있어. 사본에 흘려도, 그후에 선을 행하는 자도 있고. 또는 사본이 위험한 존재라는 사실을 알고, 방금 내가 말한 것과는 반대 의미로 그 사본을 세상 사람들의 눈에서 감추려고 바쁘게 뛰어다니는 자들도 있지."

유리코는 도움을 요청하는 눈길로 아쥬를 보았다. 아쥬는 입을 딱 다물고 있다. 눈을 돌리고 있는 것 같기도 하다.

"어쨌거나 '테두리' 안을 순환하는 이야기를 말려버릴 수는 없어. 처음에 말했지? '테두리'와 이야기는 똑같은 거야. 이야기가 사라지면 '테두리'도 소멸하지. 네가 알 만한 말로 표현하자면, 그것은 즉 인간세상에서 문화와 문명이 사라진다는 말이다."

거기에는 있는 그대로의 세계와.

그리고 동물로서의 인간이 남을 뿐.

유리코는 마지못해 납득했다.

"그렇게 해서 황의를 입은 왕은 사본을 통해 힘을 축적하지." 현자는 말을 이었다. "지금까지 줄곧 힘을 축적해왔어. 그릇은 계속 나타나. 그리고 황의를 입은 왕에게 힘을 전하는 임무를 달성하지."

"예를 들면 어떤 짓이요?"

"어떤 짓이라고 생각하느냐?"

솔직히 유리코는 머리도 마음도 꽉 차서, 새로운 걸 무엇 하나 생각해낼 수 없는 상태였다. 약이 오른 것을 넘어서서 눈물이 날 것만 같다. 완전히 지쳤다.

유리코의 바로 뒤에서 부드럽고 상냥한 목소리가 작게 뭐라고 말했다. 유리코는 뒤돌아보았다.

"뭐어? 다시 한번 말해줘요."

"……움." 그 목소리는 말했다. "싸움."

싸움. 전쟁 말인가.

"황의를 입은 왕에 씐 사람들은 모두 전쟁을 일으킨다는 말인가요?"

유리코는 현자의 짙은 녹색 빛과 부드럽고 상냥한 목소리가 발하는 엷은 보랏빛을 견주어 보며 큰 소리로 되물었다.

"지금도 네가 사는 '테두리' 안에서는 허다하게 많은 싸움이 벌어지고 있어."

"우리나라는 괜찮아요."

"'테두리' 안에서 일어나고 있다고 했다."

신문에 나온다. 뉴스에서도 다룬다.

"게다가 싸움은 꼭 전쟁만을 의미하지는 않아요." 여자의 상냥한 목소리가 말했다.

"사람이 사람의 목숨을 뺏고. 사람과 사람이 다투고. 그런 것 전부가 싸움이에요."

"그럼 사건 같은 것도? 그러니까 그, 범죄라든가."

"그래요." 여자 목소리가 슬픈 듯이 떨렸다. "사람이 하나 살해당해도, 그 역시 싸움이죠."

모리사키 히로키는 동급생을 한 명 살해하고 한 명에게는 중상을 입혔다.

현자가 말했다. "그릇들이 싸움을 일으킬 때마다 황의를 입은 왕은 힘을 모아왔어. 몇 년, 몇십 년, 어쩌면 몇백 년이나 되는 시간 동안 모아왔지."

봉인을 깨기 위해 필요한 힘은 어느 정도인가.

"별 하나를 멸망시킬 정도의 힘이야."

그래서 길고 긴 시간이 걸렸다. 많은 그릇이 소비되었다.

"유리코, 아무리 높은 탑이라도 계속 올라가면 언젠가는 정상이 나온다. 아무리 깊은 구멍이라도 비가 계속 내리면 언젠가는 가장자리까지 물이 차올라."

황의를 입은 왕에게 봉인을 깨기 위한 힘을 줄 마지막 하나의 '그릇'.

드디어 유리코는 이해했다.

"그것이야말로 최후의 그릇. '소환자'다."

봉인을 깨고 감옥을 부순 '황의를 입은 왕'은, 마지막 그릇의 몸을 빌려 이 '테두리'에 강림한다.

"네 오빠는 이제 완전히 '황의를 입은 왕' 그 자체가 되었어."

유리코는 두 손으로 뺨을 눌렀다. 따뜻한 서재의 어둠 속에서, 어찌할 바를 모른 채 몸이 부들부들 떨리기 시작한다.

"그럼 오빠는……"

책들이 가지각색으로 반짝이며 유리코를 지켜보고 있었다.

"지금 어디 있어. '테두리'에 있다는 말은 이 세상에 있다는 거지?"

아무도 대답해주지 않았다.

"……당신들도 몰라요?"

절망의 한숨과 함께 유리코는 물었다.

"짐작이 안 가요? 실마리도 없어요?"

미안해요, 하고 상냥한 여자 목소리가 중얼거렸다.

"황의를 입은 왕이 네 오빠의 모습을 띠고 있다고는 할 수 없어." 현자가 말했다.

"네 오빠는 최후의 그릇으로 일찌감치 다 먹혀버렸는지도 모르니까."

"현자, 그렇게까지 말하지 않아도 되잖아."

참다못했는지 아쥬가 끼어들었다.

"아가씨가 불쌍해."

"그렇다면 아쥬, 유리코를 여기 데려온 것이 잘못이다."

아쥬는 분한 듯이 입을 다물었다.

"실마리가 없지는 않아."

현자의 목소리에 유리코는 묶은 머리가 등에 부딪칠 정도의 기세로 몸을 일으켰다.

"정말요?"

"네가 '이름 없는 땅'을 방문한다면 무명승들이 뭔가 가르쳐줄지도 몰라. 어쩌면 네 힘이 되어줄지도 모르고, 네가 그자들의 힘이 되어줄 수 있을지도 모르지."

유리코는 떠올렸다. 아쥬가 말했었다. "내게는 그 자격이 있다고 아까……"

"최후의 그릇과 피와 살을 나눈 자니까."

그리고 어린아이니까.

"어른은 왜 안 되는 거예요?"

"어른은 이미 많은 이야기에 너무 물들어버렸기 때문이지. '이름 없는 땅'에 발을 들여놓으면, 인간의 모습을 유지하지 못할 거야."

모르겠어. 하지만 내가 아니면 안 된다는 거지? 아빠랑 엄마는 안 돼. 경찰도, 군대도 안 돼.

"내버려둬도 괜찮다, 유리코."

뜻밖의 말에 유리코는 눈을 부릅떴다. 현자님, 무슨 말을 하는 거예요?

"넌 어려. 연약해. 제 발로 무거운 짐을 짊어질 필요는 없겠지."

"하지만 내버려두면 이 세상이 멸망하잖아요."

"이 '테두리'가 멸망하지."

"말이 다를 뿐이잖아요!"

"이 '테두리'가 멸망해도 또 새로운 '테두리'가 생긴다. 그리고, 유리코. 이 '테두리'는 순식간에 멸망하지 않아. 아직 시간은 있어."

유리코가 성장하고 어른이 되어 인생을 즐기기에 충분할 정도의 시간은 있을지도 모른다.

"잊어서는 안 돼. 감옥을 깨뜨린 건 '영웅'이야. 영웅과 황의를 입은 왕, 양쪽을 겸비한 이야기지. 그렇다면 이 '테두리'에 나타나는 건 황의를 입은 왕이 품은 거대한 사악함뿐만이 아니야. 영웅의 강대한 선 또한 나타나지."

유리코가 사는 '테두리'가 일방적으로 멸망하지는 않으리라는 말이다.

"선과 악의 싸움이 일어나는 거네요."

현자는 고개를 끄덕이듯 두 번 반짝였다.

"그 싸움에는 많은 사람들이 가담하겠지. 너 혼자 싸울 필요는 없어. 싸운다고 해도 더 커서 어른이 된 후에 싸우면 돼."

아쥬가 유리코의 시선을 끌려고 강한 빛을 내뿜었다.

"게다가 아가씨, 이 '테두리' 안에는 이미 '영웅'이 풀려났다는 걸 알아챈 어른들이 있어. 그 사람들은 머지않아 움직이기 시작할 거야."

"어떤 사람들?"

"사본을 찾아 전 세계를 돌아다니는 어른들. 아까 현자가 말했지? 사본을 찾아서 숨기려고 하는 사람들이야."

"혹은 사본의 내용을 연구해 '영웅'의 진실을 알려고 하는 자들이지." 현자가 말했다. "그렇게 얻은 지식을 보루로 삼아, 황의를 입은 왕에게서 이 '테두리'를 지키려는 자들이야."

'영웅'을 추적해 황의를 입은 왕을 잡기 위해, 부지런히 수색과 연구를 계속하는 사람들.

"그 인간들을 우리는 '늑대'라고 부른다."

코가 좋으니까. 날카로운 송곳니와, 지칠 줄 모르는 다리를 가지고 있으니까.

"그러니까 그 녀석들한테 맡겨놓아도 돼. 아가씨가 애쓰지 않아도."

아쥬가 힘껏 밝은 목소리를 전해왔다.

유리코는 두 권의 책이 번갈아 던진 말을 곱씹으며 곰곰이 생각했다. 실은 마음이 제자리를 맴돌아서 도저히 제대로 생각하고 있다고 할 수 없는 상태였지만, 그래도 필사적으로 집중해 숙고하는 참이었다. 어지러이 흩어진 머리카락을 쓸어올리고, 코를 훌쩍이면서.

"…… '늑대'들은 오빠도 구해줄까요?"

결국 유리코의 생각은 거기에 다다랐다.

현자도 아쥬도 대답하지 않는다. 상냥하고 부드러운 여자 목소리도 침묵을 지킨다.

"아니겠죠." 유리코는 스스로 자신의 물음에 대답했다. "거기까지는 해주지 않겠죠."

기다리고만 있으면 늦을지도 모르는 것이다.

"그럼 역시 내가 가야 돼요. 오빠를 구하러 가야 돼요."

딱 잘라 말하자 몸이 떨렸다.

서재를 가득 메운 수많은 책들이 유리코와 함께 떨며 한숨을 쉬는 것 같았다.

"역시 그러하냐."

현자의 목소리가 울려퍼지자 유리코는 고개를 들었다.

"너 역시 이미 영웅의 이야기 속에 있다."

내가— 영웅.

"잊어서는 안 돼. 억지로라도 떠올리거라. 아침저녁으로, 그 마음에 들려주는 거야. 영웅과 황의를 입은 왕은, 한 사물의 앞과 뒤라는 것을 말이다."

"현자! 진심이야?" 아쥬가 물고 늘어졌다.

"아가씨는 이렇게 어리잖아."

"유리코를 '이름 없는 땅'으로 보낸다."

"현자!"

"괜찮아, 아쥬." 유리코는 아쥬를 살짝 쓰다듬었다. "나, 노력할게. 그리고 외톨이가 아닌걸. '이름 없는 땅'에서 같은 편을 찾을지도 모르고, 지금은 아직 만나지 못하더라도 오빠를 찾는 동안에 '늑대'들을 만날 수 있을지 모르잖아."

지금은 오직 혼자뿐이지만.

"그렇다면…… 그래!" 아쥬의 목소리가 들떴다. "일단은 여기서 '늑대'를 찾는 게 어때? 미노치는 '늑대'를 알고 있었을 거야. 여길 찾아온 녀석도 있었잖아."

"진짜?" 유리코의 마음에도 희망의 등불이 켜졌다. "미노치 씨가 아는 사람이라는 거지?"

"어떤 자이고 어디에 있는지 난 모른다." 현자는 대답했다. "미노치는 '늑대'를 경계해서, 이 저택에 불러들이지 않았으니까."

확실히 몇 번인가 그래 보이는 방문자가 있었지만 작은할아버지는 항상 문전박대를 했다고 한다.

"어딘가 메모가 있을지도 몰라." 아쥬는 포기하지 않는다. "뭔가 적어서 남겨놓았을지도 모르고."

"주소록 같은 거?"

"그래, 그거야. 알아?"

유리코는 모른다. 게다가 작은할아버지가 그런 물건을 가지고 있었다고 하면 파리에서 쓰러졌을 때 몸에 지니고 있었을 가능성도 높다. 누가 그것을 보관하고 있을지 알 수 없다.

"그럼 그걸 찾는 게 우선이로군. 아가씨의 부모님을 깨워서."

유리코는 망설였다. 좋은 생각처럼 들린다. 하지만 그러려면 일단 이 말도 안 되는 이야기를 아빠 엄마가 믿도록 하는 것부터 시작해야 한다. 너무 번거롭다.

"아쥬, 나한테 한 것처럼 아빠 엄마한테도 설명해줄래?"

물론, 하고 아쥬는 대답했지만, 현자가 끼어들었다.

"유리코의 부모는 눈으로 보고 귀로 들어도 믿지 않아."

"왜!"

"아쥬, 조금은 냉정해지거라. 너도 알고 있을 텐데."

어른들은 유리코와 마찬가지 입장에 놓이면 믿기에 앞서 의

심한다. 자신의 눈과 귀―머리를.

"……그렇지."

현자가 말하는 대로다. 유리코는 눈을 감았다.

"여기까지 와서 우물쭈물하고 있을 수는 없어."

그 말을 발판 삼아 유리코는 접사다리에서 일어섰다.

"그럼 유리코. 일단 네 분신을 만들자꾸나."

"분신?"

"네가 혼자서 다른 곳으로 가버리면 부모님이 걱정하지 않겠느냐?"

아, 그런가. 하지만―

"분신이 어떤 건데요?"

"뭐, 직접 보는 편이 낫겠지."

바제스타, 하고 현자가 불렀다. 유리코의 왼쪽 깊숙한 곳, 딱 머리 높이 정도 되는 부분에서 대답이 들려왔다.

"아가씨, 한 발 앞으로 나와 두 손을 앞으로 내밀어줄래?"

경쾌한 여자 목소리였다.

"내가 뛰어내릴 테니까 받아줘."

말대로 하자 벨벳 같은 감촉의 검정 책이 손 안에 떨어져내렸다.

"자, 시작하자. 네 머리카락을 한 올 주렴."

3장
이름 없는 땅

눈을 뜨기 전에 유리코는 어렴풋이 바람을 느꼈다. 앞머리에 살며시 닿았다가 이마를 어루만지고 지나가는 솔솔바람.

그리고 냄새—흙과 풀, 나머지는 무슨 냄새일까. 유리코가 사는 마을에는 존재하지 않는, 코에 익숙하지 않은 냄새다.

운동화 바닥에 부드러운 감촉이 전해진다. 이건 모르는 감촉이 아니다. 아마도, 그래, 잔디밭이다. 나는 분명 잔디밭 위에 서 있다.

방금 전까지만 해도 유리코는 미노치 이치로의 서재에 있었다. 현자가 지시한 대로 행동했다. 손 안에 떨어진 책을 받아들고 그 책의 책장을 넘겨서 필요한 부분을 찾았다. 거기 적혀 있다는 문장을 소리 내어 읽었다—물론 유리코는 읽을 수 없기에 현자가 읽은 후에 따라 읽었지만, 책을 손에 들고 유리코의 목소리로 읽는 것이 중요하다고 했다.

그러고 나서 별장 안을 헤매며 분필을 찾고, 그 분필로 현자가 지시한 책 속에 실린 그림을 보고 서재 바닥에 희한한 마법진 같은 것을 그렸다. 그러기 위해 일단 바닥에 쌓인 많은 책을 정리해야 했는데, 무거운데다 먼지가 많아서 재채기가 마구 나는 통에 상당히 고생했다.

그래도 고생해서 그린 마법진에서 자기 분신이 태어나는 것을 목격한 순간, 어깨와 허리의 아픔과 먼지로 충혈된 눈의 따끔따끔한 간지러움은 어딘가로 날아가버렸다. 숨이 멎을 정도로 놀랐다. 마법진 한가운데에 놓은 유리코의 머리카락에서, 유리코를 쏙 빼닮은 여자아이가 나타나 방긋방긋 웃으며 다가온 것이다.

"도망칠 필요 없어. 네가 집을 비울 동안 너를 대신해줄 분신이다" 현자가 설명해주었다.

"마, 만지면 안 되죠?"

예전에 오빠가 빌려온 DVD로 그와 비슷한 SF 영화를 본 기억이 떠올랐다. 주인공이 타임머신을 타고 과거의 자신을 만나러 간다. 타임머신을 만든 과학자는 주인공에게 무슨 일이 있어도 또다른 자신과 접촉하면 안 된다고 한다. 접촉한 순간에 주인공뿐만 아니라 세계 그 자체가 사라져버릴 테니까.

현자는 온화하게 웃었다. "그런 걱정은 할 필요 없어. 그 분신은 너처럼 행동하는 네 하인이니까."

"정말요?"

"뭐든지 명령해보려무나."

그래서 유리코는 분신이 태어난 마법진을 지우는 작업을 분신에게 시켰다. 바닥에 그린 분필 선을 깨끗이 지우는 일은 생각보다 쉽지 않았는데, 유리코가 "어딘가에 대걸레가 있을 테니까 찾아와" 하고 부탁하자 분신은 오 분도 지나기 전에 대걸레를 가져와주었다.

"다음 마법진은 아까 것보다 훨씬 복잡해. 틀리지 않도록 공들여 그려야 한다."

그것이 바로 유리코를 '이름 없는 땅'으로 보낼 문을 열기 위한 마법진이었다.

갖은 고생을 하며 겨우 다 그리고 난 뒤, 용기 있게 그 한가운데로 발을 내딛고 싶은 마음과, 무서워서 머뭇거리는 마음 사이에서 유리코는 갈등하며 우두커니 선 채 숨을 거칠게 몰아쉬었다. 그러자 현자의 목소리가 들려왔다.

"유리코, 넌 항상 그렇게 앞머리를 이마에 늘어뜨리고 있느냐?"

지금은 그렇다. 사실 유리코는 이마가 넓은 걸 약간 신경 쓰는 편이었다. 앞머리를 내리면 눈이 나빠진다고 엄마가 야단치기 때문에 평소에는 핀으로 고정하거나 무스로 모양을 내지만, 돌아다니다보면 자연히 이마에 내려온다.

하지만 이 긴박한 장면에서 이 무슨 김빠지는 질문인가.

"그게 무슨 문제인가요?"

"손으로 앞머리를 걷어올리고 이마를 보여라. 그리고 내가 있는 쪽으로 돌아서서 얼굴을 들어. 오오, 아직 바닥의 마법진을 밟으면 안 돼."

유리코는 등을 서가에 붙이다시피 하며 뒤로 물러나 현자가 말한 대로 했다.

현자가 주문을 외기 시작했다. 노래처럼 가락이 있지만 노래는 아니다. 독경하는 듯한 억양이지만 독경도 아니다. 처음 듣는 불가사의한 말과 소리의 흐름이다.

현자의 목소리가 한층 더 낭랑하게 울려퍼지다가 마침표를 찍듯이 딱 멎었다. 다음 순간 바닥에 분필로 그린 마법진이 푸르스름하게 불타오르는 듯한 빛을 뿜어냈다. 유리코는 펄쩍 뛰어오를 뻔했다.

이마에, 차가운 손끝으로 쓰다듬는 것 같은 감촉이 스쳐 지나갔다. 엉겁결에 손을 들어 이마를 만졌다. 마법진의 빛은 한순간에 사라졌다.

하지만 아직 뭔가가 빛나고 있었다. 유리코의 바로 옆, 얼굴 근처에서.

"복도 어딘가에 거울이 있었을 텐데."

현자가 직접 유리코의 분신에게 거울을 가지고 오라고 명령했다. 분신은 가벼운 발걸음으로 서재를 나가더니 작고 네모난 거울을 들고 왔다. 틀이 녹슬고, 거울 표면의 삼분의 일 정도가 얼룩과 곰팡이로 뒤덮여 있다.

"얼굴을 비춰보렴." 현자가 유리코에게 말했다. 거울을 받아들었을 때 분신의 따스한 손에 닿은 유리코는 놀라서 그 말을 깜박 흘려듣고 말았다.

"유리코, 거울로 얼굴을 보아라."

당황해서 네모난 거울을 들어올렸다.

이마에 오백 엔 동전 정도 크기의 마법진이 찍혀 있었다. 그 빛이 유리코의 눈에 비쳐, 뭔가가 얼굴 옆에서 빛나고 있는 것처럼 느껴진 것이다.

작은 마법진은 페퍼민트 색깔의 빛을 띠고 있다. 마치 장난 삼아 형광도료로 그린 것 같았다.

"이거……?"

바닥의 마법진과 완전히 똑같지 않은가.

"이마의 그 인印을 사용해서 네가 있는 이 '테두리'와 이름 없는 땅을 자유롭게 오갈 수 있다. 그건 네가 문을 통해 자유롭게 지나다니는 것을 허가하는 인이기도 하니까."

이름 없는 땅과 현실의 장소를 오갈 때는 이마의 인에 손을 대기만 하면 된다고 한다.

"어? 그럼 이름 없는 땅에서 이쪽으로 돌아올 때는 이 별장뿐만 아니라 어디든지 원하는 곳에 갈 수 있어요?"

"그렇지."

다만—하고 현자는 목소리에 힘을 주었다.

"미노치의 서재에 있는 이 마법진이 지워지거나 망가지면, 네 이마의 인도 효력을 잃고 말아. 자주 여기에 돌아와 바닥의 마법진이 무사한지 확인하도록 해라."

친척들이나 변호사들이 찾아와서 바닥의 낙서를 지워버리거나 하면 큰일이라는 소리다.

"제가 없는 동안에 현자님이랑 다른 책들이 마법의 힘으로 이 별장에 아무도 들어오지 않도록 할 수는 없나요?"

"할 수 있지."

"그럼 부탁할게요."

"하지만 여기에 들어오려는 자들이, 왜 몇 번이나 찾아와도 안으로 들어갈 수 없는지 의심하는 것까지 막을 수는 없어."

마법도 만능은 아니다.

"그래서 엉뚱한 소란이 일어나면 곤란하다는 말이군요."

"그렇지."

유리코는 야무지게 고개를 끄덕였다.

"알았어요. 주의할게요."

"현자, 중요한 말을 깜박했어." 오랜만에 아쥬의 목소리가 들렸다. "아가씨, 그 인은 다른 사람에게 함부로 보여주면 안 돼. 평소에는 앞머리를 내려서 감춰둬."

아아, 그래서 머리모양 얘길 했었구나.

"아쥬는 성질이 급해. 지금 내가 설명하려고 했는데."

그렇게만 말하면 설명이 불충분하다면서 현자는 약간 기분이 상한 듯이 말을 이었다.

"이름 없는 땅에서는 이마의 인을 감출 필요가 없어. 감춰야 할 때는, 네가 발을 딛고 살아가는 이 '테두리' 안에 있을 때. 그리고 이름 없는 땅에서 이 '테두리' 안의 다른 영역으로 건너갔을 때뿐이야."

"다른 영역이라니요?"

"가보면 안다."

"그리고, 그리고." 아쥬가 조급히 끼어든다. "확실히 숨긴다 해도, 가는 곳곳에서 아가씨가 이마에 인을 지녔다는 사실을 꿰뚫어보는 인간을 만날 수도 있어. 그런 녀석은 '늑대'야. 그들은 지식을 갖고 있으니까 인의 존재를 감지할 수 있어. 그러니까 걱정하지 않아도 돼. 하지만 '늑대' 중에는 별난 사람이 많으니까, 다른 의미에서 조심해야 해."

어떻게 조심하면 되는 걸까.

"'늑대'란 미노치 씨와 마찬가지로 헌책을 모으는 사람들이야?"

"대개는."

"그럼, 난폭한 사람은 없겠네."

학자 같은 사람들이겠지. 하지만 아쥬는 음, 하는 소리를 냈다.

"어쨌든 별난 사람이 많아."

"'늑대'는 추적자란다. 사냥꾼이지." 현자의 말투가 엄해졌다. "그리고 아쥬, 또 설명이 모자라는구나."

이마에 이 인을 받음으로써 유리코 또한 '늑대'와 동등한 존재가 되었다고 현자는 말했다.

"제가요?"

"넌 '영웅'을, '황의를 입은 왕'을 추적하기 위해 여행을 떠나는 거니까."

모리사키 히로키를 수색하는 것은, 그를 최후의 그릇으로 삼아 감옥을 부순 '황의를 입은 왕'을 뒤쫓는 것이나 다름없다.

"지금 이 순간 '황의를 입은 왕'은 알아차렸다. 유리코, 너라는 인을 받은 자, 올 캐스터가 탄생했다는 사실을."

올 캐스터. 유리코는 따라서 중얼거렸다.

"이름 없는 땅에서 무명승들이 사용하는 말로는 그렇게 부르지. 그게 지금부터 네 신분이다."

유리코의 가슴은 더없이 요동을 친다.

"제가 적한테 알려진 건가요?"

무릎이 덜덜 떨렸다. 뭔가 이야기가 다른 것 같다. 난 그냥 오빠를 찾고 싶을 뿐인데, 왜 이렇게 되지? 아무래도 난 제대로 이해하지도 못한 채 엄청나게 큰일을 시작해버렸나봐.

"'황의를 입은 왕'은 감옥을 깨뜨림으로써 자유롭게 힘을 축적할 수 있게 되었다. 이 '테두리'에 손발을 뻗쳐 더 커지는 것에 매달려, 너 같은 사소한 존재는 눈길도 주지 않고 내버려둘지도 모르지. 하지만 어딘가 방해가 된다고 느끼면 널 없애려고 움직일지도 몰라."

점점 더 이야기가 달라지고 있다.

"그것이 어떻게 행동할지 우리도 지금은 아직 몰라. 하지만 유리코, '황의를 입은 왕'이 풀어놓은 사역마와 마주치면 아주 조심해야 한다."

사역마. 유리코는 침을 꿀꺽 삼켰다.

"무명승들은 강한가요?"

현자는 대답하지 않았다.

"아쥬, '늑대'들은 내가 부탁하면 도와줄까?"

아쥬도 입을 다물고 있다. 유리코는 슬그머니 발을 내딛어 그를—빨강 책을 손에 들었다.

"아쥬, 넌 나랑 같이 안 가?"

아쥬의 빨간빛이 전지가 다 된 것처럼 깜박깜박 약하게 반짝였다. "난 아직 이름 없는 땅에 소환될 때가 되지 않았어."

유리코는 한숨을 쉬고 아쥬를 서가의 선반에 되돌려놓았다. 아쥬는 미안해, 하고 변명하듯 중얼거리며 유리코의 손바닥에 떨림을 전해왔다.

"그럼, 갈까."

그만둘래요, 라고 말할 뻔했다.

눈물이 날 것 같았다.

곁에서 유리코의 분신이 손을 뻗어왔다.

유리코는 바로 그 손을 잡고 꽉 쥐었다. 하지만 분신은 느릿느릿 고개를 저었다.

"그 거울을 분신에게 넘겨라." 현자가 말했다.

"이 '테두리'에서 이름 없는 땅에 뭔가를 가지고 갈 수는 없어. 몸 하나만으로 건너가야 해."

낙담하고 유리코는 분신에게 거울을 넘겼다. 미련이 남은 듯 분신의 손을 계속 붙들고 있자니 분신이 살짝 손가락을 풀어버렸다.

"떠나기 전에 부모님 얼굴을 보고 오겠느냐?"

아까 분필을 찾으러 갔을 때, 복도와 현관 옆의 매트 위에서 아기처럼 새근새근 자고 있는 아빠와 엄마를 보았다. 흔들어 깨워 말을 걸고 싶은 충동을 물리치기 위해 유리코는 온몸의 힘을 다해 버텨야 했다.

"괜찮아요. 이대로 갈게요."

이제 될 대로 되라지. 학교에서 괴롭힘을 당하는 고통을 생각하면 이 정도쯤이야 — 이쪽이 무서울지도 모르지만.

하지만 배수의 진이란 이런 상황을 말하는 거겠지.

"아빠랑 엄마를 잘 부탁해."

분신에게 말을 걸자 분신은 미소를 지으며 고개를 끄덕였다. "맡겨두세요. 확실하게 할 테니까요."

이야기할 수 있구나! 내 목소리다! 그야 그렇겠지, 내 분신이니까. 하지만 놀랍다!

"내가 여기 돌아왔을 때, 내가 두 명 있으면 이상하지 않을까?"

"괜찮아요. 이상해지지 않도록 하는 방법이 있어요. 그렇게 되면 설명해드릴게요."

진짜 유리코보다 어른스러운 말투다. 두 살 정도 언니 같은 느낌이 든다.

"다녀오세요. 몸조심하시고요."

내 머리카락이 나보다 훌륭한 인격을 지니는 일도 가능할까?

"그럼 문을 열도록 하지. 유리코, 마법진 중앙으로 들어가거라!"

조금 비틀대면서도 유리코는 마법진 한가운데에 섰다. 현자의 주문이 울려퍼지기 시작한다. 이번에는 현자뿐만이 아니다. 서재에 수집된 모든 책이 따라하기 시작했다. 아쥬의 목소리도 들렸다.

마법진이 푸르스름하게 불타오른다. 유리코의 몸을 감싼다. 눈이 부셔서 유리코는 눈을 감았다. 마법진 바로 밖에서 분신이 손을 흔드는 모습을 눈에 새기며 —

그리고 지금, 여기에 있다. 부드러운 잔디 같은 풀을 디디고 선 채.

이동하는 느낌은 없었다. 하늘을 날거나, 땅을 파고들거나, 뭔가를 빠져나가거나 뛰어넘은 느낌도 없었다.

그냥 정신을 차리니 여기에 있을 뿐이다.

유리코는 천천히 눈을 떴다.

조그만 머리와 마음으로 할 수 있는 모든 각오를 다지고 왔다. 할 수 있는 모든 상상을 하고 왔다. 온갖 엉뚱한 것. 하늘과 땅만큼 극단적으로 다른 것들을.

눈에 들어온 풍경은, 그런 유리코의 씩씩함을 순식간에 빨아들여 흩어버리고 말았다.

잿빛 하늘과, 그 색깔에 짝을 이루듯 끝없이 펼쳐지는 시든 초원. 유리코는 그 속에 혼자 오도카니 서 있었다.

눈 위가 밝다. 이마의 인이 빛나고 있다. 손을 갖다대자 손끝에 푸르스름한 빛이 어렴풋이 비치다가 곧 사라졌다. 잘 도착했어 —라고 알려준 것이다.

하늘이 나지막하다. 구름이 낮게 끼어 있는 것이다. 그 밑을 안개가 흘러간다. 구름보다 조금 더 푸른 기운이 도는 싸늘한 색이다. 아주 작은 얼음 알갱이가 기류를 타고 움직이는 것이리라.

땅을 뒤덮은 회색 풀은 만져보자 놀랄 만큼 폭신하고 부드럽고 생기 있다. 어쩌면 시든 것이 아니라 원래 이런 색깔인지도 모른다. 풀을 만진 손을 코끝에 대자 코로 흙내음이 파고든다. 손가락이 이슬로 젖었다.

삼백육십 도, 시야 가득 하늘과 초원뿐이다. 구불거리는 지면은 물결이 일지 않는 넓은 바다처럼 군데군데 완만하게 굽이치고 있다. 높은 곳이라도 언덕이라 할 만한 경사는 없고, 낮은 곳이라도 분지라 할 정도로 넓지는 않다.

어디서 이것과 닮은 풍경을 본 기억이 있다. 잠깐 생각하다 유리코는 떠올렸다. 모래 구릉이다. 이 초원을 모래땅으로 바꾸면 사막의 모습이 된다.

이곳이 이름 없는 땅이다.

이 색채가 결여된 풍경이.

뭐라고 할 말도 없어 유리코는 무심결에 입술을 오므려 휘파람을 불어보았다. 삐, 하는 신통치 않은 소리가 바람에 휩쓸려 초원 저편으로 사라져간다.

어디로 가야 할까.

그때 안개의 흐름 건너편에서, 갑자기 솟아오르듯이 종소리가 들려왔다.

유리코는 저도 모르게 몸을 움츠리고 뒷걸음치며 주위를 둘러보았다. 종소리는 뒤로 물러나면 뒤에서, 앞으로 피하면 앞에서 밀려드는 듯한 느낌이었다. 어디서 들려오는지 판단이 서지 않는다. 땅에서 솟아나는 동시에 하늘에서 내려오는 것 같다.

하늘에서 흘러떨어지는 안개가 저 멀리에서 옷자락이 벌어지듯 둘로 나뉘었다. 종소리를 신호로 유리코의 시야를 열어주기로 한 듯이.

부드럽게 솟았다가 미끄러지듯 낮아지는 초원 저편에 거대한 건물의 실루엣이 떠올랐다. 유리코의 눈이 휘둥그레졌다. 바람이 눈에 스며들어 눈물이 어린다. 하지만 유리코는 눈을 깜박이는 것조차 잊었다.

사원일까. 교회일까. 아니면 그냥 산줄기이고, 내가 잘못 본 것뿐일까. 산맥이 주름을 이루어 병풍을 펼쳐 세운 것처럼 보이는 경치는 일본 알프스로 가족여행을 갔을 때 본 적이 있다. 그것과 똑같다.

하지만 산은 저런 색깔이 아니다. 구름보다도 짙고 어둡게 가라앉은 회색과 또렷이 빛나는 자수정의 색깔, 그리고 칠흑. 그 빛깔들이 조합된 저것은 분명 건물이다.

꼭대기에는 지붕이 있다. 정삼각형 지붕이다. 좌우 두 변에서 뿔 같은 기둥이 뻗어나 있다. 지붕이라기보다 첨탑이라고 해야 할지도 모르겠다. 그 아래에 한 단, 두 단, 세 단—여기서는 아래쪽까지 알아볼 수 없다. 건물은 중층적으로 겹겹이 쌓여 있다. 주름처럼 보이는 것은 그 외벽에 뻗은 장식 기둥의 행렬 때문이다. 칠흑으로 보이는 것은 창문이다. 자수정의 빛은 그 창문에 비치는 불빛의 색깔일지도 모른다.

종소리는 그 거대한 건조물에서 들려왔다.

그리고 지금, 느닷없이 멎었다.

바람이 운다. 유리코의 귀는 그 바람에 사람 목소리가 섞여 있다는 사실을 알아차렸다.

노래다. 누군가가 노래하고 있다. 낮게 땅을 기는 듯한 소리의 울림이 초원을 건너 다가온다.

뜻밖에도 가까운 곳에서 횃불이 타올랐다. 횃불은 바람에 흔들리며 불꽃으로 된 꼬리를 끌고 있다. 하나, 둘, 셋. 초원의 완만한 산 모양의 굽이에서 횃불이 튀어나왔다. 이어서 사람 머리 모양이 보였다. 한 사람, 두 사람, 세 사람.

세 사람이 산 모양 굽이의 꼭대기까지 올라오자, 그들이 새카만 옷을 몸에 걸치고 있다는 사실을 알 수 있었다. 복사뼈 조금 위까지 내려오는 옷을 정강이에 휘감으며 걸어온다. 맨발이었다.

다가온다. 망설임 없는 발걸음으로, 같은 보폭으로, 서두르지 않지만 거침없이. 그들이 높이 쳐든 횃불 덕분에 모습이 똑똑히 보였다. 유리코는 두세 걸음 그들 쪽으로 뛰어가다 멈추었다. 누가 그러라고 한 것도 아닌데, 자연스레 자세를 바로 했다.

틀림없다, 저 세 사람은 무명승이다. 그렇게 생각했기 때문이었다.

세 사람이 굽이를 내려온다. 다 내려오자 유리코와의 거리는 십 미터 정도가 되었다.

세 사람과 유리코 사이에 펼쳐진 초원을 한 무리 바람이 지나간다. 횃불에서 불똥이 춤추듯 날아오른다.

세 사람이 발을 멈추었다. 노래도 멈추었다.

두 사람이 횃불을 머리 높이까지 내렸다. 여전히 횃불을 머리보다 높이 쳐들고 있는 한 사람이 한 발 앞으로 나왔다. 그가 채입을 열기 전에, 유리코의 이마에 찍힌 인이 밝게 빛났다가 다시 원래대로 돌아갔다.

"어린아이여."

남자가 애젊은 목소리로 불렀다.

"새로이 인을 받은 자여."

그들의 등뒤에는 멀리 희미하게 그 거대한 건물이 버티고 서있다. 그래서 유리코는 그들이 부르는 소리가 뒤쪽의 건물 그 자체가 낸 목소리 같다는 생각을 했다.

예, 하고 유리코는 대답했다. 목구멍이 오그라들어서 큰 소리를 낼 수 없었는데도, 그 대답은 가볍게 뻗어나가 초원에 울려퍼졌다. 잿빛 하늘과 차가운 안개가 유리코의 대답을 되받아 메아리친다.

"우리는 만서전을 지키는 무명승입니다."

젊은 남자의 목소리가 그렇게 신분을 밝히나 싶더니, 횃불을 든 채 몸을 구부려 깊이 절을 했다. 뒤의 두 사람도 똑같이 머리를 숙였다.

어떻게 해야 할지 몰라 유리코는 그저 차려 자세로 서 있었다.

세 무명승이 머리를 들었다. 앞장선 한 사람이 말했다. "여기는 이름 없는 땅. 인을 받은 자의 방문에 제2의 종을 울리고 맞이하러 왔습니다."

이쪽으로 오십시오, 재촉하듯 고개를 끄덕이며, 앞장선 사람이 몸을 비스듬히 틀어 길을 열었다.

한 걸음 내딛을 때까지 무한한 시간이 흐른 것 같은 느낌이 들었다. 문의 마법진 한가운데로 발을 들여놓았을 때보다 용기가 필요했다. 이번에야말로 되돌릴 수 없다. 이 무명승들을 따라가면 정말 큰일이 시작되고 만다. 하지만 바로 지금, 죄송해요, 저 그냥 돌아갈래요, 하고 사과하고 되돌아가면 아직 용서받을 수 있을 것 같다—

하지만 유리코는 발을 내딛었다.

"두려워하실 필요 없습니다."

유리코가 다가가자 앞장선 무명승이 온화한 말투로 말했다.

"이 땅에 당신을 위협할 만한 것은 아무것도 없습니다. 우선 만서전으로 안내하겠습니다."

뒤에 있던 두 사람이 좌우로 나란히 앞에 서고, 앞장섰던 한 사람이 유리코와 나란히 서서 유리코의 걸음걸이에 맞추어 걷기 시작했다.

"만서전이란 게 저 건물이에요?"

손가락질은 삼가야 할 것 같아서 유리코는 눈짓으로 앞쪽의 거대한 건물을 가리켰다.

"그렇습니다."

"어떤 한자를 써요?"

물어는 보았지만, 옆을 걷는 무명승에게는 그 질문의 의미가 전해지지 않은 것 같다 — 당황해하고 있자니, 그의 표정이 부드러워졌다.

"아아, 당신이 계시던 '테두리' 안에서 당신이 사용하던 문자라면, 일만 만万자에 책 서書자, 대궐 전殿자를 씁니다."

이름 그대로 만 권의 책을 모아놓은 전당이라고 한다.

"커다란 도서관 같은 거네요?"

"그렇게 생각해주십시오."

옆에서 걷는 무명승은 목소리뿐만 아니라 생김새도 앳됐다. 청년이다. 키는 그렇게 크지 않다. 유리코의 머리가 그의 어깨에 닿을 정도다. 머리카락을 싹 깎아 반들반들한 머리는 모양새가 좋고, 눈썹은 짙다. 새카만 옷 외에 장신구 같은 것은 하나도 달고 있지 않았다.

절이나 교회 같은 느낌의, 정신이 아득해질 정도로 커다란 도서관과 그곳을 지키는 스님 같은 모습의 사서들. 조금이라도 마음이 편해지도록 유리코는 일부러 그렇게 생각해보았다. 학교 근처 도서관에 있는 직원들은 남자들도 화려한 앞치마를 걸치고 있다. 무명승들에게도 앞치마가 어울릴까.

역시 너무나 실없는 상상이라, 조금도 재미있지 않거니와 기분이 풀리지도 않았기에 바로 집어치웠다.

터벅터벅 열심히 걸어도 만서전은 전혀 가까워지지 않는다. 시야를 가리는 위용에 약간 겁을 먹은 유리코는 말없이 있기 괴로워서 열심히 할 말을 떠올렸다.

"아까 노래 부르고 있었죠."

"예."

"무슨 노래예요?"

"염원의 노래라고 합니다."

기원하는 노래라는 뜻이라고, 무명승은 뜻을 묻기 전에 가르쳐주었다.

"가사를 모르겠는데, 어느 나라 말로……"

그러던 도중, 유리코는 갑자기 입가에 손을 갖다 댔다. 노래 가사가 문제가 아니다. 지금 이렇게 유리코가 무명승과 평범하게 이야기를 나눌 수 있다는 것 자체가 이상하다.

이번에도 곁에 있는 무명승은 유리코의 의문을 먼저 알아챈 모양이다.

"우리 무명승은 '인을 받은 자'의 말을 이해하고 자유롭게 구사할 수 있습니다. 하지만 그 노래 가사만은 별개이지요. 그래서 당신은 가사의 의미를 모르실 겁니다."

"그 노래 가사는 무슨 말로 적혀 있어요?"

"이름 없는 땅의 말로 적혀 있습니다."

이곳 고유의 언어가 있다는 말이다. 그럼 여기는 역시 외국이 겠구나.

"아까 부른 염원의 노래가 무슨 의미인지 가르쳐주면, 안 돼요?"

질문 도중에 머뭇거린 것은 무명승의 표정이 문득 어두워진 듯 보였기 때문이다.

"'황의를 입은 왕'과 '자아내는 자'에 대해 노래한 것입니다."

그런가요, 하고 대답하고 유리코는 일단 입을 다물기로 했다. 물어보고 싶은 것은 아직 산더미처럼 많았지만, 상대가 자길 수 다스러운 아이로 생각할까봐 부끄럽다.

시선을 들자 만서전의 위풍당당한 모습이 바짝 다가와 있었다. 그렇게 많이 걸은 것 같지 않은데 ─ 따로 비교할 것이 없는 탓에 거리감이 이상해졌는지도 모른다.

다시 종이 울리기 시작했다. 아까와는 음색과 박자가 다르다. 데엥데엥, 하고 크게 울려퍼지는 소리가 아니라, 가볍고 빠른 장단으로 울리고 있다.

"저 종은 이제 곧 '인을 받은 자'가 만서전에 도착하니 대가람*
에 모이라고 무명승들에게 알리기 위한 것입니다."

정말 눈치가 빠른 사람이다.

"당신들은 수가 많은가요?"

"천 명, 만 명." 무명승은 대답했다. "그렇게 말할 수 있겠으나
우리는 하나밖에 없습니다."

이상해요. 우리라면 적어도 두 사람은 있는 거잖아요. 유리코
는 마음속으로 고개를 갸웃했다. 길은 완만한 내리막길로 접어
들어, 유리코의 눈에도 만서전의 세부가 보이기 시작했다.

성이라고 생각했다. 서양의 성. 아쉽게도 실물은 본 적 없지만
텔레비전이나 영화, 사진으로 이런저런 형태의 거대한 건물이
산꼭대기나 강기슭의 벼랑, 호반의 숲속에 솟아 있는 모습을 본
적이 있다. 독일이나 프랑스의—

하지만 뭔가 다른 느낌도 든다. 뭘까? 성이라고 부르면 안 되
는 걸까.

교회? 아니면 사원? 스님들이 있으니까 그렇게 불러야 할까.
하지만 그뿐만이 아니다. 성에는 반드시 있는 것이 이 만서전에
는 모자라는 느낌이다.

---

* 규모가 큰 사원 건물.

그래, 알았다! 성을 둘러싸는 해자*와 성벽이 없다. 초원 한가운데에 건물만 느닷없이 불쑥 솟아 있다. 성벽이 없으니 성문도 없다. 경사가 심한 삼각 지붕을 인 정면 현관이, 유리코 일행이 다가가는 앞쪽에 뻐끔히 입을 벌리고 있다. 새카매서 철제인지 목제인지 재질을 알아볼 수 없는 쌍바라지문이 보인다. 문 위에는 빼곡히 조각이 새겨져 있는 듯 보인다.

문 앞에는 반원형으로 튀어나온 세 단짜리 발판이 있었다. 발판 양 옆에 보통 이층집 지붕 정도 높이의 횃불대가 있고 거기에서 성대하게 불길과 연기가 올라오고 있다. 유리코 일행이 다가가자 문이 저절로 안쪽으로 열렸다. 소리도 없이, 하지만 묵직하게.

앞을 걷던 두 무명승이 좌우로 비켜서면서 유리코와 옆의 무명승에게 길을 열어주었다. 그들의 얼굴이 가까이에서 보였다.

너무 놀라서 딸꾹질이 날 뻔했다. 하마터면 소리를 지를 뻔했으나 덕분에 참을 수 있었다.

앞의 두 사람은 같은 얼굴이었다. 뒤에 오는 나머지 한 사람과도 같은 얼굴이다. 즉, 유리코를 맞이하러 온 무명승들은 셋 다 꼭 닮은 것이다. 그러고 보니 키와 몸집도 똑같았다.

세쌍둥이 — 였나.

---

* 적의 침입을 막기 위해 성의 둘레에 판 못.

이 사람들 이름은 뭘까?

옆에 있던 무명승이 가볍게 절하고 나서 유리코 앞으로 나섰다. 유리코는 그의 뒤를 따라 만서전 안으로 발을 들여놓았다.

어둑어둑하다. 희미하게 좋은 냄새가 난다. 꽃이나 향수의 향기와는 다르다. 소나기가 시원하게 내리다 훌쩍 개고 난 후의 공기 냄새. 신선하고 맑고, 깨끗이 씻긴 듯한 냄새.

짧은 시간에 큰비가 내리면 공기 중에 마이너스 이온이 방출돼. 비가 온 후의 공기 냄새가 평상시와 다른 건, 마이너스 이온으로 가득 차 있기 때문이야. 언젠가 오빠가 한 말이 떠올랐다.

홀이랄까, 커다란 방이랄까. 위쪽으로 탁 트여 있는데, 올려다보니 저 높은 곳에 육각형 천장이 보였다. 천장 모서리를 오린 듯이 낸 창문에서 희미한 빛이 비쳐들고 있다. 시선을 내리자 홀 또한 육각형이라는 사실을 알 수 있었다. 기둥이 여섯 개 있었다.

무명승이 홀을 가로질러 왼쪽으로 꺾는다. 유리코는 집중한 채 둘러보았다. 주변의 벽에 조각이 잔뜩 늘어서 있다. 바닥에 고정된 것도 있거니와 벽에 새겨진 것도 있고, 기둥과 일체화된 것도 있다.

모두 사람의 형상이다. 그리스 신처럼 로브를 입고 샌들을 신은 신들. 하지만 여기—방금 유리코가 지나친 조각은 사극에 나오는 사람 같은 옷차림을 하고 있었다. 건너편의 조각 하나는 아빠가 아주 좋아하는 〈삼국지〉 게임에 나오는 무장을 닮았다.

게다가 이 바다. 바다에도 모양이 있다. 빽빽이 깔린 작은 타일 같은 것이 모양을 그려내고 있다.

문자다. 문자, 문자, 문자. 다양한 종류의 문자가 퍼즐 조각을 쏟은 것처럼 뒤얽히고 포개어져서 모양을 이루고 있다. 유리코가 분간할 수 있을 듯한 종류와, 아마도 그냥 문자이리라고 짐작할 수밖에 없는 종류가 뒤죽박죽된 채로. 어, 알파벳? 저쪽은 한글? 히라가나랑 한자는 없나?

아래만 보며 걷다가 앞서가는 무명승의 등에 부딪히고 말았다. 유리코는 몹시 당황했지만, 그는 전혀 평정을 잃지 않았다.

"복도로 들어가겠습니다."

앞쪽에 긴 복도가 뻗어 있다. 시계 방향으로 부드럽게 굽어진다. 오른쪽은 계속 벽. 왼쪽도 벽이지만 이 미터 정도 간격으로 가늘고 긴 창문이 있다. 거기에서도 희미하게 빛이 들어오기 때문에 홀보다는 훨씬 밝다.

"발치를 조심하십시오."

예, 하고 대답하고 유리코는 걷기 시작했다. 하지만 얼마 나아가기도 전에 펄쩍 뛰어오르다시피 하며 발을 멈추었다.

한자다. 한자가 있었다. 복도 왼편의 칠흑 같은 벽 위. 창문과 창문 사이에.

양각이라고 하는 걸까. 큼지막한 한자가 하나 떡하니 새겨져 있다. 자동차 타이어 정도의 크기다.

"엔円!"

소리를 내어 읽어버렸다. 아주 큰 소리였다.

"이거 엔이라는 한자죠?"

뒤의 두 무명승은 대답하지 않는다. 앞의 무명승이 부드럽게 미소 지으며 고개를 한 번 끄덕였다.

"죄송해요. 한자를 발견해서 깜짝 놀랐어요."

자신이 이해할 수 있는 것을 찾아서 마음이 놓이기도 했다. 기뻤다. 그리웠다. 게다가 좀 우습다. 은행 로비에도 이런 장식품은 없다.

"이거, 우리가 사용하는 돈의 단위예요. 알아요?"

무명승이 가볍게 고개를 숙이고 말했다. "알고 있습니다. 테두리輪라는 의미도 있지요."

테두리. 서클이다. 그 의미인가. 일 엔, 이 엔의 엔이라고만 생각했다.

"저, 좀 시끄럽죠. 죄송해요."

자기 자신이 부끄럽다. 너무 소란을 떨었다.

무명승은 말없이 걸음을 재촉했다. 아까보다 발걸음이 빨라졌다. 유리코도 더이상 산만해지지 않도록 복도 좌우에 눈길을 주지 않으려 노력하며 서둘러 걸었다.

하지만, 매끄러운 벽이라고만 생각했던 복도 오른편이 실은 서가이고, 책등이 죽 줄지어 있다는 사실을 알아차리자 다시 소리를 내고 말았다.

"이거, 전부 책이에요?"

대답을 듣기 전에 유리코는 손을 뻗어 건드렸다. 딱딱한 촉감이 돌아왔다. 절대 책의 감촉은 아니다.

─돌 같아.

이것도 일종의 조각, 장식벽인 걸까.

무명승이 이쪽을 보고 있다. 죄송하다고 사과하고 유리코는 손을 거두었다. 그는 야단치지도 않고 비웃지도 않았다.

복도를 따라 반원을 그리듯이 걸어간다. 유리코는 점점 깨달았다. 만서전 주위를 감싸는 담장이 없다는 것은 착각이 아니었을까.

지금 통과하는 이 복도. 이것이 유리코가 본 건물의 알맹이가 아닐까. 즉, 밖에서 보이는 부분은 만서전 자체가 아니라 그것을 둘러싼 담장 같은 것이다. 너무나 커서 곧아 보였지만, 사실 그것은 더 거대한 원형 건물의 일부였던 것이 아닐까.

그 안에 이 통로가 있다. 성이랄까, 교회랄까, 사원 같은 것의 본체는 그 안쪽에 감싸여 있는 것이다. 나는 그곳으로 향하고 있는 것이 아닐까.

이윽고 복도의 출구가 보였다. 막혀 있는 오른쪽 벽에 가느다란 문살이 쳐진 범종 모양의 창이 있고, 그 앞에는 초록빛 잔디밭의 일부가 보인다.

뒤쪽의 무명승이 앞으로 나와서 문살 옆에 있는 손잡이를 돌렸다. 문살이 삐걱 소리를 내며 문이 옆으로 열렸다.

밖으로 나가면, 그곳은 유리코가 본 건물의 뒤편에 해당하는 장소일 터이다. 뒤돌아보자 이쪽 출구에도 금속제 쌍바라지문이 달려 있었는데, 지금은 바깥쪽으로 열린 채 고정되어 있었다.

바깥 날씨는 결코 쾌청하지는 않았지만, 그래도 복도를 벗어나자 밝게 느껴졌다. 유리코는 눈을 가늘게 뜨고 —

후아, 하는 소리와 함께 숨을 내뱉었다.

어림짐작은 들어맞았다. 유리코가 본 그 위용은 역시 만서전의 외곽, 게다가 부분적인 것에 지나지 않았다. 처음에 흘낏 봤을 때 병풍을 펼쳐 세워놓은 것 같다고 느낀 것도 맞았다. 터무니없이 커다란 이 병풍은 뒤쪽에 이런 경치를 숨기고 있었다.

건물만 따져도 몇 채나 되는 걸까. 유리코의 양손 손가락이 모자랄 정도다. 유달리 큰 당집 같은, 거인의 밥그릇을 뒤집어놓은 듯한 건물. 저게 대가람일까. 그 옆에는 종루가 서 있다. 태어난 이래 근처 절의 종각밖에 보지 못한 유리코도 그렇게 짐작할 수 있는 이유는 탑 꼭대기에 하나, 둘, 세 개의 종이 매달려 있기 때문이다. 여기서 올려다보면 '매달려 있다'라고 표현하고 말겠지만, 가까이 다가가면 종 하나의 크기가 집보다 더 클 테니 엄청난 위압감을 느낄 터이다. 괴수 같은 종이라고 생각했다.

건물의 색상은 기본적으로 회색으로 통일되어 있었지만 각각 조금씩 달랐다. 보라색이 강한 것, 붉은 기가 도는 것, 푸르스름한 것. 가로 폭이 넓고 낮은 건물. 가늘고 긴 건물. 디자인이 각자 제멋대로인데도 어쩐지 균형이 잘 맞는 것처럼 보인다. 모든 건물이 돌로 된 외복도와 계단으로 연결되어 있기 때문인지도 모르겠다. 단독으로 서 있는 건물은 없다. 모두 서로 연결되어 있다. 게다가 연결한 모양새가 묘하다. 굳이 연결하지 않아도 벽과 벽이 붙을 정도로 가까이 서 있는 건물을, 지그재그로 구부러지고 계단으로 오르내리는 긴 복도로 연결해두었다. 그런가 하면, 구석과 구석의 건물을 지상 삼층 정도 높이의 공중 복도를 사용해 일직선으로 이어놓았다.

이어놓은 방식이 변덕스럽고 복잡해서 법칙 같은 것은 없다. 눈으로 쭉 따라가봐도 어디가 어디로 통하는지 좀처럼 알 수 없다. 눈속임 그림 같다. 증축하고 또 증축해서 건물의 수를 늘려가면서, 그것을 무리하게 하나로 합치려는 집념 같은 것이 느껴지는 한편, 장난감 상자를 뒤엎은 것 같은 유쾌한 느낌도 든다. 중후하고 음울하면서 장엄하고 거대한데다 고색창연하지만, 맥락 없이 이상야릇하고 묘하게 귀엽다. 그렇다, 어린 유리코도 정신이 아득해질 정도로 복잡한 하나의 마을 같은 이 커다란 광경을 귀엽다고 생각했다.

불손한 감상이지만 어쩐지 정겹다. 이런 '마을'을 알고 있었던 듯한 기분이 든다. 어디를 보아도 일본 같지 않지만, 유리코가 영상으로 보아 알고 있는 유럽 국가들의 풍경과도 다르다. 미국이나 영국의 길거리도 아니다. 그런데도 친근감이 든다.

그나저나 종루를 포함해 이런 공간을 모조리 안쪽에 숨기고 있다니. 유리코는 다시금 만서전 외곽의 엄청난 크기와 높이에 감탄했다.

이 '마을'의 지면과 도로 부분 역시 잔디밭과 포석길, 벽돌길 등 가지각색이었다. 유리코가 지나온 삼각 지붕 현관과 그 커다란 방은 '마을' 쪽에서 보면 출입구인 듯하다. 그것도 '마을' 안에 뻗어 있는 길들을 보고서야 비로소 알 수 있었다.

유리코가 들어온 쪽과 반대편 외곽 부분에 이층 정도 높이로 터낸 통로가 있는데, 그 끝에 대문이 달려 있다. 남색의 낡은 판자를 이음쇠로 고정한 대문으로, 윗부분에는 끝이 창처럼 뾰족한 장식이 죽 늘어서 있다. 침입자를 막기 위해서인가. 아니면 탈주자를 저지하기 위해서인가.

눈길이 닿는 곳에는 사람의 모습이 보이지 않는데.

현재 대문은 닫혀 있다. 하지만 자주 여닫는 것이 분명하다. 건너편에 길이 있다. 바로 앞까지 차가운 안개가 밀려와 있어서 길이 어떤 풍경으로 이어지는지는 보이지 않았다.

유리코의 시선을 알아차리고 무명승이 말했다. "나중에 저 문밖으로 안내할 일도 있겠지요. 지금은 대가람으로 가는 길을 서둘러주십시오."

유리코의 예상대로 그는 거인의 밥그릇 방향으로 걷기 시작했다. 대가람의 외벽은 동판으로 뒤덮여 있었다. 녹청이 슬었다. 선명한 청록색이 외벽 여기저기를 채색하고 있다.

밥그릇의 주인인 거인이 붓에 청록색 그림물감을 찍어 마구잡이로 문지른 것 같은 모습이다. 그 모습이 눈앞에 떠오르는 듯하다. 거인의 아이가 틀림없다. 재미있어하며 그림물감을 처덕처덕 바른 거다.

올려다보니 대가람 꼭대기에 얹힌, 주전자 손잡이 같은 형태의 장식도 귀여웠다. 꼭 스튜에 들어 있는 작은 양파 같다. 쇼트케이크 위의 생크림 장식 같기도 하다.

유리코는 문득 생각했다. 그래, 이건.

동화 속의 마을.

그림책에 나오는 건물.

실재하지는 않지만 공상 속에 있는 것.

이야기 속에 나오는, 어디에도 없는 장소.

어디에도 없는 '마을'

유리코는 그곳을 걸어간다. 운동화 바닥으로 포석이 깔린 길을 밟으며. 스쿨존의 아스팔트 도로를, 상점가를, 집 근처의 육교를 밟아온 유리코의 신발은 이 세상에는 있을 수 없는 '마을'의 감촉에 놀라고 있으리라.

맨발의 무명승들은 발바닥이 차갑지 않을까. 옷자락 사이로

엿보이는 발목에는 뼈가 또렷하게 튀어나와 있었다. 어떻게 하면 이렇게 뼈가 불거질 정도로 마를 수 있을까.

이곳의 삶은 가혹한 걸까.

거인의 장난꾸러기 아이가 아빠의 도움을 받아 만들어낸, 신기하고 유쾌한 상자정원 같은 '마을'. 하지만 거기서는 검은 옷을 입고 맨발을 드러낸 여윈 몸의 무명승들이 온 세상의 책― 만서를 보관하고 있다.

책을 무언가로부터 지키기 위해.

책으로부터 무언가를 지키기 위해.

대가람의 정면에는 지붕이 무희의 손끝처럼 뒤로 젖혀진 곳이 딱 한 군데 있었는데, 그곳이 입구였다. 여기까지 다가와서야 유리코는 대가람만은 어느 건물과도 연결되지 않았다는 사실을 알아차렸다.

반원형으로 튀어나온 발판. 이것도 구리로 되어 있었는데 꽤 미끄러워 보였다. 올라가자 입구였다. 뜻밖에도 아담한 쌍바라지문이 서 있고. 이번에도 온통 문자다. 문자, 문자, 문자가 양각으로 새겨져 있다.

문 좌우에 무명승이 한 명씩 서 있다. 올려다보고 유리코는 숨을 삼켰다.

또 똑같은 얼굴이다!

무명승들은 말없이 서로 고개를 숙인다. 문이 열린다. 하나가 열리자 그 안에 또 하나. 그 안에 또다시 하나. 잠깐만, 이상하네. 이 벽이 그렇게 두껍나?

차례차례 문이 열려간다. 유리코는 보이지 않는 손에 등을 떠밀리듯이 문을 빠져나간다. 아니, 대가람의 안쪽으로 빨려들어가는 걸까. 발이 바닥에서 떠 있다. 바로 앞을 걷는 무명승의 검은 등 부분이 가까워졌다가 멀어졌다가 한다. 초점이 맞지 않는다.

향 냄새다. 유리코는 향 냄새에 정신을 차렸다.

여기서도 역시 거리감과 공간지각이 이상해졌다. 밖에서 보았을 때도 충분히 커다란 건물로 보였지만, 내부는 훨씬 광대했다.

투기장인가. 문득 그런 생각이 들었다.

아니면 원형 극장?

한가운데에 원형 무대가 있다. 통로가 계단 형태로 무대를 감싸며 몇 겹인지도 모르게 겹겹이 쌓여 있다. 객석인지 그냥 울타리로 구분되는 건지 알아볼 수가 없다. 공간 전체를 검은 옷을 입은 무명승들이 빠짐없이 채우고 있기 때문이다.

"자, 중앙으로 나아가주십시오."

유리코를 안내해온 무명승이 길을 열며 옆으로 물러섰다. 유리코는 원형 무대로 걸어간다. 그 누구도 헛기침 한번 하지 않는다. 쥐 죽은 듯 고요하다. 하지만 유리코는 무명승들의 무수한 시선을 느꼈다.

무릎이 떨려서 발을 잘 들어올릴 수 없다. 발끝이 걸려 넘어질 뻔했다. 그래도 입을 여는 사람은 아무도 없다. 목소리를 내지 않는다. 운동화 밑창이 바닥을 문지르며 끽, 하고 가벼운 소리를 냈다.

원형 무대 바로 위에는 색깔과 모양 모두 백열등을 꼭 닮은 유리구슬이 매달려 있었다. 저 높은 곳에 있는데 이렇게 크게 보이니까, 말도 안 되게 큰 것이 틀림없다. 유리코는 그 아래로 다가선다. 뭔가 실수를 저지르면 저 유리구슬이 떨어져서 덮치는 게 아닐까.

이마에 서늘한 감촉이 스쳐지나갔다.

동시에 무대 바로 위의 유리구슬이 빛났다.

이마의 인이 반짝이고 있다. 그 빛이 똑바로 유리구슬을 향하고 있다. 마치 유리코의 이마에 달린 스포트라이트가 유리구슬을 비추고 있는 것 같다.

유리구슬 표면에 문의 마법진이 반짝이듯 떠올랐다. 그러자 그 반짝임을 받아 원형 무대 바닥이 빛나기 시작했다. 거기에도 문의 마법진이 나타났다.

"인을 받은 자여." 많은 사람들이 한꺼번에 외치는 목소리가 울려퍼졌다.

"진 안으로 들어가십시오."

정말 무서운데도, 이가 덜덜 떨릴 정도인데도 유리코의 몸은 무명승들의 합창에 따라 바닥 위에 빛나는 진 안으로 나아갔다.

유리코가 진 중앙에 서자 그것은 한층 더 밝은 빛을 내뿜었다.

그리고 사그라졌다. 마법진의 문양 속에 갇힌 빛이 문양을 따라 빠르게 흐르고 있다. 모서리에서는 번쩍 빛나고, 곡선 부분에서는 어둡게 가라앉는다. 마치 늘씬한 빛의 뱀이 마법진의 문양 속을 돌아다니는 것 같다.

"얼굴을 드십시오. 두려워하실 것 없습니다."

합창이 아니다. 선율은 하나다. 천 명, 만 명이나 되는 무명승이 소리를 맞추어 유리코에게 말을 걸었다.

눈을 든다. 유리코는 대가람 바닥에 설치된 무대 중앙에서 무명승들에게 둘러싸여 있다. 가장 높은 곳에 서 있는 맨 뒷줄 무명승들의 모습은 너무 멀어서 똑똑히 보이지 않는다. 하지만 이제 유리코는 앞줄에 늘어앉은 무명승들의 얼굴이 보이는 것만으로도 충분했다.

완전히 똑같은 얼굴이다. 세쌍둥이도 다섯쌍둥이도 아니다. 이 사람들은 모두 똑같은 얼굴, 똑같은 모습이다.

천 명, 만 명이지만.

하나밖에 없다.

그런 의미였던 것이다.

놀라움을 가늠하는 마음속 계량기가 망가지고 말았다. 계량기의 바늘이 눈금 밖으로 나가버렸다. 유리코는 그저 입을 반쯤 벌리고 검은 옷의 집단을 올려다볼 뿐이다. 도쿄 돔을 가득 메운 관객을 독차지하는 뮤지션 같은 기분? 하지만 이 사람들은 모두 스님이다. 노래가 아니라 경을 외워야 하지 않을까.

"저기…… 안녕하세요."

뒤집어지고 뒤틀린 듯한 목소리가 입에서 튀어나왔다.

"처, 처음 뵙겠습니다."

유리코의 인사에 천 명, 만 명의 무명승들이 일제히 인사를 되받았다. 잔물결처럼 옷이 스치는 소리가 난다. 이 광경은 환각이 아니다. 모두 실체가 있다.

"저, 저, 저는 모리사키 유리코라고 합니다."

무명승들은 다시 대가람을 진동시키며 인사를 되받았다.

"당신들, 한테, 이름은, 없나요?"

"저희는 무명승입니다."

혼자서 천 명, 만 명과 말을 주고받는다. 그들의 목소리에 압도당할 것 같다.

"죄송해요. 누구 한 사람하고만, 이야기하면 안 될까요?"

쥐 죽은 듯한 침묵. 거북한 소리를 한 걸까.

그러자 유리코의 정면에 있는 중간 정도의 줄에서 한 무명승이 움직였다. 열을 가로질러 통로 끝까지 오더니 유리코가 있는 곳까지 내려온다. 끝에 계단이 설치되어 있는 것이다.

정적 속에서 유리코는 그가 다가오기를 기다렸다. 찰싹찰싹, 맨발이 바닥에 닿는 소리만 들린다.

"인을 받은 어린 자여."

유리코에게서 이 미터 정도 떨어진 장소에 멈춰 서더니 무명승은 머리를 숙였다. 그의 발은 마법진을 밟고 있지 않다.

"이렇게 하면 이야기하기 편하시겠습니까?"

줄곧 안내해준, 젊고 눈썹이 짙은 그 얼굴이다. 목소리도 똑같다. 유리코는 고개를 끄덕였다.

"예. 고맙습니다."

무명승이 미소를 지었다. 유리코는 그 미소에 스스로 생각하는 것보다 훨씬 큰 위로를 받았다. 긴장이 확 풀려 겨우 한숨 돌릴 수 있었다.

올려다보자 천 명, 만 명의 무명승들이 똑같은 얼굴로 똑같은 미소를 띠고 있었다.

"이름을 가지지 않은 저희에게는 원래 고유의 모습이 없습니다."

무명승은 말하고 나서 검은 옷의 소매를 가볍게 펼쳤다.

"당신이 부담을 가지시지 않도록, 어떤 모양으로든 얼굴 모습을 바꿀 수 있습니다. 지금의 이 모습은 정말로 젊지요. 놀라셨을 겁니다."

분명 처음 만났을 때 뜻밖이라고 생각했다.

"당신 마음속에서 '승려'라는 존재는 더 나이를 먹은 자여야겠지요. 예를 들면 이런."

무명승이 손으로 얼굴을 슥 문지르자 그의 모습이 싹 달라졌다. 민머리에 하얗고 긴 탐스러운 눈썹, 주름이 새겨진 얼굴. 허리가 살짝 구부러지고, 유리코와 비슷한 정도로 몸집이 작아졌다.

다시 눈을 들어보자 천 명, 만 명의 무명승들이 모두 같은 노인으로 변해 있었다.

"고, 고맙습니다. 이 얼굴에 익숙해지도록 할게요."

일일이 위를 볼 필요는 없다. 눈앞의 한 사람에게만 집중하고 다른 무명승들은 배경이라고 생각하면 된다.

천 명, 만 명이나 되는 할아버지들이 주목하는 대상이 되는 것도 제법 재미있는 체험이긴 하지만.

"제가 여기 온 이유를 여러분은 아시죠?"

압니다, 하고 무명승들이 머리를 숙인다.

"당신은 오빠를 찾기 위해 오셨습니다."

"예. 오빠는 '최후의 그릇'이 돼버렸어요."

그 말과 동시에, 차례차례 이어지는 놀라움의 연속에 녹아내렸던 유리코의 마음속 심지가 겨우 형태를 되찾았다. 나는 여기 왔다. 이름 없는 땅에.

'영웅'이 봉인되어 있던 장소. 그리고 탈출한 장소.

"저를 여기 보내준 책들은, 여러분이 제게 힘을 빌려주실 거라고 했어요."

유리코는 한 발 크게 물러나서 이마가 무릎에 닿도록 깊숙이

절을 했다.

"부탁드립니다. 부디 도와주세요. 오빠를 찾기 위해 뭘 어떻게 해야 할지 가르쳐주세요. 실마리가 필요합니다."

침묵. 유리코는 눈을 꼭 감고 있었다.

아무 일도 일어나지 않았다. 유리코는 천천히 눈을 떴다. 그러자 무명승의 마른 나무 같은 발이 마법진을 밟고 다가와 있는 것이 보였다.

늙은 무명승은 유리코의 머리 위에 손을 얹었다.

"딱한 일입니다."

낮고 다정한 목소리였다.

"'인을 받은 자'는 대부분의 경우 어린아이. 어린 혼이 아니면 이 땅으로 이르는 길을 찾아내지 못하기 때문입니다."

현자와 아쥬도 똑같은 말을 했다.

"하지만 당신은 개중에서도 한층 더 미약한 혼의 소유자이지요. 당신은 여자아이입니다. 그 뺨은 너무나 부드럽고, 그 팔은 가늘고, 그 다리는 당신 자신을 지탱하기조차 위태로울 정도로 아직 연약합니다. 그래도 당신은 오빠를 찾으시고 싶습니까?"

유리코가 머리를 들자 늙은 무명승의 손바닥이 머리카락을 살짝 쓰다듬고 떨어졌다.

다시 마주 보고 눈을 맞추자 늙은 무명승이 유리코를 위해 슬퍼해주고 있다는 사실을 알 수 있었다. 유리코를 위해 애통해하고 있다는 사실을 알 수 있었다. 지금까지 받은 동정과 위로의 말을 전부 합쳐도, 유리코를 감싸안는 듯한 늙은 무명승의 이 눈빛에는 모자란다. 머리카락을 쓰다듬어준 다정한 손길에는 미치지 못한다.

이 사람들은 분명 알고 있다. '영웅'에 대해. 황의를 입은 왕에 대해. '그릇'이 되는 사람들에 대해. 오빠의 신상에 일어난 일에 대해. 못 믿겠다든가, 그런 일은 있을 리 없다든가 하는 말로 비웃지 않는다. 설득할 필요도 없다. 이 사람들은 전부 알고 있다.

그 사실이 유리코에게 용기를 주었다.

"전 분명 여자아이이지만, 그렇다고 약하진 않아요."

할아버지, 그건 좀 낡은 사고방식이에요.

"여자아이이지만 남자아이한테 안 져요. 저, 괜찮아요. 여러분이랑 함께 열심히 노력할게요!"

오빠를 찾아서 구출해내고 여러분이 황의를 입은 왕을 다시 봉인하는 걸 도울게요—늙은 무명승은 뼈가 불거진 손바닥을 들어 유리코를 막았다.

"'인을 받은 자'여. 당신은 약간 착각을 하고 계신 것 같습니다."

"착각?"

"저희는 '영웅'을 이 땅에 봉인해서 가두어두었습니다."

"예, 그러니까."

"하지만 한번 감옥을 부수고 '테두리'로 도망친 영웅을 사냥할 힘은 저희에게 없습니다. 저희는 이 땅에 얽매인 몸. 전사가 아닙니다."

추적자도 아니라는 말인가.

"하지만 그럼 누가 어떻게 '영웅'을 붙잡아요? 봉인하기 위해서는 일단 잡아야 하잖아요?"

늙은 무명승이 천천히 고개를 젓는다.

"'영웅'을 붙잡을 수는 없습니다."

어안이 벙벙해진다.

"그 힘을 줄여 그것을 흐름으로 되돌릴 수 있을 뿐입니다. '영웅'도 이야기인 까닭에, 커다란 이야기의 흐름 속으로 되돌아가면, 돌아가는 '죄업의 대륜'을 타고 자연히 이 땅에 되돌아오게됩니다. 그러면 우리는 다시 봉인할 수가 있습니다."

죄업의 대륜. 뭐야, 그건.

"이 땅은 이야기의 원천입니다."

유리코의 눈동자를 쳐다보고 타이르는 듯한 말투로 늙은 무명승이 말을 잇는다.

"이야기가 태어나고 사라져가는 곳. 이야기가 떠나고 되돌아오는 곳. '죄업의 대륜'은 그 흐름을 만드는 수단—장치라고 할까요."

그것을 밀어서 계속 돌리는 일이 무명승의 역할이라고 한다.

늙은 무명승은 '울력'이라는 표현을 썼다.

"하지만 아쥬도, 현자님도— 제가 만난 책들인데, 당신들이 저를 도와줄 거라고 했어요."

"당신이 원하는 지혜를 전하는 일이라면 할 수 있겠지요. 당신이 원하는 지도를 찾는 것도 가능하겠지요. 하지만 저희의 힘은 '영웅'을 추적하고 그것을 사냥하는 것에는 미치지 못합니다. 저희는 '영웅'과 대치조차 하지 못합니다. 저희는—"

죄업을 진 자이기에.

또 어려운 말을 한다. 하지만 세세한 표현에 주춤거릴 여유는 없었다. 하지만 이래서야 이야기가 다르지 않은가.

"그럼, 저 혼잔가요? 여러분은 함께 가주지 않는 거예요?"

이렇게 수가 많은데도.

유리코의 초조함이 눈에 보일 텐데도 늙은 무명승은 담담한 말투를 바꾸려 하지 않는다.

"'인'을 받은 자여." 그가 앞으로 나서서 유리코의 어깨에 손을 얹었다. "하지만 수많은 책들이 당신의 편을 들고 있습니다. '영웅'의 탈출을 알고 이미 사냥을 시작했을 '늑대'들도 머지않아 당신 앞에 모습을 드러내겠지요. 당신이 아직 모르는 영역에는, '영웅'의 힘을 줄일 수 있는 검사나 마법사도 존재합니다."

검사? 마법사? 저절로 도리질을 치듯 고개를 젓던 유리코는 늙은 무명승이 손으로 어깨를 부드럽게 흔들고 나서야 눈을 들었다.

"마음이 약해지면 안 됩니다. 영역은 별의 수만큼 많습니다."

"영역이 뭐예요? 제가 사는 현실세계? 그렇다면 우리집 근처에는 검사도 마법사도 없어요. 있을 리 없잖아요."

늙은 무명승은 표정을 누그러뜨렸다.

"당신이 살고 있는 장소도 영역. 하지만 영역은 그 외에 다른 곳에도 존재합니다."

'테두리' 안을 흐르는, 헤아릴 수 없을 정도로 많은 이야기도 그 하나하나가 모두 영역이라고 늙은 무명승은 설명했다.

"'테두리' 안의 그 하나하나가 닫혀 있는 장소입니다."

좀 이해하기가 힘들었다. '테두리' 안을 오가는 이야기라면—

"책 말인가요?"

"책만은 아닙니다. 원래 형태는 책이지만 다른 형태로 나타나 있는 영역도 있습니다."

영화? 만화책? 게임? 일일이 소리 내어 말하다 점차 새된 소리를 지르는 유리코의 힐문에도 늙은 무명승은 동요하지 않는다.

"제가 그 안에 들어가는 건가요?"

"오라버니께서 그곳을 지나간 흔적이 있으면 당신도 쫓아가셔야겠지요."

현실세계 속에서, 현실과 창작물 속을 왔다갔다한다는 말인가.

"어떻게 그런 게 가능해요?"

"당신이 '인을 받은 자'이기 때문에."

유리코는 이마의 인을 만졌다. 머리가 흔들거린다. 인의 무게. 인의 능력. 인을 받았다는 의미.

"피곤하신 모양이군요. 좀 쉬시는 편이 좋겠습니다."

무명승이란 약이 오를 정도로 상대의 기분을 잘 알아차리는 사람들이다.

"방으로 안내하겠습니다."

늙은 무명승이 손을 들어 신호를 보내자 다른 한 사람이 계단을 내려왔다. 처음에 만난 청년의 얼굴이다. 둘러보자 줄곧 상대하고 있던 늙은 무명승을 제외하고 남은 모두는 다시 청년의 모습으로 돌아가 있었다.

"저라도 이 모습으로 있는 게 마음이 편하시겠지요."

혼자 나이 든 모습을 띤 무명승이 눈가의 주름을 한층 깊게 하며 빙긋 웃었다.

4장
죄업의 대륙

대가람을 나와서 어지럽게 뒤얽힌 통로와 연결 복도를 걸어, 크기도 형태도 다른 석조 건물을 한 채, 두 채, 세 채 통과한다. 거기서 일단 밖으로 나와 잠깐 동안 희미한 햇살을 받으며 정원을 걸어 다른 건물 안으로 들어간다. 그곳이 '승방'이라고 불리는 무명승들의 주거지인데, 유리코는 그 안의 방 하나를 얻었다.

승방도 밖에서 보면 돌로 지어져 있는 것처럼 보인다. 하지만 안에 들어가자 낡고 굵은 나무 들보와 기둥이 눈에 들어왔다. 바닥도 차분한 검은색의 마루다. 가구도 목제고, 다른 건물 안에 있던 것처럼 금속제에 정교하게 장식된 종류의 물건은 보이지 않았다.

안내를 맡은 젊은 무명승 뒤를 따라 유리코는 삼층 정도 높이의 계단을 올라갔다. 창문과 층계참의 수로 보아 아마도 삼층이리라고 생각했다. 계단도 목제인데, 난간만은 잘 단련된 쇠로 만든 것처럼, 아치 형태 문이 있는 곳에서 본 문살과 흡사하게 새카맣고 까슬까슬한 감촉이 나는 물건이었다.

승방은 창문이 적고, 전체적으로 어둑어둑하다. 계단은 경사가 급하고 발판이 높아 유리코는 장딴지가 아파왔다.

"들어가시죠."

나무판자 주위를 철테로 보강한 여닫이문을 무명승이 열어주었다. 안의 크기는 다다미 네 장 반 정도 될까. 정면과 오른쪽은 회색 흙벽. 천장은 비스듬하게 내려와 있는데, 꼭대기 부분에 삼각형 모양 채광창이 달려 있다. 왼쪽 벽은 서가다. 책으로 가득 채워져 있다.

오른쪽 벽 옆에 조잡한 나무 침대. 하얀 커버를 씌운 얇은 베개 하나랑 개어둔 베이지색 담요가 놓여 있다. 침대 발치에 초등학생이 교실에서 사용할 법한 크기의 책상과 의자가 있다. 책상 위에는 유리코의 손 안에 잡힐 정도로 작은 램프가 있다. 새하얀 심지가 반투명한 기름 속에서 머리를 살짝 내보이고 있다.

"편하게 사용하십시오."

가볍게 절한 후 젊은 무명승은 물러갔다. 하지만 문은 열어두었기에 왠지 금방 돌아올 것 같은 분위기였다. 유리코는 의자에 오도카니 앉아 기다렸다.

짐작대로, 무명승은 되돌아왔다. 양손으로 쟁반을 받치고, 팔에는 담요를 한 장 걸고 있다.

"드십시오."

책상 위, 유리코의 눈앞에 쟁반을 놓았다. 하얀 접시에 하얀
빵. 물병도 놓여 있다.

"고맙습니다."

유리코가 감사 인사를 하자 무명승은 말없이 인사를 했다.
머리를 숙일 때는 꼭 등을 똑바로 펴고 발끝을 모은다. 예의 바르
다.

"용건이 있을 때는 이것을 사용하십시오."

쟁반 위에 은방울꽃 모양의 종이 물병과 나란히 놓여 있다. 무
명승의 손이 그것을 가리켰다.

가까이서 보자 무명승의 손은 몹시 거칠었다. 손톱이 갈라져
있다.

"하지만 계속 꾸물대고 있으면 안 되잖아요?"

"지금은 일단 쉬십시오."

젊은 무명승은 팔에 건 담요를 침대 발치에 놓았다.

"여기는 쌀쌀할 겁니다. 담요를 겹쳐서 쓰시는 편이 좋겠지
요."

이번에는 정말 물러갈 모양이다. 무명승이 출입구로 쓰는 문
에 손을 대고 다시 인사를 하려고 자세를 바로 했을 때, 유리코
는 쫓아가다시피 하며 물었다.

"저기, 이 방의 책도 전부 모조품이죠?"

방에 발을 들여놓은 순간 유리코는 알아차렸다. 벽의 서가를 채운 수많은 책은 만서전 복도를 걸을 때 본 것과 마찬가지로 전부 조각이다. 사소한 차이라면 복도에 있던 건 돌로 만들어졌고 이건 나무로 만들어졌다는 점 정도다.

"여기는 만서전이라고 불리는 건물인데, 왜 안에 있는 책은 가짜뿐이에요?"

젊은 무명승은 눈도 깜박이지 않고 조용히 유리코를 쳐다보았다. 짙은 눈썹과 칠흑의 눈동자.

"가짜―가 아닙니다."

속삭이는 듯한 목소리인데도 분명히 알아들을 수 있다.

"이것들은 상징이라고 해야 할 것입니다. 혹은 유적이라 해도 될 겁니다."

상징? 유적? 어느 쪽이든 '책'에는 걸맞지 않는 말이다.

"만서전은 모든 이야기의 원천이자 종식의 장소입니다. 고로 여기에서 책의 모양은 의미가 없습니다."

의미가 있는 것은 내용뿐이란 말인가.

유리코가 생각에 잠기자 무명승은 머리를 숙였다. 가버리는 것이다. 갑자기 여기 혼자 남는 게 너무 불안해져서, 그저 그를 붙들어놓을 생각으로 유리코는 떠오른 질문을 재빨리 던졌다.

"하지만 여러분은 책을 읽죠?"

도서관의 사서는 책을 읽는다. 책의 전문가다. 책을 좋아하는 사람들이 종사하는 직업이다. 무명승도 마찬가지리라.

젊은 무명승은 아주 약간 고개를 갸웃했다. 부드러운 무표정에는 변화가 없었다.

"우리는 책을 읽지 않습니다."

그리고 더 물으려고 하는 유리코를 제지하듯 바로 이렇게 말을 이었다.

"우리 존재 그 자체가 책이나 다름없기에, 우리는 책을 필요로 하지 않습니다."

유리코는 당혹스러웠다. 무명승은 가볍게 손을 움직여 유리코를 달래는 동작을 취했다.

"자, 좀 쉬십시오. '인을 받은 자'여, 당신은 스스로 알고 계신 것보다 훨씬 피곤한 상태입니다."

"하지만……"

"충분히 쉬시면, 다시 기운을 차려서 당신이 앞으로 해야 할 행동, 나아가야 할 길을 생각하실 수 있게 되겠지요. 대승정은 그것을 기다리고 있습니다."

"대승정?"

무명승이 희미하게 미소 지었다.

"아까 당신이 만난 늙은 무명승입니다. 그렇게 불러주십시오. 우리는 당신에게 더 편한―이해하기 쉬운 모습과 호칭으로 만나뵐 것입니다."

한 사람만 노인의 모습을 지킨 것과 마찬가지로, 대승정이라는 명칭도 그런 구분이 필요한 유리코를 위해 만들어졌다는 말이다. 원래 그들에게 상하관계 같은 건 없겠지. 천 명이 있든, 만 명이 있든 실은 모두 같은 얼굴이고, 한 사람뿐인걸.

그런 건 어떤 기분일까? 유리코는 비로소 소박한 의문을 품었다.

예를 들면 반 아이들이 모두 자기와 똑같은 얼굴을 갖고 있다는 소리다. 아니, 반 아이들 모두 자기 자신이라는 말이다. 똑같이 행동하고, 똑같이 말하고, 똑같이 생각한다. 싸움 따위는 일어나지 않는다. 괴롭힘도 없다. 의견이 엇갈리지도 않는다.

틀림없이 안심되겠지. 편하고 좋겠지.

하지만 그렇게 '자신'이 많으면, 어느 것이 진짜 자기 자신인지 헷갈리지 않을까.

유리코가 그것을 물으려 말을 찾고 있는 동안에 젊은 무명승은 문을 닫고 나가버렸다. 유리코는 혼자 남았다.

갑자기 하품이 났다. 침대에 누울까 했는데, 배에서 야단스런 소리가 났다. 천장까지 울려퍼지는 우렁찬 소리였다. 유리코는 웃음을 터뜨리고 말았다.

빵을 먹고 물을 마셨다. 먹고 마시는 소리가 묘하게 귓전을 떠나지 않았다.

외로워졌다. 눈물이 나올 것만 같았다. 빵과 함께 꾹꾹 눌러 삼켰다.

빵과 물은 놀랄 만큼 맛있었다. 다 먹고 나자 본격적으로 수마睡魔가 덮쳐왔다. 신발을 벗고 침대로 쏙 들어간 지 얼마 되지 않아, 반쯤 잠든 채로 담요를 끌어올리고 몸을 둥글게 말았다.

잠들었다. 꿈은 꾸지 않았다.

얼마나 잤는지 모른다. 잠이 깼을 때 방 안은 완전히 어두워져 있었고, 작은 책상 위의 램프에 불이 밝혀져 있었다.

유리코는 담요를 뒤집어쓰고 누운 채, 잠시 동안 어둠 속에서 흔들리는 그 작은 불빛을 바라보았다. 등불이 만들어내는 따뜻한 빛무리. 열을 맞춰 벽을 채운 모조품 책의 책등이 희미한 빛을 받아 중후한 위엄을 드러내고 있다.

잠이 깼는데도 오히려 꿈을 꾸고 있는 것 같았다. 여기가 어디고 자기가 뭘 하고 있는지 아무래도 상관없었다. 그런데도―아니, 그렇기 때문에 마음은 편안했다.

영원히 여기 드러누워 있을까. 이름 없는 땅에서는 그럴 수도 있을 것 같다. 나 또한 이름이 없는, 개체가 존재하지 않는 것이 되고 싶다.

맹목적이고 갑작스러운, 강한 소원이 솟아올랐다. 여기서 무無가 되어버리고 싶다.

출입문 쪽에서 어둠의 끄트머리가 스르르 움직였다. 등불이 만드는 빛무리가 닿을락 말락 한 경계 부분에서.

유리코는 퍼뜩 일어났다. 찰싹찰싹, 하고 도망치는 발소리가 들렸다.

누가 문가에 있었던 것이다. 침대에서 내려와 문으로 다가가자, 문이 십 센티미터 정도 열려 있는 것을 알 수 있었다.

—무명승이 엿봤나?

그들답지 않은 행동이다. 설마.

—불을 켜주러 온 사람일까.

마침 유리코가 일어나는 바람에 겸연쩍어서 도망쳤는지도 모른다. 그래, 그쪽이 훨씬, 훨씬 그럴듯한 가설이다.

눈을 비비다가, 이 방의 어둠을 비집고 들어오는 빛이 또 있다는 사실을 알아차리고 유리코는 시선을 들었다.

천장 가까이에 있는 삼각형 채광창이다. 빛이 아른아른 흔들리고 있다. 하나가 아닌 것처럼 보였다.

이 건물의 표면, 밖이다.

유리코는 서둘러 신발을 신었다. 일어서자마자 추위를 느낀 유리코는 담요 한 장을 판초처럼 어깨 위로 뒤집어썼다. 문을 빠져나와 복도로 나갔다.

긴 복도에 흩어져 있는 촛대의 양초에 불이 붙어 있다. 그것을 표시 삼아, 어딘가 밖으로 열려 있는 창문이나 문이 없는지 양옆을 살피며 나아갔다.

딴에는 여기로 안내받았을 때 지나갔었던 길을 걷고 있다고 생각했다. 하지만 실제로는 길을 잘못 든 모양이었다. 모퉁이를 하나 돌자, 올 때는 보지 못한, 사람 키만한 동상과 느닷없이 마주쳐 비명도 못 지르고 혼비백산하고 말았다.

특별히 무서운 것은 아니다. 무명승을 닮은, 옷을 걸치고 책을 손에 든 승려상이다. 눈을 내리깔고 고개를 떨어뜨린 채 기도하는 듯한 모습. 다만 익숙지 않은 촛불 빛 속에서는, 원래는 아름답고 숭고한 미술품일 이런 물건마저 유령의 집에 장치된 속임수처럼 보이는 것이다. 유리코는 혼자서 몹시 부끄러워했다.

진정하고 주위를 자세히 둘러보자 그밖에도 동상이 몇 개 더 놓여 있다. 복도가 아니라 작은 홀로 나온 모양이다. 촛대도 벽 위의 높은 곳에 달려 있다.

아, 이 건물의 현관이구나. 바로 왼쪽에 유리코가 배정받은 방의 문보다 한층 큰 널빤지에 실팍한 철테를 두른, 묵직해 보이는 쌍바라지문이 있다. 좌우의 문이 맞닿는 곳이 약간 어긋나 있었는데, 거기서 빛이 아른아른 새어나온다.

유리코는 손바닥을 문에 대고 천천히 밀었다. 문은 매끄럽게 바깥쪽으로 움직였고, 그 틈으로 빛이 넘쳐났다.

"와아……!"

이건 은하야. 유리코는 그렇게 생각했다. 몇백, 몇천 개나 되는 빛 알갱이가 강처럼 이어져 있다. 그 강이 유리코의 발치를 흘러간다. 조용하게. 자세히 보자, 그 빛 알갱이 하나하나는 횃불이었고, 수많은 무명승들이 한 손에 횃불을 들고 행진하고 있었다.

타닥타닥, 그들의 맨발이 지면을 딛는 소리가 들려온다. 무명승들은 모두 후드를 뒤집어써서 민머리를 감추고 있기 때문에 밤의 어둠에 모습이 가려져 있었다. 횃불이 흔들리자 그들의 야윈 어깨와 등의 일부분이 빛에 드러났다.

저렇게 여럿이서 어딜 가는 거지.

"울력을 하러 가는 길입니다."

아래쪽에서 목소리가 들려왔다. 촛대를 손에 든 대승정이 유리코가 서 있는 문가로 올라오고 있었다. 대승정의 뒤에는 아마도 유리코의 시중을 들어주었을, 젊고 눈썹이 짙은 무명승이 바짝 붙어 따라오고 있었다.

그제야 유리코도 겨우 이해했다. 분명 여기는 홀이지만, 현관이 아니라 이층이나 삼층의 베란다로 통하는 장소였던 것이다. 그래서 대승정과 무명승이 아래층에서 올라오고 있는 것이다. 정말이지 이곳 건물들이 연결된 방식이나, 건물 자체의 구조는 죄다 복잡하게 뒤얽혀 있어서 도무지 알 수가 없다.

"울력이라면, 일이라는 말이죠?"

대승정은 유리코와 나란히 섰다. 수행하는 무명승이 유리코가 계속 밀고 있던 문을 활짝 열어주었다.

"여러분은 이렇게 어두운데도 일하나요?"

"교대 시간입니다."

여덟 시간 노동? 삼교대로 일한다는 말일까. 야간 조업을 하는 공장 같다.

"어떤 일이에요?"

책 분류? 아니면 벽을 메운 가짜 책을 만드는 일? 건물 유지나 관리, 청소. 그걸 이렇게 많은 인원으로?

대승정은 촛불 빛이 유리코의 얼굴에 정면으로 닿지 않도록 손을 옆으로 치웠다. 밤의 어둠 속에서도 촛불 위에서 피어오르는 검은 연기가 가볍게 나부끼는 것이 보인다. 지직, 하고 심지가 타는 소리가 났다.

"그러면," 대승정은 미소를 지었다. "'인을 받은 자'여. 저희의 울력을 보시겠습니까?"

말만 들으면 외부에서 온 유리코에게 견학을 권하는 것 같다. 하지만 유리코는 그 말에서 어떤 종류의 각오를 묻는 듯한, 엄격한 뭔가를 느꼈다.

대승정은 지금까지 유리코가 만난 어떤 할아버지보다도 할아버지 같다. 할아버지들의 챔피언이다. 처음 얼굴을 마주했을 때부터 느낀 거지만, 왜인지는 알 수 없었다. 훌륭한 스님이라서 그렇겠지.

즉, 이런 모습을 취하고 있기 때문이겠지. 그 정도로 생각하기로 했다.

하지만 촛불 빛 속에서 유리코는 이제 그 이유를 알았다. 대승정의 눈동자에는 엄격함이 있기 때문이었다. 싱글싱글 웃고 있어도 눈동자에는 흔들리지 않는 뭔가가 있다. 유리코가 사는 동네에서는 이렇게 강한 눈빛을 지닌 할아버지를 만난 적이 없다. 이런 사람은 없다.

그 인식에 유리코는 자연스레 자세를 고쳤다. 몸에 두른 담요를 꼭 끌어당기고 등을 폈다.

"제가 봐도 괜찮나요?"

대승정은 고개를 끄덕였다. 수행하는 젊은 무명승은 조심스레 눈을 내리뜨고 있다.

"보시면 이 땅의 존재 의미를 깨닫게 될 겁니다."

그렇다면 필요한 일이다.

"'인을 받은 자'는 모두 여러분의 울력을 보는 거죠?"

"예." 대승정은 대답하고 잠깐 입을 다물었다. 촛불 심지가 또다시 지직, 하고 소리를 낸다.

"저희의 울력을 보시고 이 땅을 떠나는 분도 계십니다."

유리코의 심장이 약간 두근거렸다.

"무서운 광경인가요?"

"글쎄요." 대승정이 다시 미소 짓는다. "당신이 무엇을 두려워하고, 무엇을 기뻐하고, 무엇에 마음이 움직이는지 저희는 알 수 없습니다."

이렇게 이야기하는 동안에 무명승들의 횃불이 만들어내는 은
하는 상당히 멀어지고 말았다. 줄의 맨 끝이 보였다. 앞장 선 사
람들은 중앙 정원을 빠져나가 낮에 본, 밖을 향해 열려 있는 유
일한 대문 밖으로 나아가고 있는 듯하다.

저 앞에는 뭐가 있을까.

"저, 갈래요. 울력을 보여주세요."

대승정은 입을 다문 채 발걸음을 돌려 계단을 내려가기 시작
했다. 젊은 무명승의 재촉에 유리코는 대승정의 뒤를 따랐다.
계단에서 내려서자 무릎이 약간 떨리고 있는 게 느껴졌다.

무명승들의 줄에서 노랫소리가 울려퍼지기 시작했다. 처음에
는 속삭임처럼 어렴풋하게, 그리고 점차 높아졌다.

"저 노래."

유리코를 맞이하러 와준 세 무명승들도 부르고 있던 ─ 읊조
리던 노래다.

"염원의 노래라고 하는 거죠?"

"그렇습니다."

줄의 제일 뒤에 따라붙자, 대승정과 수행하는 무명승도 나지
막이 따라 부르기 시작했다. 유리코는 울려퍼지는 염원의 노래
에 감싸인 채, 대문을 빠져나가 만서전 바깥으로 발을 내딛었다.

밤의 장막에는 별이 보이지 않았다. 가파르지 않은 초원이 한

없이, 한없이 펼쳐져 있다. 그래도 하늘과 땅의 경계선을 알 수 있는 것은 이름 없는 땅이 별이 없는 밤하늘보다 어둡기 때문이리라. 바람이 지나가자 풀 냄새가 난다. 밤이슬이 신발을 적신다.

길다운 길은 없다. 포장 따위는 되어 있지 않다. 그저 풀이 밟히고 뭉개져서 자연스레 길을 이룰 뿐이다. 수많은 무명승들의 맨발이 하루에 몇 번이나 왕복하는 길일 것이다.

앞을 걷는 무명승들의 횃불이 탁탁 튀더니 불똥이 날아오른다. 작은 불똥 하나가 날아와 유리코의 이마에 붙어 따끔했다. 손을 들어 이마를 문지르자 마법진이 희미하게 푸르스름한 빛을 낸다. 그 빛이 손가락에 비쳤다.

저도 모르게 옆을 걷는 대승정의 얼굴을 보았다. 대승정은 아무 반응도 보이지 않는다. 유리코의 이마에서 빛나는 마법진을 신경 쓰지 않는 것이다. 여기서는 당연한 일이다. 역대, 수많은―도대체 몇 명 정도일까― '인을 받은 자'의 방문을 받고, 그들을 지켜보아온 이름 없는 땅에서는.

이윽고 길은 완만하지만 확실히 오르막에 접어들었다.

"우리가 쉴새없이 다니는 이 길은,"

대승정이 유리코의 발걸음에 맞추어 어깨를 나란히 하고 걸으며 말을 걸었다.

"'쪼갠 보리 언덕'으로 이어져 있습니다."

그 언덕이 울력을 행하는 장소라고 한다.

"이름 없는 땅에서는 원래 만물에 이름이 없습니다."

그것은 지명도 예외가 아니다.

"하지만 이 언덕에는 이름이 있습니다. 일찍이 당신과 마찬가지로, 이 땅을 찾은 '인을 받은 자'가 목적을 이루고 떠날 때 그렇게 이름 붙였기 때문입니다."

그래서 그 이후로 무명승들도 그렇게 부르고 있다고 한다. 유리코는, 설명하는 대승정의 말투에서 그 '인을 받은 자'에 대한 아련한 존경의 마음을 느꼈다.

"그분은 당신보다 조금 나이가 많은, 금색 머리칼을 가진 소년이었습니다."

외국인이다. "그 아이는 뭣 때문에 이 땅을 찾아왔어요?"

"당신과 마찬가지로 친한 사람을 찾으러 오셨습니다."

그리고 목적을 달성했다는 뜻이다. 유리코의 물음에 저도 모르게 힘이 들어갔다. "잘 해낸 거죠? 찾아낸 거죠?"

황의를 입은 왕에 씐 자를 ─ 금발 소년의 육친이나 연인, 혹은 친구를.

"예." 대승정은 천천히 고개를 깊이 끄덕였다.

유리코는 조금 숨이 찼지만, 대승정과 수행하는 무명승은 발걸음에 전혀 변함이 없고 호흡도 계속 평온했다.

금발 소년은 빼앗겼던 친한 사람을 되찾아 이 땅을 떠났다. 이름 없는 땅의 한 풍경에 명칭을 부여하고서.

이름이 존재하지 않는 곳에 이름을 붙인다. 그것은 '축복'이라는 것 아닐까. 그래. 소년은 이 언덕에 축복을 내린 거다.

그건 그렇고, 이런 생각은 원래 유리코의 머리로는 떠올리기 힘든 종류의 것이다. 갑자기 어른이 된 것 같다고 느낀 유리코는 자기 자신에게 놀랐다. 이마에 인을 받은 순간부터 어쩌면 나는 다른 나로 변했는지도 모른다 —

발걸음과 마찬가지로, 변함없이 조용한 말투로 대승정이 이야기를 계속했다. "그분은 이 언덕의 풍경이 그리운 고향의 전원 풍경과 닮았다고 하셨습니다. 언덕 건너편에 졸졸 흐르는 시냇물과 물레방아가 없는 것이 유감이라면서요."

물레방앗간이라. 그렇구나, 옛날 사람이다. 백 년 전? 이백 년 전?

나도 이 땅의 뭔가에 이름을 붙일 수 있으면 좋겠는데.

오빠를 되찾아 둘이서 이름 없는 땅을 떠날 것이다. 그때 이 땅을 축복할 수 있다면 좋겠다. 꼭, 꼭, 그렇게 해야지.

밤이슬에 발을 적시며 밤의 어둠 깊숙한 곳을 행진하는 동안 유리코는 다시금 결의를 다졌다. 작은 주먹을 꽉 움켜쥐었다. 옆에서 걷는 대승정은 다시 말문을 닫았다. 힘내라든가, 성공을 빈다든가, 그럴듯한 격려의 말을 해줬으면 좋겠다. 흥분한 마음을 알리려고 대승정 쪽으로 돌아선 유리코는 그때, 발아래 지면이 희미하게 진동하고 있다는 사실을 깨달았다.

지진인가? 아니, 그런 건 아닌 듯하다. 하지만 분명 지면이 떨리고 있다. 지금까지 몰랐을 뿐이고 이전부터 조금씩 흔들리고 있었는지도 모른다. 대승정이나 줄지어 행진하는 무명승들은 아무것도 느끼지 않는 걸까. 염원의 노래는 계속되고 있다. 그들의 걸음에는 흐트러짐이 없다.

언덕을 올라가는 동안 발치에서 전해지는 떨림에 낮은 고동 소리 같은 것이 섞이기 시작했다. 진행 방향의 어둠 속, 언덕 위에서 뭔가 커다란 것이 움직이고 있다—그 움직임이 진동과 소리를 만들어낸다는 사실을 유리코는 가까스로 이해했다.

"이게, 뭐죠?"

대승정은 얼굴을 들고 횃불의 불똥에 눈을 가늘게 뜨며 유리코의 질문에 대답했다.

"이것이 바로 우리의 울력입니다, '인을 받은 자'여."

'쪼갠 보리 언덕' 위에서 유리코는 보았다.

그것은 어떤 제멋대로의 상상이나 어떤 묵직한 각오도 가볍게 뛰어넘는, 터무니없이 이상한 광경이었다.

언덕 위의 널찍하고 평평한 땅을 검은 옷을 입은 무명승들이 가득 채우고 있었다.

그리고 거기서 무언가가 꿈틀대고 있었다. 무수히 많은 무명승들의 검은 옷이 깊숙한 밤 속에서 한층 더 검은 원을 그리고 있었다. 검은 원이 움직이자 지면이 고동쳤다. 아랫배를 파고들고 종지뼈를 떨리게 하는 굉음이 발치에서 솟아올라와, 유리코의 몸을 통과해 머리꼭지에서 밤하늘로 올라가는 것 같았다.

언덕 꼭대기에서 무명승들은 거대한 수레바퀴를 돌리고 있었다. 그것도 하나가 아니었다. 좌우에 나란히 있는 한 쌍의 수레바퀴다.

저렇게 크다니! 유리코는 바로 도쿄 돔을 떠올렸다. 아빠가 자이언츠 팬이기 때문에 한 해에 몇 번씩 가족끼리 야구를 보러 간다. 돔 내부에 들어가서 시합을 보고, 핫도그랑 아이스크림을 먹고, 메가폰을 사서 큰소리로 응원하고 휘두르면서 그 안에서 의미가 있는 즐거운 일에 열중하기 때문에, 돔의 크기를 의식할 일은 없다. 하지만 돔에 가까이 다가갈 때, 특히 전철 창문으로 돔의 하얀 덮개를 볼 때 유리코는 항상 생각했다. 이렇게 커다란 건물을 세우는 인간이란 존재는 참 대단해.

언덕 위의 수레바퀴는 그 도쿄 돔보다 더 크다. 그것이 두 개 나란히 있다.

자세히 보자. 수레바퀴이긴 하지만 테 부분은 없는 것 같았다. 중심에 작은 빌딩 정도 크기의 기둥이 서 있고, 거기서 사방으로 엄청나게 긴 바퀴살이 헤아릴 수도 없을 정도로 무수히 뻗어나와 있다. 무명승들은 서로 겹치듯이 일렬횡대로 늘어서서, 힘을 모아 바퀴살을 밀어서 수레바퀴를 돌리고 있었다.

오른쪽 수레바퀴와 왼쪽 수레바퀴는 돌아가는 방향이 반대였다. 왼쪽은 시계방향, 오른쪽은 반시계방향이다. 좌우의 수레바퀴가 그리는 원둘레는 서로 접촉할 정도로 가깝기 때문에, 수레바퀴를 돌리는 무명승들이 스쳐 지나면서 그들의 옷소매가 서로 맞닿는다.

그들은 여기서는 염원의 노래를 부르지 않았다. 무명승들의 침묵 속에서 거대한 한 쌍의 수레바퀴만이 땅을 뒤흔드는 울림과 함께 회전하고 있다. 무명승들은 후드를 벗고 머리를 낮게 숙인 채, 양팔에 힘을 주어 오로지 수레바퀴를 밀 뿐이다.

그들이 들고 온 횃불은 주위의 지면에 꽂힌 소박한 횃불대에 하나하나 들어가 있었다. 횃불대 또한 원을 그리고 있었다. 한 쌍의 수레바퀴를 감싸는, 제일 바깥쪽의 가장 커다란 빛의 원이다.

우두커니 선 채 멍하니 넋을 잃고 쳐다보는 유리코를 앞에 두고, 돌아가는 바퀴살 사이로 무명승이 한 사람, 또 한 사람씩 빠져나와, 횃불대에서 횃불을 집어들고 언덕을 내려가는 길로 걷기 시작했다. 그들이 빠져나간 곳에는 유리코와 함께 행진해온 교대자들이 빈 횃불대에 횃불을 걸어놓고 들어갔다. 교대하는 동안에도 회전은 멈추지 않는다. 울력이 멈추는 일은 없다.

정신을 차리자 유리코의 뒤로, 빠져나온 무명승들이 언덕을 내려가는 새로운 행렬이 생겨나 있었다. 다시 염원의 노래가 들리기 시작했지만 수레바퀴가 움직이는 소리에 지워져 띄엄띄엄 귀에 들어올 뿐이었다.

이게 울력이란 말인가. 오로지 한 쌍의 거대한 수레바퀴를 계속 돌리는 것.

"이거, 무슨 쓸모가 있는 거예요?"

놀라움으로 목이 바싹 말라서 잠긴 목소리밖에 나오지 않는다. 옆에 선 대승정은 말없이 수레바퀴가 돌아가는 모습을 쳐다보고 있다. 유리코는 목소리를 키웠다.

"이걸로 뭘 하는 건데요? 동력을 발생시키나요?"

대승정은 후드를 벗더니 유리코와 마주 보고 가볍게 머리를 숙였다.

"'인을 받은 자'여. 이것은 '죄업의 대륙'입니다."

죄업의 대륙. 유리코는 중얼거렸다. 굉음에 가로막혀 자기 목소리조차 잘 들리지 않는다.

밤의 어둠을 빼닮은 대승정의 검은 눈 속에서 횃불의 불빛이 약하게 흔들리고 있다.

"오른쪽 수레바퀴가 '테두리' 안에 이야기를 보내고, 왼쪽 수레바퀴가 '테두리' 안에서 힘을 잃은 이야기를 회수합니다. 모든 이야기는 여기서 나가서 여기로 돌아옵니다. 이 대륙의 움직임이 멈추지 않도록 부지런히 미는 일이 저희 무명승의 사명입니다."

대승정은 다시 한번 머리를 숙였다. 유리코에게 인사를 한 것이 아니라, 한 쌍의 대륜에게 인사한 것처럼도 보였다.

"……어디에, 이야기가 있어요?"

물레에는 감겨 있는 실이 보이게 마련이다. 그것과는 뭔가 다를까.

"이야기는, 사람의 눈에는 보이지 않습니다."

그 모습 그대로는— 하고 대승정은 미소 지었다. 신기하게도 굉음 속에서 조용한 목소리가 귀에 와 닿았다.

"여기서 내보내진 이야기에 눈에 보이는 모양을 부여할 수 있는 것은 '테두리' 안을 살아가는 인간뿐입니다. 인간의 힘만이 이야기를 실존으로 잘 이끌 수 있습니다."

저희는 그저 흐름을 유지할 뿐.

유리코는 믿을 수가 없었다. 어렸을 때 아주 좋아했던 그림책의 이야기와, 요새 홀딱 빠져서 반 친구들끼리 서로 열심히 빌려가며 읽고 있는—아아, 그런 일도 있었지—학원 만화, 가족끼리 보러 간 스펙터클 영화와 지금까지 유리코가 접해온 다양한 이야기가 한꺼번에 떠올랐다. 머릿속이 이야기로 가득 찼다. 상상 속에서 첫사랑 상대가 된 등장인물. 읽는 순간에 눈물이 쏟아진 명대사. 그날 밤 꿈에까지 나온 환상적이고 멋진 특수 촬영 장면.

그것들이 전부, 모두 다, 굉음과 함께 회전하는 이 한 쌍의 수레바퀴를 원천으로 삼고 있다는 말인가. 파르라니 깎은 머리를 땀으로 적신 채 검은 옷자락을 질질 끌며 묵묵히 바퀴살을 미는, 모두 똑같이 턱이 뾰족한 얼굴에 허술한 옷을 입고 맨발을 드러낸, 무수히 많은 무명승들의 움직임이 이야기의 흐름을 유지하고 있다는 말인가.

아름답고, 즐겁고, 화려한 것의 원천이 이런 모습이었다니.

"……거짓말이죠?"

일그러진 웃음이 유리코의 얼굴에 떠올랐다.

"거짓말이에요. 이럴 리 없어. 날 속이려는 거죠? 놀리는 거 아니에요?"

이야기는 훨씬 더 행복한 것이다. 아름다운 것이다. 가치 있는 것이다.

"인간은 스스로 이야기를 만들어요! 창조하고, 상상하고, 만들어낸다고요! 원천 따윈 이런 데 없어요!"

유리코의 절규는 굉음에 지워져버렸다. 횃불의 불똥만이 동요를 알아차린 듯 한층 높이 튀어올라 어둠 속으로 날아갈 뿐이었다.

대승정이 유리코의 어깻죽지를 손바닥으로 살짝 감쌌다.

"아까 제가 무명승의 울력을 보고 이 땅에서 떠나는 '인을 받은 자'도 계시다고 말씀드렸지요."

그분들은 모두 당신과 똑같이 외칩니다.

대승정의 살집이 적은 손바닥의 감촉이 어깨뼈에 전해진다. 마르고 쇠한 노인이다.

"당신도 그리 하시겠습니까? 그렇다면 말리지는 않겠습니다."

중대한 질문이다. 나아갈 것인지, 돌아갈 것인지, 부드러운 말로 엄중한 선택을 내리라며 촉구하고 있다.

대답하기는 쉽다. 이런 거 사기야, 난 빠질게요, 돌아갈래요! 라고 외치면 족하다. 대승정은 말리지 않겠다고 했다.

하지만 유리코의 내면에는 그렇게 놔두지 않는 뭔가가 있었다. 간단히 발걸음을 돌려서는 안 돼. 서두르지 마. 무엇보다 여기서 눈을 돌리지 마, 하고 호소하는 목소리가 배 속 깊은 곳에서 울려나온다.

굉음과 함께 한 쌍의 수레바퀴는 계속 돌아간다. 무수히 많은 무명승들의 맨발이 지면을 스치는 소리가 난다. 무거운 바퀴살을 미는 팔이 삐걱대는 소리가 난다. 땀내, 흙냄새, 차가운 밤기운.

이것은 고역이다.

"여러분도 인간이잖아요?"

유리코는 삐걱대는 마음 때문에 반문했다.

"교대하고, 쉬고, 먹고, 마시고 하잖아요? 저랑 똑같은 인간일 거예요. 그런데 왜 이런 일을 하고 있어요? 왜 이런 꼴을 당해야 해요? 이상하다고 생각하지 않아요? 괴롭지 않냐고요."

대승정은 정면에서 유리코의 눈동자를 쳐다보고 있다. 그 눈꺼풀이, 나이가 들며 새겨진 주름이나 늘어짐이 아닌 다른 이유로 갑자기 처진 것처럼 보였다.

"틀림없이 저희 무명승도 인간의 몸입니다."

하지만— 하고 고개를 가로젓는다.

"당신이 말씀하신 의미로는 이미 '인간'이 아닙니다."

뭐가 다르다는 거지. 말장난이잖아. 유리코는 입술을 꼭 깨문다.

"확실히 저희도 휴식을 취하고, 음식을 먹습니다. 필요해서 그런다기보다, 그럼으로써 겨우 인간의 몸을 유지하고 있는 것입니다. 원래 저희에게는 어느 것도 필요하지 않습니다."

"자거나 먹지 않아도 돼요?"

대승정이 유리코를 달래듯 미소 짓는다.

"예. 저희의 몸은 이럭저럭 빌려온 물건, 일시적인 모습이니까요."

그는 검은 옷의 소매를 밤기운에 펄럭이며 가볍게 양손을 펼쳐 보였다. 그렇게 하자 대승정의 몸이 마른 나무처럼 야위었다는 사실을 한층 확실하게 알 수 있었다.

"저희도 일찍이 진짜 인간이었던 시절에는 각자 고유의 모습을 가지고 있었습니다. 하지만 무명승이 되며 잃어버렸습니다. 아니, 저희들이 버렸지요."

하나이자 만이고, 만이자 하나인 모습이다.

"하지만 한편으로, 개개의 모습을 잃음과 동시에 자신이 짊어진 것 또한 쉽게 망각하는 것이 인간의 어리석음이지요. 고로 저희는 사람의 몸이라는 사실을—일찍이 인간이었던 사실만을 기억하기 위해 자고, 먹고, 쉽니다. 그것을 기억해두지 않으면 무명승으로서 임무를 완수하고 자신의 죄를 갚을 수 없기 때문입니다."

죄를 갚는다. 비슷한 말을 여기 온 지 얼마 안 되어 들은 기억이 있다.

'죄업을 진 자'라고 유리코는 중얼거려보았다. 그래, 무명승 중 하나가 그렇게 말했었다.

"죄업을 진 자라는 건, 죄인이라는 의미죠?"

이번에는 대승정뿐만이 아니라 뒤를 따르고 있는 젊은 무명승도 함께 고개를 끄덕였다.

"왜 죄인이에요? 여러분이 무슨 죄를 저질렀다는 거예요?"

대승정은 다그치는 유리코로부터 물러나 수레바퀴를 미는 무명승들의 무리를 향해 돌아섰다.

"이 한 쌍의 수레바퀴를 '죄업의 대륜'이라고 합니다."

이야기를 내보내고 이야기를 회수한다. 이야기의 흐름을 유지하는 장치. 그것을 '죄업'이라 일컫고 있다.

"왜냐하면 이야기는 다름아닌 '죄업'이기 때문입니다. '인을 받은 자'여."

맹렬한 반론이 유리코의 목구멍에서 튀어나왔다. 그렇지 않아! 그런 바보 같은!

"이야기는 즐거운 거예요. 아름다운 거예요. 사람을 행복하게 만드는 거라고요!"

대승정이 고개를 돌려 느닷없이 유리코를 쳐다봤다.

"하지만 '영웅'을—그 어둡고 추악한 황의를 입은 왕을 만들어내는 것은 다름아닌 이야기입니다."

추위로 떨고 있던 유리코는 몸에 두른 담요를 세게 끌어당겼다.

"자, 이야기란 무엇입니까? '인을 받은 자'여."

유리코가 대답하기 전에 대승정은 의연한 목소리로 딱 잘라 말했다. "거짓말입니다."

죄업의 대륜은 계속 돌아간다. 무명승들은 끊임없이 민다. 그 옆에서 유리코는 떨고 있다.

"있지도 않은 일을 만들어낸다. 그리고 말한다. 기록으로 남기고 기억을 퍼뜨린다. 바로 거짓말입니다."

있지도 않은 세계를 만들어 내고 말한다. 그것도 거짓말이다.

그 눈으로 본 적도 없는 옛날 일을, 남겨진 기록의 단편을 이어붙여 이야기로 만든다. 그것도 거짓말이다.

"그런 거짓말이 없으면 인간은 살 수 없습니다. 인간세상은 성립되지 않습니다. 이야기는 인간에게 필요한, 인간을 인간답게 만드는 필수적인 거짓말입니다. 하지만 거짓은 거짓. 거짓은 죄입니다."

그렇다면 누군가가 속죄하고 보상하지 않으면 안 된다.

"우리 무명승은 죄업의 대륙을 밀어서 인간세상이 요구하는 거짓말을 공급합니다. 흐름이 끊기지 않도록 부지런히 일합니다. 그것은 죄갚음인 동시에 죄를 재생산하는 일이기도 합니다."

이처럼 우리의 죄는 깊습니다—라고 한숨 같은 목소리로 대승정은 말했다.

"그것은 인간의 업이기도 합니다. 우리 무명승으로 변한 자들은 본래 자신의 모습을 가지고 있던 시절에 이야기의 죄를 범했습니다. 때문에 '테두리'에 사는 모든 인간을 대신해 이야기의 죄를 갚는 역할을 짊어지게 되었습니다."

젊은 무명승이 앞으로 휙 튀어나와서 유리코의 팔을 붙잡았다. 난폭한 행동이 아니었다. 유리코가 비틀거렸기에 받쳐준 것이다.

"죄, 죄송해요."

유리코가 정신을 차리고 어찌어찌 두 발로 확실히 서는 것을 확인한 후 젊은 무명승은 살짝 팔을 놓았다.

그 손은 따뜻했다. 확실히 사람의 체온이었다.

가슴이 메어왔다.

"너무 심해요."

울음 섞인 목소리가 나오고 말았다.

"왜 여러분만 이런 보람도 없는 일을 해야 해요? 이야기의 죄는 인간 전부가 짊어지면 되잖아요."

대승정의 주름투성이 얼굴이 활짝 펴졌다.

"당신은 다정하십니다. 그 다정함은 어린아이만이 지니고 있는 것. 그렇기에 어린아이만이 쉬이 '이름 없는 땅'을 방문할 수 있습니다."

'테두리' 안에도 이야기의 죄를 짊어진 자들이 있다고 대승정은 말을 이었다.

"당신이 오빠를 찾으시는 동안 만날 수도 있겠지요."

"이야기를 만드는 사람들 말인가요? 작가나, 역사가라든가."

"그들만은 아닙니다. 또한 그들 모두가 자신의 죄를 알아차렸다고도 할 수 없습니다."

'늑대'들도 그렇다고 한다.

"황의를 입은 왕을 사냥하고, 위험한 사본을 사냥해 '테두리'를 지키는 그자들도 죄업을 짊어진 자입니다. 그들은 그들 나름의 방법으로 죄를 갚고 있습니다."

모르겠다. 알고 싶지 않다. 머리는 이해를 요구해도 마음은 그것을 거부하고 있다.

"이야기에도 좋은 점은 아주 많아요."

"물론입니다. 그것은 '테두리'에 충만하지요."

하지만 여기에는 없다. '이름 없는 땅'에는 존재하지 않는다. 여기는 이야기의 원천이자 거짓말의 원천이니까.

"여러분 역시 '테두리' 안에서 인간으로 살아가면서 이야기의 죄를 갚을 수도 있잖아요? '늑대'들처럼요. 그런데 어째서 여러분만 무명승이 되어야 하나요?"

유리코의 물음은 이런 세부적인 부분으로까지 후퇴하고 말았다. 아니, 싫든 좋든 이해를 통해 전진하고 있는 건지도 모른다.

"원래의 모습이었을 때, 어떤 나쁜 일을 하면 무명승이 되는 거죠?"

공포에 떨며 유리코는 물었다. 도대체 어떤 인간이 여기로 끌려와서, 혹은 소환되어 무명승으로 변할까.

대승정은 잠시 생각에 잠겼다. 늘어진 눈꺼풀을 감고 선 채로 잠든 것처럼. 상당한 시간이 흘렀다.

왜 바로 대답을 못 하는 거지? 유리코의 내면에 깃든 공포가 부풀어올라 몸이 떨려왔다.

대승정이 눈을 뜨고 유리코의 얼굴에 부드러운 눈빛을 보냈다.

"대답해도 아직은 당신의 마음에 전해지지 않을 겁니다. 하지만 말로서라도 일러드리도록 하겠습니다."

저희는 일찍이 인간의 몸이었을 적에, 이야기에 살려고 한 자들이 영락한 모습입니다.

"거짓말에 살고, 거짓말을 구현하려는 대죄를 범했습니다. 고로 저희는 개개의 모습을 잃고 하나이자 만, 만이자 하나인 검은 옷의 무명승이 되어, 이 땅에서 유일한 안주의 장소를 찾게 되었습니다."

이야기에 살려고 했다―?

한층 날카로운 공포의 송곳이 유리코의 마음을 찔러왔다. 꼭 대답을 알고 싶은 질문이었다.

"언젠가, 용서받을 때가 오나요?"

대승정은 다정하게 되물었다. "그러면 인간이 필요로 하는 거짓말에 관한 죄를 누가 용서해줄까요? 신? 신 또한 인간이 만들어낸 이야기인데요."

거짓말은 거짓말을 용서할 수도, 정화할 수도 없다.

"그럼 여러분은 영원히 여기에 붙잡혀 있는 건가요?"

"이 땅에 시간은 존재하지 않습니다. 영원은 순간과 같고 순간은 영원과 같습니다. 저희는 그저 지금 이 시간에 이 땅에 있을 뿐입니다."

무슨 생각을 했는지, 꼼짝 못하고 서 있는 유리코의 손을 대승정의 야윈 손이 살짝 잡았다.

"이쪽으로 오십시오. 조금 더 높은 곳에서 죄업의 대륙을 보시지 않겠습니까?"

대승정은 유리코의 손을 끌고 밤이슬을 밟으며 걷기 시작했다. 유리코의 눈에는 여기가 언덕 꼭대기처럼 보였지만, 일부가 붕긋하게 더 높이 솟아 있는 듯하다. 대승정은 그곳으로 향하고 있다.

그곳은 바람이 불어오는 쪽이었다. 밤바람이 유리코의 얼굴을 어루만지고 앞머리를 흩뜨리며 지나간다. 이마의 인이 희미하게 빛난다. 죄업의 대륜이 돌아가는 소리가 아주 조금 멀어졌다.

눈 아래 초원에서 검은 옷의 무리가 꿈틀대고 술렁거리며 돌고 있다. 신기하게도 이 높이까지 오자 무명승들의 발소리와 거친 숨소리는 더이상 들리지 않았고, 묵직한 굉음도 발치에 고여 귀까지 닿지 않았다.

대신에 수레바퀴의 중심, 무수히 많은 바퀴살을 뻗어내고 있는 기둥이 회전하는 소리가 들려왔다.

유리코는 눈이 휘둥그레졌다.

아름다운 소리다. 높고, 경쾌하고, 산뜻한 음색. 방울이 울리고 있는 것 같기도 하고, 어떨 때는 노랫소리처럼도 들린다.

놀란 유리코를 보고 대승정은 만족스런 웃음을 지었다. "그렇습니다. 대륜의 중심 기둥—오른쪽 것은 지주地柱, 왼쪽 것은 천주天柱라고 불리는 이 기둥은 노래를 합니다."

유리코는 언덕 위에 대승정과 둘만 남아 있다는 사실을 알아차렸다. 젊은 무명승은 좀 전의 위치에서 움직이지 않은 것이다.

유리코 쪽을 보고 있지도 않다. 이쪽에 등을 돌리고, 횃불꽃이라도 되어버린 것처럼 우두커니 서 있었다.

"염원의 노래인가요?"

"아니요, 염원의 노래는 아닙니다. 염원의 노래는 저것처럼 행복에 찬 노래가 아닙니다. 저것처럼 위로하고 어루만져주는 노래도 아니고요."

이야기를 내보내는 '지주'는 행복을 노래하고, 이야기를 감아서 회수하는 '천주'는 위로하고 달래는 노래를 한다고 대승정은 말했다.

"양쪽 다 이야기의 존귀한 사명입니다."

동시에 이 두 노래에는 바람도 담겨 있다고 한다. 내보내지는 이야기가 보다 많은 행복을 '테두리' 안에서 만들어내기를 바라는 마음. 회수되는 이야기가 '테두리'에서의 역할을 다한 것을 축하하고, 잠깐의 안녕을 얻을 수 있기를 바라는 마음.

"당신의 오빠는 여기서 내보내는 이야기의 흐름 중 어딘가에 계십니다."

물론 '영웅'도. 황의를 입은 왕도.

"'영웅'이 '테두리'에 강림한 이상, 머지않아 천주와 지주의 노랫소리에도 변화가 나타나겠지요."

"어떤 식으로 변하나요?"

대승정의 대답은 뜻밖의 것이었다.

"더 강해집니다."

'테두리'로 해방된 '영웅'은 보다 많은 이야기의 에너지를 원한다. 필연적으로 그것이 사용하는 에너지도 늘어간다. 그러므로 중심 기둥의 노랫소리는 높고 힘차지는 것이다.

"이대로 '영웅'을 봉인하지 못한 채 그것이 원하는 대로, 수많은 이야기를 순환시키며 중심 기둥이 드높게 노래하게 놓아두면, 결국 죄업의 대륜은 저희 무명승들이 감당하지 못하게 될 것입니다."

이야기의 흐름 그 자체가 힘을 얻어 의사를 가지고, '영웅'의 곁으로 용솟음친다. 오른쪽 대륜, 지대륜은 무명승들이 밀지 않아도 '영웅'에게 이끌려 돌기 시작한다. 무명승들은 지대륜의 속도를 따라갈 수 없게 된다.

"넘어지고, 땅에 엎어지고, 소리 높여 돌아가는 바퀴살에 몸을 부딪치고, 뼈가 산산조각 나서 무로 돌아가겠지요."

그것과는 반대로 왼쪽 천대륜의 움직임은 느려진다. '영웅'이 '테두리' 안에서 이야기라는 이야기를 죄다 탕진해버리기 때문이다. 이야기는 '영웅'에게 남김없이 먹혀서 이름 없는 땅에 돌아올 수 없게 된다.

"무명승들이 아무리 세게 밀어도 왼쪽 대륜, 천대륜이 꿈쩍도 하지 않을 때가 옵니다."

그때가 바로 '테두리'가 종언을 맞이할 때라고 대승정은 말했다.

"멈추기 직전에 지주가 한층 높게 비명을 지르듯 노래를 부릅니다. '테두리' 안의 어떤 사람들은 그 목소리를 세상의 끝을 고하는 천사의 나팔 소리에 비유한다고 합니다."

천대륜이 멈추면 제멋대로 계속 돌아가던 지대륜도 얼마 안 있어 멈출 수밖에 없다. 그때 이 땅에는 무로 돌아가지 않은 무명승들만 남겨지게 된다.

"그리고 기다리기 시작합니다."

다음 '테두리'의 탄생을.

왜냐하면 이야기를 몽땅 먹어치운 '영웅'은, 그가 내려간 '테두리'가 종언을 맞이할 때 함께 파멸해버리기 때문이다.

"만서전은 ― 어떻게 돼요?"

"남습니다." 대승정은 대답했다. 그 말과 동시에 그의 눈이 맞은편 만서전 쪽을 향했다. 유리코도 그를 따라 밤의 허공으로 눈길을 던졌다.

그 위용도 지금은 어둠에 녹아들어 있다. 창문의 불빛이 어둠 속에서 나란히 반짝이고 있을 뿐이다.

"다음 '테두리'가 태어날 그때까지, 저희는 만서전에 새겨진 수많은 책, 멸망한 '테두리'에 나타났던 이야기의 형상인 책을 부수어 만서전을 비우고, 새로이 올 형상을 기다립니다."

하나의 문명이 사라지고 다음 문명이 태어난다.

그것이 이 땅의 역사다, 시간이 존재하지 않는 이름 없는 땅의 역사다, 라고 유리코는 이해했다.

하지만—

"전 어떻게 해야 할까요?"

어떻게든지, 하고 대승정은 대답했다.

"당신이 바라는 대로 하시면 됩니다."

'테두리'로 돌아가 자유를 얻은 '영웅'이 저지르는 짓을 직접 보면서 영웅과 함께 멸망해도 상관없다. 그렇지만 멸망에는 시간이 걸린다. 유리코가 인생을 보내는 동안 멸망이 찾아오지 않을지도 모른다. 그렇다면 유리코는 평화롭게 살 수 있으리라.

"미노치 씨의 서재에서 책들도 똑같은 소리를 했어요."

대승정은 고개를 끄덕였다. "그것도 하나의 선택이겠지요. 보지 않은 것, 모르는 것은 존재하지 않습니다. 당신은 이 땅을 완전히 잊으실 수도 있겠지요."

"하지만, 오빠는 잊을 수 없어요."

유리코는 소리를 지르려 했다. 하지만 한탄하는 듯한 목소리가 힘없이 밀려나올 뿐이었다.

"여러분도 잊을 수 없어요."

본 것, 안 것을 지워 없앨 수는 없다. 할 수만 있다면 **불가능한** 그것을 선택하고 싶지만.

"하지만 저는 '영웅'과—황의를 입은 왕과 싸울 수 없어요.

'테두리'를 구할 수 없어요. 전 어린아이인걸요. 그런 중대한 일
은 절대로 못해요. 저는 그저 오빠를 구하고 싶을 뿐이에요. 오
빠를 만나고 싶을 뿐이라고요."

"'인을 받은 자'여." 대승정은 유리코와 마주 보고 정중히 머
리를 숙이며 유리코의 양손을 잡았다.

"그 두 가지는 결코 다른 목적이 아닙니다."

말도 안 된다. 한쪽은 세계의 운명을, 한쪽은 단 한 사람인 오
빠를 구하는 것이다. 완전히 다르지 않은가. 하지만 대승정의
손은 무턱대고 고개를 저으며 도망치려는 유리코를 꼭 잡고 놓
지 않는다.

"잘 생각하십시오. 당신의 오빠는 '최후의 그릇'이 되셨습니
다. 최후의 그릇이란 어떤 것이었습니까?"

'영웅'이 힘을 축적해 감옥을 부수기 위한 마지막 한 요소다.
그릇을 가득 채우는 마지막 한 방울이다.

"그렇다면, 그 한 방울이 없어지면 그릇은 가득 차지 않게 되
겠지요."

유리코는 흠칫 움직임을 멈췄다.

"한 방울이…… 모자라면?"

대승정은 깊이 고개를 끄덕였다.

"당신께서 오빠를 황의를 입은 왕의 지배하에서 해방시키면,
'영웅'은 오빠의 몫만큼 힘을 잃습니다."

유리코가 해야 할 일은 히로키가 한 것과 정반대다. 마지막 한 방울을 더하는가, 마지막 한 방울을 덜어내는가.

"오빠라는 '최후의 그릇'을 잃은 '영웅'은 그 몫의 힘을 잃고 자연히 커다란 이야기의 흐름에 끌려들어갈 것입니다."

그리고 천대륜의 움직임에 되감겨 이 이름 없는 땅으로 돌아온다ㅡ

엄청나게 강대한, 하지만 단순한 하나의 이야기로.

"그런 거예요?"

유리코는 아무래도 개운치 못했다.

"그거면 돼요? 단 한 명, 우리 오빠 몫의 힘을 줄이는 게, 정말로 세계를 멸망시킬지도 모르는 '영웅'의 봉인으로 이어져요?"

이야기가 너무 간단하다ㅡ아니, 더 확실히 말하자면 너무 사소하게 느껴진다.

대승정이 미소를 짓고 있었다. 유리코의 생각을 꿰뚫어보고 있는 듯하다.

"당신이 살고 계신 영역에서는 사람의 생명이 지니는 가치에 대해 어떻게 배우셨습니까?"

당황스러웠다. 무슨 질문이지?

"저, 무슨 뜻인지 잘 모르겠는데요."

대승정은 부드럽게 말을 이었다. "그럼 질문을 바꾸지요. 당신의 영역에서는 사람의 생명을 뭔가와 비교해서, 어느 쪽이 보다 무거운가, 혹은 가치가 높은가 하는 식으로 비유합니까?"

아아, 그거라면 안다.

"한 사람 생명은 지구보다 무겁다고 해요."

대승정은 그제야 유리코의 손을 놓더니 얼굴 앞에 집게손가락을 세웠다.

"그것은 바꾸어 말하자면, 한 사람의 생명은 세계와 똑같은 가치를 지닌다는 말입니다."

유리코는 잠깐 말문이 막혔다가 고개를 끄덕였다. "아, 예."

"그렇다면 사람 하나를 구하는 것이 세계를 구하는 일로 연결된다 해도 이상한 일은 아니지요."

유리코는 또 말문이 막혔다. 고개를 끄덕여도 될 것 같기도 하고, 안 될 것 같기도 하고—

그러자 주름투성이 대승정의 얼굴에서 웃음이 사라졌다.

"한 아이가 자신의 의사로 다른 한 아이의 생명을 빼앗기를 주저하지 않는 세계는,"

목소리도 무게감 있게 엄숙해졌다.

"천 명이 천 명의 생명을, 만 명이 만 명의 생명을 빼앗기를 주저하지 않는 세계와 조금도 다를 바 없습니다."

유리코는 눈을 크게 뜨고 대승정을 쳐다보았다. 대승정의 눈빛은 흔들리지 않는다.

그 순간, 안개가 걷히는 것처럼 한 가지를 깨달았다.

"하나이자 만, 만이자 하나." 유리코는 중얼거렸다. "그 말의 참뜻은 그런 거죠?"

대승정은 깊이 고개를 끄덕였다. "당신께 오빠를 구하고자 하는 마음이 있으면, 세계를 구하는 일도 이루어질 것입니다."

하나 — 하고 유리코를 응시한다.

"오빠 한 사람을 구하는 일이라고는 하나, 당신께는 무척 괴로운 일입니다. 큰 공포를 극복해나가야 하는 노정입니다."

왜냐하면 '영웅'에게 다가가야 하기 때문에.

"한 번 발을 잘못 내디디면 당신도 '영웅'에게 사로잡혀 삼켜지겠지요."

오빠를 생각하는 마음의 간절함 때문에 헤매고, 절망하고, 비탄에 빠져서.

"'영웅'은 강대합니다. 유례없는 힘을 지닌 완전한 이야기입니다. 그것은 인간을 홀려 포로로 만듭니다. 하지만 그 이면에는 '황의를 입은 왕'의 얼굴이 있지요."

유리코는 결코 이치를 따지고 드는 아이가 아니다. 하지만 지금 대승정의 말에는 여기까지 오는 과정에서 유리코가 막연히 의문을 가지면서도 혼란스러워 말로 표현하지 못한 사항이 집약되어 있었다. 유리코는 가까스로 가슴속의 답답함을 토해내듯이 질문 할 수가 있었다.

"저, 계속 이상하게 생각한 게 있는데, 물어봐도 될까요?"

대승정이 가볍게 고개를 끄덕이며 재촉한다.

"여러분은 '영웅'과 '황의를 입은 왕'은 한 사물의 양면이라고 말했어요. 둘로 나눌 수는 없다고요."

대승정이 이번에는 동의하기 위해 고개를 끄덕였다.

"그렇습니다."

"하지만 말이죠, 그럼 '영웅'만 보고 있으면 되는 거 아닌가요? 사물의 좋은 쪽만 보고 있으면요? 그러면 인간은 별달리 잘못을 저지를 일이 없어질 거고, '영웅'에게서 좋은 힘만 받아들일 수 있잖아요, 그럼 봉인을 안 해도 되지 않을까요?"

인간들이 '영웅'을 주의해서 다루면 되는 거다. 항상 앞면만 보도록.

대승정은 가만히 유리코를 쳐다보았다. 유리코도 마주 쳐다보았다. 오랫동안 서로 쳐다보고 있다가 대승정이 묘하게 사람 냄새가 나는 행동을 했다. 한숨을 쉰 것이다.

"역시 당신은 어린아이십니다."

사물의 비유라는 것을 모른다고 가볍게 고개를 저으며 말했다.

"사물의 앞면과 뒷면 운운한 것은, 비유일 뿐입니다."

"하지만……"

"'영웅'과 '황의를 입은 왕'은 하나입니다, '인을 받은 자'여."

그러니까 앞뒤라고 했잖아요? 유리코는 입을 뾰로통하게 내밀었다.

"그러면 이렇게 말씀드릴까요?" 다시 한번 한숨을 쉬고 대승정은 말했다. "우리 무명승이나 '테두리'에 가득 찬 인간들, 그 누구도 '영웅'의 모습을 모릅니다. '황의를 입은 왕'의 모습도 모릅니다. 그러니 구분을 지을 수가 없습니다."

"그럼, 구분 지을 수 있게 하면 되잖아요?"

대승정이 입을 다물자 유리코도 쑥스러워졌다.

"죄송해요. 딱히 이곳의 제도에 불만이 있는 건 아니에요."

쓸데없는 변명이었던 듯하다.

"하지만 저…… 그런 정체도 모르는 걸 혼자 쫓아가서 혼자 싸우는 건, 아무리 생각해도 자신 없어요."

진지한 고백이라기보다 불평 같은 말투라서 스스로 생각하기에도 설득력이 떨어진다고 느껴졌다. 하지만 대승정은 다시 정신을 가다듬은 모양이다.

"당신은 혼자가 아닙니다" 하고 온화한 말투로 말한다. "'테두리' 안에 있는 수많은 책들이 당신 편을 들고 있습니다."

하지만 책은 칼을 잡고 싸울 수 없겠지.

"책뿐만이 아닙니다. '늑대'들도 있습니다."

'테두리' 안에서 위험한 사본을 사냥하는 사냥꾼들이다.

"그들은 틀림없는 전사이지요. 반드시 당신을 지키고, 당신이 사명을 다할 때까지 착실히 봉사할 것입니다."

"하지만, 어디로 가야 '늑대'들을 만날 수 있을까요?"

대승정은 오랜만에 미소를 지었다. "당신이 찾지 않으셔도 그들 쪽에서 당신을 찾아 모습을 드러낼 겁니다."

'테두리'에는 여러 명의 '늑대'가 있다고 한다. 그들은 이미 '영웅'의 파옥을 알아차리고, 최후의 그릇이 된 인물이 어디의 누구인지 알아내기 위해 움직이기 시작했을 게 분명하다고 한다.

"최후의 그릇을 '영웅'의 속박에서 해방시켜 그 힘을 줄이기 위해서는, 최후의 그릇과 똑같은 피를 지닌 '인을 받은 자'의 힘이 필요하니까요."

"그렇지만 누가 좋아서 그런 위험한 일을……"

맞받아치다 말고 유리코는 생각해냈다. 아까 막 들은 참이지 않은가. '늑대'들 역시 죄인이라 자기 방식으로 이야기의 죄를 갚으려 한다고.

그래서 힘을 빌려준다. 유리코가 사명을 다할 때까지.

사명. 유리코가 바라는 작은 '한 가지'. 오빠를 되찾는 일. 그것은 세계를 멸망에서 구하는 커다란 '만'으로 이어지는 일이다.

"이제 만서전으로 돌아가시죠. 이리 오십시오."

대승정이 유리코에게 손을 뻗었다.

"당신께 영웅의 서를 보여드려야 합니다."

"영웅의 서?"

손을 잡고 언덕의 혹을 내려오면서 대승정은 고개를 끄덕였다. "만서전에 딱 한 권, '테두리'에 있을 때의 모습 그대로 머물러 있는 책입니다."

그것은 어쩌면.

"예. 일찍이 '영웅'을 봉인하고 있던 책입니다."

'영웅'이 탈출한 지금, 그것은 텅 빈 감옥이 되어 죄수가 돌아오기를 기다리고 있다.

"비어버린 영웅의 서는 다시 '영웅'을 가둘 때까지 '공허의 서'로 불립니다. 지금 그 표지에는 당신의 이마에 있는 인과 똑같은 인이 나타나 있을 것입니다."

유리코가 이마에 있는 인의 힘을 통해 '최후의 그릇'을 해방시키는 날에는, 이마의 인과 공허의 서에 나타난 인이 하나가 되어 한층 밝게 빛난 후에 사라진다고 한다.

"제 책임이 무겁네요."

인을 통해 유리코는 '영웅'의 감옥에 결박된 셈이다.

"오빠 몫의 책임도 제가 짊어지는 거군요."

깊이 생각하고 입 밖에 낸 말은 아니었는데, 또다시 불평 비슷한 말을 늘어놓은 셈이 되었다. 어쩌면 약간의 각오도 섞였을지 모른다. 하지만 마침 그때, 갈 때와 마찬가지로 유리코의 뒤를 따라와준 젊은 무명승이 그 말을 듣고 무심결에 발걸음을 흐트러뜨렸다.

그것을 깨닫고 유리코는 갑자기 부끄러워졌다. 나는 지금 오빠를 비난하는 듯한 말을 했다. 오빠 탓으로 내가 험한 꼴을 당하는 것처럼 말했다. 젊은 무명승은 그것을 알아차렸다.

"괴로우시면."

유리코의 손을 잡고 걸으면서 대승정이 담담하게 말했다.

"이마의 인을 버리고 떠나실 수도 있습니다."

유리코는 잠자코 만서전으로 향했다. 엄청나게 거대한 병풍 발치까지 와서 겨우 말했다. "저는 도망치지 않아요."

그리고 조금이라도 의연해 보이도록 힘을 주어 발을 옮겼다.

"대가람에서 기다려주십시오."

대승정과 홀에서 헤어진 후 유리코가 길을 잃지 않도록 젊은 무명승이 대가람 중앙까지 데려가주었다. 그곳에 도착하자 그도 인사를 하고 물러가고, 유리코는 혼자 오도카니 기다리게 되었다.

도중에 한 가지 이상한 일이 있었다. 긴 회랑을 걷는 동안 젊은 무명승이 몇 번인가 등뒤를 돌아본 것이다. 왜 그러냐고 물을 틈도 없을 정도로 재빠른 동작이었지만, 수상한 느낌이 들었다.

혼자 남으니 점점 더 신경이 쓰였다. 뭔가 있는 걸까. 그 언저리의 어둠 속에 뭔가 숨어 있나. 무명승이 그렇게 신경 쓰는 게 뭘까.

쥐? 그렇게 생각하며 웃어넘기려고 했다. 여기 쥐가 있으면 큰일이지. 책을 갉아먹어버릴 테니까.

혼자 남은 대가람은 휑뎅그렁해서, 숨소리마저 천장까지 울리는 것 같았다.

이윽고 조용한 발소리가 다가오더니 대승정이 다시 모습을 나타냈다. 수행승이 늘어났다. 그들은 커다란 은색 상자―여섯 개의 면에 다양한 종류의 문자가 빼곡히 새겨진 궤를 들고 대승정을 뒤따르고 있다. 궤의 앞뒤에는 금색 고리가 두 개씩 달려 있었는데, 거기에 금색 봉 두 개를 끼워넣어 네 명의 무명승이 메고 있다. 물론 네 명 모두 아까와 똑같은 얼굴이다.

대승정과 유리코는 대가람의 중앙에 나란히 섰다. 수행하는 무명승들이 궤를 내리고 금색 봉을 뽑아들었다.

대승정은 궤로 다가가서 합장하고 머리를 가볍게 숙였다. 뒤이어 한 발 물러나더니, 이번에는 바닥에 앉아 손을 짚고 이마를 문지르듯이 두 번 절했다. 그리고 일어섰다.

대승정이 고개를 끄덕이자, 각각 궤 모퉁이에 서 있던 네 무명승이 궤 뚜껑을 열었다.

유리코는 기대했지만 아무 일도 일어나지 않았다.

궤에서 빛이 흘러나오지도, 소리가 들리지도, 향기가 풍기지도 않았다. 대승정은 공손하게 무릎을 꿇더니 그대로 무릎걸음으로 궤에 다가가 다시 한번 절을 했다. 그러고 나서야 겨우 궤속에 두 손을 집어넣었다.

칠흑의 천에 감싸인 작은 물건을 꺼냈다. 확실히 책 같은 모양이다.

대승정은 무릎걸음으로 물러나 원래 위치로 돌아와, 빈틈없는 모습으로 정좌해 칠흑의 천을 풀기 시작했다.

"공허의 서입니다."

일찍이 '영웅'이 봉인되어 있던 『영웅의 서』다.

칠흑의 천 속에서 낡아서 바랜 가죽 장정 책이 나타났다. 크긴 하지만, 김이 빠질 정도로 아무런 특징도 없는 책이다.

지금은 텅 빈 감옥에 지나지 않으니까 겉모습도 멋없이 변해버린 걸까. 이것이 영웅의 서였을 적에는 아름답고 중후한 책이었을까 ─

뭔가 이상하다. 유리코는 알아차렸다.

무명승 네 명이 꼼짝 않고 서 있었다. 모두 뚫어지게 대승정을 쳐다보고 있다. 그 대상이 된 대승정은 조각상이 된 것처럼 미동도 하지 않았다.

그는 주름에 파묻힐 듯한 가느다란 눈을 크게 뜨고 있었다. 몸이 희미하게 떨리고 있었다. 딱딱 하고 뭔가 부딪치는 소리가 났다.

대승정의 이가 맞부딪히는 소리였다.

"무슨 일이에요?"

물으면서 유리코는 대승정에게 달려가려 했다. 그러자,

"그대로!"

대승정의 목소리가 날아왔다. 유리코는 채찍으로 맞은 것처럼 풀이 죽어 물러섰다.

대승정은 유리코 쪽을 보려고 하지 않았다. 눈은 『공허의 서』에 못박혀 있었다. 책을 받쳐든 손이 떨려서, 칠흑의 천이 바닥에 미끄러져 떨어졌다.

"이건…… 어찌 된."

그렇게 들렸다. 억누른 신음 소리였지만, 분명 대승정은 그렇게 말했다.

"어찌 된……"

대승정이 고개를 젓기 시작했다. 몇 번이고 가로젓다가 머리를 푹 숙이더니 이마를 『공허의 서』에 갖다댔다.

유리코는 무서워졌다. 뭔가 이상하다. 뭔가 범상치 않은 일이 일어났다. 이 사람들이 이렇게 당황하다니. 이렇게 감정을 드러내다니.

"대승정님, 왜 그러세."

목소리를 높여 물으려고 했을 때, 대승정과 무명승 네 명이 일제히 노기를 띠며 자세를 가다듬었다. 모두 아까 그들이 걸어온 방향, 대가람 입구의 어둠 속을 응시하고 있었다. 모두 당장에라도 덤벼들 것 같은 표정으로 가만히 쳐다보고 있다.

이 또한 있을 수 없는 일이다.

놀라움에 말문이 막힌 유리코의 눈앞에서, 대승정이 어둠을 향해 호통쳤다.

"거기 숨은 자여! 나오너라."

어둠이 떨리고 있다. 유리코가 착각해서 잘못 본 것이 아니다. 잔물결처럼 떨리던 그것이 작은 사람 모양을 이루었다.

무명승이다. 검은 옷에 맨발의 청년—

하지만 얼굴이 다르다. 대승정도 아니고, 궤를 날라온 네 사람과도 다르다.

"요, 용서해주십시오."

다섯번째 무명승은 겁을 먹고 쭈뼛대고 있다. 목이 쉬어서 찢어질 듯이 뒤집어진 목소리가 난다.

"부디 용서해주십시오."

어둠 속에서 튀어나오는가 싶더니, 다섯번째 무명승은 그 자리에 엎드려 몸을 둥글게 움츠렸다. 용서해주십시오, 용서해주십시오, 라는 말을 되풀이하며 이마를 바닥에 비볐다. 아니, 찧었다. 콩콩 하고 소리가 났다.

모든 것이 비현실적인 이곳에서 그 동작은 묘하게 친근감이 있었고, 그 소리는 애처로우면서도 귀여워서 굳어 있던 유리코를 움직이게 만들었다.

"저기, 저기요."

유리코는 그가 있는 쪽으로 다가갔다.

"그렇게 이마를 찧으면 안 돼요. 아프죠? 혹 생겨요."

유리코의 목소리에 더욱 몸을 움츠리고 멀리 떨어지면서도 다섯번째 무명승은 고개를 들었다. 대가람의 불빛이 민머리를 비춘다.

궤를 날라온 네 명의 무명승—처음부터 친숙한 그 눈썹 짙은 얼굴과 많이 닮았다. 하지만 네 명보다 훨씬 어리다. 아직 열네다섯 살 정도 아닐까. 저 네 명의 시간을 되돌려 어리게 만들면 딱 이런 얼굴이 되지 않을까.

—형제?

멍하니 바라보던 유리코의 곁에서, 대승정이 『공허의 서』를 손에 든 채 일어나 다섯번째 소년 무명승에게 다가갔다.

"'인을 받은 자'의 앞이니라. 붙들어라."

대승정의 목소리에 소년 무명승이 다시 엎드렸다. 궤를 날라온 네 명 중 두 명이 앞으로 나서더니, 좌우에서 소년 무명승의 팔을 잡아끌다시피 하며 대승정의 발치로 데려왔다.

"그렇게 난폭하게 할 필요 없잖아요."

유리코도 대승정에게 다가가 발치에 웅크리고 있는 소년 무명승 옆에 그대로 쭈그리고 앉았다. 대승정은 말리지 않았고, 무명승 네 명도 잠자코 있었다.

"대승정님, 이 사람 뭐 나쁜 짓을 했나요?"

유리코는 대승정을 올려다보며 물었다.

"용서해달라고 빌고 있어요. 봐요, 이렇게 부들부들 떨고 있는걸요."

감싸줄 작정으로 유리코는 소년 무명승의 어깨에 손을 댔다. 뼈가 불거진 감촉에 놀랄 틈도 없이, 이상한 일이 일어났다.

유리코의 이마에 있는 인이 갑자기 빛난 것이다. 그 빛은 한순간이기는 하지만 대가람의 벽에 새겨진 문양의 세부까지 선명하게 비출 정도로 강했다.

이마의 인이 뿜어낸 빛은 소년 무명승의 얼굴에도 비쳤다. 그의 이마에 인이 그리는 원호의 한 부분이 비쳤다가 바로 사라졌다.

"뭐지?"

유리코는 자신의 손바닥을 보았다. 그리고 이마를 만져보았다. 더는 아무 일도 일어나지 않는다.

대승정은 두 손으로 『공허의 서』를 받쳐들고, 그것을 가슴에—심장 바로 위에다 꼭 누르고 있었다. 그 자리에 선 채 눈을 감고 있었다.

그리고 눈을 뜨자 『공허의 서』를 내밀어 표지를 소년 무명승의 이마에 댔다. 아까 유리코의 인이 비쳤던 그 자리에.

"'인을 받은 자'여."

신음하는 듯한 괴로운 느낌은 사라졌지만, 대승정의 목소리는 낮고, 꽉 짓눌린 것처럼 잠겨 있었다.

"예, 예."

"이자는 당신의 시종입니다."

유리코는 소년 무명승을 쳐다보았다. 그는 도망치듯 고개를 숙이고 엎드렸다. 마치 자기 몸을 숨기려는 것처럼 머리를 양팔 사이에 처박고.

"공허의 서가 이자를 선택했습니다."

데려가주십시오 — 하고는 대승정은 두 어깨를 축 늘어뜨렸 다. 뼈가 불거진 그 손에서 『공허의 서』가 미끄러져 떨어질 뻔했 다. 그러자 대승정은 몸 전체를 웅크리며 양 무릎으로 그것을 받 아냈다. 다리에서 힘이 빠져 맥없이 주저앉은 것처럼도 보였다.

"얼굴을 들어라."

대승정이 소년 무명승에게 명령했다.

"그리고 네 손으로 그것을 만져보아라."

소년 무명승은 덜덜 떨면서 몸을 일으키더니 『공허의 서』를 받아들었다. 뜨거운 물건이라도 잡고 있는 것 같은 조마조마한 손놀림이었다.

대승정은 눈을 가늘게 뜨고 미간을 찌푸린 채 소년 무명승의 얼굴을 쳐다보고 있었다. 너무 가까이 다가서서 이마와 이마가 거의 닿을 정도였다.

그때 대승정이 갑자기 일어서더니 도망치듯 등을 돌리고 소 년에게서 떨어졌다.

"데려가주십시오. 이 녀석이 당신의 시종입니다."

유리코와 소년 무명승 둘 다에게 얼굴을 돌린 채 단언했다.

"이 녀석은 당신의 하인. 어떻게든 당신의 뜻대로 움직여 당신을 도와줄 것입니다. 부디 데려가주십시오."

강한 말투지만 명령이라기보다 애원처럼 들리는 것은 유리코의 착각일까.

"데, 데려가주십시오."

소년 무명승이 말했다. 이쪽은 분명히 애원이었다. 그 목소리가 사태에 혼란스러워하고 있는 유리코의 마음을 흔들었다. 너무나도 절실하고 너무나도 비통하게.

유리코는 그의 눈을 쳐다보았다. 새카만 눈동자 속을 한순간 들여다보았다. 소년 무명승은 눈을 깜박이고 바닥 위를 쓸듯이 유리코에게서 떨어지더니, 이번에는 『공허의 서』를 꽉 껴안고 유리코를 향해 엎드렸다.

"'인을 받은 자'를 돕겠습니다. 부디 저를 데려가주십시오. 부탁드립니다."

대승정은 계속 등을 돌리고 있다. 무명승 네 사람은 머리를 떨어뜨린 채, 말아쥔 주먹을 옆구리에 대고, 마치 하늘에서 덮쳐누르는 무거운 물체라도 참아내듯 가만히 서 있다.

"……알겠어요."

거절할 만한 분위기가 아니다. 만약 거절하면 이 사람이 울음을 터뜨릴 것 같다.

"어쨌든, 일단 일어서세요."

가만히 말을 걸자 소년 무명승이 부들부들 떨며 일어섰다. 『공허의 서』를 품속에 안고서.

"그거, 나한테 보여주지 않을래요?"

유리코가 손을 내민 순간에 대승정의 목소리가 날아왔다.

"안 됩니다!"

대승정이 소년 무명승의 손에서 『공허의 서』를 낚아채듯 집어 들었다. 무명승 네 명이 세차게 몰려와서 유리코와 소년 무명승 사이에 끼어들어 앞을 가로막고 두 사람을 떼어놓았다.

"'인을 받은 자'는 공허의 서를 만지면 안 됩니다!"

어깨를 난폭하게 붙들린 탓에 유리코는 넘어질 뻔했다.

"가까이에서 보는 것도 허락되지 않습니다. 당신의 인이 더럽혀집니다."

"알았어요. 알았다니까요!"

유리코도 필사적으로 소리를 지르며 무명승들의 손을 뿌리쳤다.

"잠깐 보고 싶었을 뿐이에요. 죄송해요!"

유리코의 목소리에 젊은 무명승들은 제정신을 차린 듯 움직임을 멈추었다. 떠밀려 넘어진 소년 무명승은 바닥에 짓눌려 있다.

"저 사람 일으켜 세워주세요. 찌부러지겠어요."

유리코는 숨을 가다듬으면서 말했다. 젊은 무명승들이 소년 무명승을 일으켜 세웠다.

"무례를 용서해주십시오."

아직까지 약간 혼란스러운 목소리로 대승정이 유리코에게 사과했다.

"하지만 이것은 금기입니다."

"알겠어요. 조심하고 또 조심할게요."

유리코는 모두에게서 몸을 빙글 돌렸다.

"이러고 있을 테니까, 빨리 그걸 숨기든지 해서 어떻게든 치워주세요."

옷이 스치는 소리가 난다. 무명승들의 맨발바닥이 대가람 바닥 위에서 찰싹찰싹 소리를 내며 돌아다닌다.

계속 등을 돌리고 있기 위해서는 강한 의지의 힘이 필요했다. 유리코에게 금기라는 말은 아직까지 몹시 추상적인 것이다. 하지만 호기심은 구체적이고, 이치를 따지지 않는 법이다.

사실은 궁금했다. 뒤돌아보고 『공허의 서』를 차분히 관찰하고 싶었다. 왜냐하면 언덕 위에서 들은 대승정의 설명과 실물 사이에 다른 점이 있었으니까.

아까 흘낏 눈길을 주었을 때, 소년 무명승이 껴안은 『공허의 서』 표지에는 유리코의 이마와 똑같은 인 같은 건 없는 것처럼 보였다. 그냥 밋밋한 가죽 표지로 보였던 것이다.

그리고 이들답지 않은 이 큰 소동 —

"대승정님." 등을 돌린 채 유리코는 조용히 물었다.

"무슨 일이십니까?"

대승정의 목소리도 차분함을 되찾았다.

"제 이마의 인이 공허의 서 표지에 나타나 있나요? 그렇게 돼 있는 거죠?"

한 번 호흡할 정도의 침묵을 사이에 두고 대승정은 대답했다. "예. 나타나 있습니다."

"틀림없나요?"

"무엇을 걱정하십니까?"

그럼, 아까 내가 본 건 뒤표지였나.

"대승정님, 궤를 열고 공허의 서를 꺼냈을 때 엄청 놀라고 무서워하는 것처럼 보였어요."

옷이 스치는 소리가 멈췄다.

"게다가 '어찌 된'이라고 말씀하셨잖아요. 마치 한탄하고 있는 것 같았어요."

대승정은 대답하지 않고, 대신 이렇게 말했다. "공허의 서는 궤에 넣었습니다. 자, 바로 서십시오, '인을 받은 자'여."

유리코는 천천히 뒤돌아섰다. 대승정과 소년 무명승이 나란히 서고 그 뒤에 젊은 무명승 네 명이 대기하고 있었다.

노인과 젊은이들의 얼굴에서 낭패의 빛은 사라져 있었다. 온

유와 냉정. 청빈과 온후. 검은 옷 위에 떠오른, 하얀 풍선 같은 다섯 명의 얼굴.

다만 소년 무명승만은 아직 마음의 동요를 억누르기 힘든 듯 눈동자를 굴리고 있었다.

"공허의 서는—"

상해 있었습니다, 하고 대승정은 말했다.

"이번에 일어난 '영웅'의 파옥이 얼마나 사나웠는지가 거기 나타나 있었습니다. 그 때문에 저도 모르게 놀라서 소리를 내고 말았습니다."

감옥이 부서져 있었단 말인가. 너무 심하게 부서져서 놀랐다는 소릴까.

그렇다면 뭐, 이해 못 할 일도 아니지.

참으로 무명승에게 있어서는 안 되는 실수라며 대승정은 고개를 떨어뜨렸다.

"깊은 사죄의 말씀을 올립니다, '인을 받은 자'여."

젊은 무명승 네 명도 대승정을 따라 몸을 굽히고 머리를 숙였다.

형식을 갖춘 어른들의 예의를 이해하지 못해, 유리코와 소년 무명승은 그에 따라가지 못하고 홀로 남겨진 어린아이처럼 우두커니 서 있었다. 그래도 소년은 당황해서 어떻게든 머리를 숙이려고 했다.

그 눈과 유리코의 눈이 마주쳤다.

유리코는 그에게 미소를 지었다. 왜 그랬는지는 모르겠다. 자연스레 웃음이 떠올랐던 것이다.

소년 무명승의 입술이 가볍게 벌어졌다. 태어난 이래 누군가가 이런 식으로 쳐다보는 건, 유리코가 처음 겪는 일이었다.

어쩐지 무지개가 된 것 같다. 소년 무명승은 하늘에 걸린 무지개를 우러러보는 듯한 눈으로 유리코를 쳐다보고 있었다.

갑자기 쑥스러워져서 유리코는 소리 내어 웃었다. 대승정과 젊은 무명승들이 자세를 바로 했다.

"시종님."

유리코는 소년 무명승에게 다가갔다. 그리고 학교 조례 때처럼 똑바로 인사를 했다.

"잘 부탁합니다."

5장
추적의 시작

유리코는 다시 죄업의 대륙이 내려다보이는 높직한 언덕 위로 돌아갔다. 이번에는 대승정과 유리코의 시종이 된 소년 무명승과 함께 셋이서.

이름 없는 땅에 새벽이 밝아오고 있었다. 동쪽 하늘이 희미하게 밝아오고, 지평선에 희끄무레한 선이 떠올라 있다.

"이 땅을 오고 가실 때는 여기서 떠나고, 여기로 돌아오시는 것이 제일 확실합니다."

대승정은 그렇게 말했다. 한때의 동요는 사라지고 위엄을 되찾았다.

"당신을 각지로 데려다줄 마법진의 기능에 이상은 없겠지만, 그래도 만에 하나를 생각하면."

가능한 한 이야기의 원류—즉, 죄업의 대륙 근처에서 이동하는 편이 낫다는 말이다.

"길을 잃을 염려라도 있나요?"

"아주 적은 확률이긴 합니다만." 대승정은 부드럽게 웃었다. "만에 하나 생각지도 못한 영역으로 날아가버리는 일이 생기면 시간 낭비이겠지요."

소년 무명승은 아까 전부터 입을 시옷 자로 꾹 다물고 한 마디도 하지 않는다. 아직도 계속 긴장한 듯, 민머리 꼭대기에서 콧날까지 땀으로 젖어 있다. 그가 있는 쪽을 보기만 해도 튀어오르다시피 물러서서 머리를 숙이는 통에, 오히려 유리코가 피곤해져버렸다. 그래서 지금은 될 수 있는 한 그를 보지 않으려 하고 있다.

소년 무명승은 대승정에게서 건네받은 작은 짐을 등에 비스듬히 동여매고 있었다. 뭐가 들어 있느냐고 물어도 대승정은 가르쳐주지 않았다.

그리고 대승정은 유리코에게 무명승들이 입고 있는 것과 흡사한 새카만 옷을 주었다. 옷 위에다 걸치라고 했다.

"이것은 수호의 법의입니다. '인을 받은 자'를 지키고 마법의 효과를 강화하는 작용이 있습니다. 장차 당신에게 반드시 든든한 도구가 될 것입니다."

유리코는 칠흑의 법의를 몸에 걸쳤다. 퀴퀴한 냄새가 났다. 기장이 길어서 복사뼈까지 내려왔다. 손끝도 겨우 살짝 보이는 정도다. 후드를 뒤집어쓰면 슬쩍 봐서는 누구인지 알아보기 힘들 것이다. 몹시 수상쩍다.

추적과 수색의 실마리를 찾기 위해 유리코가 제일 먼저 해야 할 일은 집에 돌아가는 것이라고 대승정은 말했다.

"당신의 오빠는 '황의를 입은 왕'의 무엇에 매혹되었는가."

납작 엎드려, 바닥에 머리를 문지를 정도로 깊이.

"황의를 입은 왕이 오빠의 마음속에 있던 어떠한 틈으로 숨어들 수 있었는가."

그것을 밝혀내려면 사건을 일으키기 전에 모리사키 히로키가 무슨 행동을 했는지 조사할 필요가 있다는 것이다.

"그때 오빠의 마음에 어떤 생각이 자리 잡고 있었는가. 그것이 단서가 될 겁니다."

요컨대 동기를 밝혀내라는 말이다.

"그런 걸 내가 조사할 수 있을까……"

누구한테 물어보면 되지? 누가 가르쳐주지? 아빠? 엄마? 학교 선생님?

대승정은 유리코를 격려하듯 고개를 끄덕였다.

"'테두리'에 돌아가시면 길은 저절로 열릴 겁니다. 서재에 있는 책들도 기꺼이 당신을 도와주겠지요. 마음을 굳게 먹으십시오."

반문을 허락하지 않는, 확신에 찬 말투다. 유리코의 입이 시옷

자로 다물어졌다. 그렇구나, 힘을 주면 이렇게 되는구나.

"잊지 마십시오. 당신은 이제, 이 땅을 방문하기 전의 당신이 아닙니다."

이것으로 드디어 유리코는, 역할을 다할 때까지, 열한 살의 모리사키 유리코가 아니라 진짜 '인을 받은 자'가 되는 것이다. 나이고 성별이고 입장이고 뭐고 다 관계없이.

"그러니 새로운 이름을 지녀야지요. '인을 받은 자'로서의 이름을."

마음이 살짝 설레었다. 이야! 무슨 이름으로 할까. 뭔가 멋있는 게 좋겠어 ― 이렇게 생각하고 있자니 대승정이 못을 박았다.

"원래 이름과 너무 큰 차이가 있는 것은 바람직하지 못합니다. 이름에는 혼이 깃들기 때문에, 당신이 지금까지 살면서 성장한 십일 년분의 혼에 해를 줄 만한 이름을 붙여서는 안 됩니다."

뭐야, 좀 실망이다.

"유리코, 유리코." 대승정은 천천히 중얼거렸다.

"유리 ― 는 어떻습니까?"

음, 나쁘지 않네?

"예!"

유리코, 별칭 유리는 소년 무명승을 뒤돌아보았다. "시종님, 당신한테도 이름이 없으면 어쩐지 불편할 것 같은데요."

소년 무명승은 쭈뼛쭈뼛 대승정의 얼굴을 보았다.

"무명승은 이름 없는 땅에 머물러 있는 한 이름을 가질 수 없습니다."

'테두리'에 돌아가면 이름을 붙이라고 대승정은 말했다.

"당신이 이름을 붙이시는 것입니다. 이자는 이름을 지을 수 없으므로."

유리는 대승정의 말을 받아들였다.

언덕 위로 새벽바람이 분다. 옷자락이 펄럭인다. 발아래에서는 죄업의 대륙이 계속 돌아가고 있다.

"어, 그러니까, 이제 가야 하는 거죠? 계속 여기 있어봤자 별수 없잖아요."

갑자기 주눅이 들었다. 심장이 쿵쿵 발을 구르고 있다.

"어떻게 하는 거였지?"

이마의 마법진을 만지는 거였나.

"시종의 손을 잡으십시오." 대승정은 정중히 머리를 숙이고 말했다. "그러면 그도 당신과 함께 '테두리'로 건너갈 수 있습니다."

유리는 소년 무명승에게 눈길을 주었다. 그는 또 땀을 줄줄 흘리고 있다.

"손, 내밀어요."

유리는 그에게 오른손을 뻗었다. 소년 무명승은 부자연스럽게 움직여 마찬가지로 오른손을 내밀려 하다가 서둘러 왼손으로 바꾸었다. 그러다 질겁해서 왼손을 몇 번이고 검은 옷에 허둥지둥 문질렀다.

그 모습에 유리는 문득 마음이 움직였다.

"괜찮아요. 내 손도 땀에 흠뻑 젖었는데요, 뭘."

빙긋 웃고 그의 손을 잡았다. 땀은 조금도 나 있지 않았다. 뜻밖에 부드럽고 보송하게 마른 손바닥이었다.

유리는 왼손을 이마에 대고 눈을 감았다. 한 마디 한 마디 또박또박 천천히 목소리를 냈다.

"우리를 미노치 이치로의 서재로 데려가주세요."

이마의 마법진이 맑은 달빛처럼 푸르스름하게 빛났다. 순간, 그 빛이 유리의 얼굴 전체를 밝게 비추었다.

그리고 유리와 시종의 모습은 흔적도 없이 사라졌다. 그뒤에는 대승정 혼자 남았다.

대승정은 잠시 새벽의 희미한 빛 속에 머물러 있었다. 아침이슬이 맺힌 풀잎이 솟아오르는 햇살을 받고, 땅에 떨어진 별 바스라기처럼 어렴풋이 빛나기 시작한다. 그것과 교대하듯 죄업의 대륙을 둘러싸고 타오르던 횃불이 하나, 또 하나 꺼져간다.

대승정은 하늘을 우러러보았다. 노쇠한 몸이 부르르 떨렸다. 그러자 그의 모습은 유리가 처음에 만난 수많은 무명승과 똑같은 모습으로 돌아갔다.

발소리도 내지 않고 그는 언덕을 내려가기 시작했다.

이름 없는 땅으로 옮겨졌을 때와 똑같았다. 퍼뜩 정신을 차리고 눈을 뜨자 유리는 돌아와 있었다. 미노치 이치로의 별장 서재로. 주변을 가득 채운 책들의 무리 한가운데로. 바닥의 마법진을 디딘 채.

"아, 돌아왔다!"

아쥬의 목소리다. 유리의 마음속에서 스스로도 뜻밖일 정도로 강한 그리움과 기쁨이 솟아올라왔다.

"아쥬! 아쥬! 어디야? 다녀왔어!"

"여기야, 나 여기 있어!"

벽 옆의 책더미 한구석에서 빨간빛이 세차게 반짝이고 있다. 마치 팔짝팔짝 뛰고 있는 것 같다.

"아쥬!"

유리는 빨강 책을 가슴에 끌어안았다.

"나, 갔다 왔어. 갔다 왔다고, 이름 없는 땅에. 만서전에도 들어갔어. 그리고, 그리고."

가슴이 뜨겁고 목이 멘다.

"그리고 죄업의 대륜을 보고 왔어. 그게 돌아가는 소리를 듣고 온 거야. 수많은 무명승들이 돌리고, 또 돌리고—"

눈물이 쏟아졌다. 어떤 눈물일까. 유리는 아쥬의 표지에 얼굴을 묻고 엉엉 울었다.

"알아. 우리는 알아. 우리도 그곳은 잘 알고 있어."

아쥬가 다정하게 달래주었다. 빨간빛에는 따뜻함이 있다.

"수호의 법의를 입었구나."

유리는 얼굴을 들고 법의 소매로 얼굴을 닦았다.

"응. 이거 특별한 옷이래."

"그래. 강한 마력을 간직하고 있지. 아가씨를 위험에서 지켜줄 거야. 그러니까, 소중한 법의니까 그걸로 코 풀고 그러면 안돼."

정말 그러려고 했던 유리는 웃음을 터뜨리고 말았다.

"나, 이름도 바뀌었어."

"'인을 받은 자'로서의 이름이구나. 이름이 뭐지?"

"유리."

"좋은 이름이군. 듣기 좋은 이름이야."

그리고 아쥬는 빨간빛으로 유리의 눈동자를 비추었다. "시종을 데리고 돌아왔네. 우리 모두한테 소개해줘."

소년 무명승은 마법진 안에서 몸을 움츠리고 있었다. 사로잡힌 짐승처럼 눈만 번득이며 굳어 있다. 하지만 아쥬의 말에 쏜살같이 서재 출입구로 달려가더니 거기에 납작 엎드렸다.

"요, 용서해주십시오. 제, 제가 유리 님의 시종입니다."

떨리는 목소리가 뒤집어졌다. 또 땀범벅이다. 이 현실세계에도 새벽이 찾아와 서재의 채광창으로 아침 햇살이 비쳐들었다.

그 때문에 민머리가 반들반들 빛났다.

"시종님, 그렇게 무서워하지 않아도 돼요. 여기 있는 책들은 내 편인걸요. 대승정님도 그렇게 말씀하셨잖아요."

"그래, 무명승." 아쥬의 말투는 여전히 가볍다. "얼굴을 들어. 댁이 그렇게 흠칫거리면 유리만 곤란해."

그러자 소년 무명승은 가까스로 고개를 들었지만, 이번에는 "죄송합니다" 하고 사과하기 시작했다.

유리는 아쥬를 가슴에 안은 채 책들로 북적이는 서재 안에다 이럭저럭 두 사람이 앉을 공간을 마련했다.

"자, 앉아요. 좀 진정하자고요."

재촉하고 난 후 삼단 접사다리를 의자 삼아 앉았다. 소년 무명승에게는 책더미 속에 파묻혀 있던 작고 동그란 의자를 권해주었다. 그는 의자가 물어뜯지는 않을까 겁내는 것처럼 흠칫흠칫하며 앉았다.

"—시종을 데리고 돌아오셨소?"

이쪽에서도 그리운 목소리가 났다. 유리는 주위를 빙 둘러보며 '현자'를 찾았다.

"돌아왔어요, 현자님."

대답이 없다.

서재 안이 희미하게 밝아져도 책들이 내는 어렴풋한 빛은 사라지지 않았다. 다만 암흑이 물러갔기에 이제는 천문관 같은 광

경이 아니라 무수히 많은 보석을 숨긴 비밀의 동굴 같은 경관이
되었다.

"현자님, 어디 계세요?"

유리는 일어서서 불렀다. 그제야 정면 높은 곳에서 현자가 대
답했다.

"유리 님, 이자의 이름을 뭐라 할 생각이오?"

현자는 원래 아쥬같이 가벼운 말투는 쓰지 않는다. 하지만 그
렇다고 해도 몹시 가라앉은 목소리다. 비난하는 듯한 어감도 있
었다. 소년 무명승도 그것을 느꼈던지, 다시 목을 움츠리고 고개
를 숙이고 말았다.

"아직…… 생각중인데요."

유리의 말투도 신중해졌다.

"혹시, 데려오면 안 되는 거였나요?"

대승정은 그런 말을 하지 않았다. 소년 무명승은 『공허의 서』
가 선택한 것이다. 선택의 여지가 없으니 데려가달라―그 말뿐
이었다. 유리는 열심히 그것을 설명했다. 현자는 뭐가 마음에 들
지 않는 걸까?

또 대답이 없다. 현자의 짙은 녹색 빛이 의미심장해 보인다.

"현자님, 화나셨어요?"

유리는 마음을 굳게 먹고 다리를 움직이려 했다. 현자를 손에
들고 싶다고 생각한 것이다. 하지만 현자가 만류했다.

"그럴 필요 없소이다. 앉으시오, 유리 님."

현자의 말씨가 정중해졌다. '유리 님'이라는 호칭도 낯간지럽다.

"나는 화난 것이 아니외다. 하지만 무명승은 원래 이름 없는 땅을 떠날 수 없는 자. 굳이 시종으로서 유리 님을 모시는 것은, 이 자에게 자초지종이 있어서일 것이오. 이자는 그것을 당신에게 밝히지는 않은 것 같구려."

엄한 말투에 소년 무명승은 머리를 깊이 숙이고 그저 송구해하고만 있었다. 옷깃 언저리가 삐뚤어져 야윈 어깻죽지가 보였다.

"자초지종이라니 — 이유 말인가요?"

유리의 무릎 위에서 아쥬가 말했다. "이름 없는 땅에서는 이름 없는 땅 나름의 판단이 있었겠지? 그 대승정이라든가 하는 사람이 그렇게 말했다면 상관없잖아."

"아쥬, 조용히." 여자 목소리가 끼어들어 저지했다. "넌 젊어. 아직 모르는 게 많아."

유리는 아쥬와 — 아쥬가 인간이라면 얼굴을 마주 보는 듯한 모습이 되었다.

"대답해라, 시종이라 일컫는 자여. 넌 왜 유리 님을 모시는 거지?"

이번에는 명백한 힐문이다. 이 방에 모여 있는 책의 무게를 그대로 구현한 듯한 침묵이 유리의 머리 위로 낮게 드리운다.

희미하게 딱딱 하는 소리가 났다. 소년 무명승의 이가 맞부딪히고 있다.

유리는 마음이 아팠다. 이렇게까지 두려워하는 그가 불쌍해졌다. 불과 얼마 전까지의 자신을 보는 기분이었다. 나도 저랬다. 두렵고 슬퍼서, 그저 주먹을 움켜쥔 채 몸을 둥글게 말고 떠는 수밖에 없었다.

"저, 저는—"

소년 무명승이 말라붙은 목구멍에서 목소리를 쥐어짠다.

"무명승의 자격을 잃었기 때문에,"

유리는 눈을 크게 떴다. 저편에서는 그런 이야기 한 번도 안 나왔잖아.

"무슨 소리예요?"

저도 모르게 되묻자 소년 무명승이 바늘로 찔린 듯 바짝 움츠러들었다. 실제로 유리의 말에 상처 입었는지도 모른다.

"괜찮아요, 무서워하지 말아요. 나 화난 거 아니에요. 다만 대승정님이 이야기해주시지 않은 게 아직 많은 것 같아서, 그게 이상할 뿐이에요."

모두 그렇죠? 주변의 책들에게 말을 건다. 대답하는 목소리는 없었다.

"난 유리와 같아." 응원해주는 것은 아쥬뿐이다. "왠지 모르겠지만, 다들 너무 험악한 거 아냐? 이상해."

"이자는 파계승이다." 현자가 딱 잘라 말했다. "스스로 그것을 인정했어."

"하지만, 대승정이 이 녀석을 골라서 유리한테 붙여줬는데,"

"무명승에게 계급은 없어. 고로 누가 누구에게 명령할 수 없지. 대승정이라고 일컫는 자는 유리 님의 마음에 맞추어 어디까지나 일시적으로 그것을 연기했을 뿐. 선택하고 말고, 인정하고 말고가 어디 있겠느냐."

아쥬 역시 입을 다물고 말았다. 유리와 또 얼굴을 마주 본다.

"'인을 받은 자'에게 시종이 따르는 건 드문 일인가요? 이례적인 일? 그래서 현자님은 마음에 안 드는 거예요? 하지만 제가 거기 가기 전에는, 무명승들이 도와줄 거라는 식으로 말씀하셨잖아요?"

잠시 기분이 언짢은 듯 반짝이고 나서 현자는 말했다. "이같은 도움에는 그에 상응하는 이유가 있어야 하오, 유리 님."

그래. 그렇다면 알았다.

"그럼, 그걸 말해달라고 해요. 그럼 되죠? 무섭게 굴지 말고요. 제 시종을 겁주지 마세요."

스스로는 그럴 생각이 없었지만, 유리의 말투에는 나름의 위엄이 있었던 모양이다. 현자의 녹색 빛이 스윽 줄어들었다.

"주제넘은 말씀을 드린 것 같소."

점잖게 사과했다.

"유리 님이 바라시는 대로 하지요."

이 반응에는 유리도 난처했다. 불편하다.

"죄송해요. 현자님께 대들 생각은 없었어요."

이럴 때 어른은 어떻게 분위기를 바꿀까. 헛기침?

해보았다. 그다지 효과는 없는 것 같다.

"뭐, 됐어요. 어쨌든 당신은 지금 내가 모르는 중대한 이야기를 했어요."

유리는 소년 무명승을 향해 돌아섰다.

"그러니까 자세히 이야기해줘요. 당신은 왜 무명승의 자격을 잃었죠?"

질문을 던지고 나서, 상대가 계속해서 흠칫거리며 벌벌 떠는 모습을 지켜보는 동안 유리는 알아차렸다. 이름 없는 땅에서 무명승은 죄업을 진 자라고 하지 않았던가. 그렇다면 무명승의 자격을 잃는 건 오히려 기뻐해야 할 일 아닌가? 죄업을 진 자에서, 죄인의 입장에서 해방된다는 말일 텐데.

"시종님, 혹시 당신은 자유로워진 것 아닌가요?"

거듭되는 질문에 소년 무명승은 겨우 유리 쪽으로 얼굴을 향했다. 눈을 깜박이고 망설이듯 입가를 움직이고 있었다.

그러자 현자가 다시 강한 말투로 끼어들었다. "그 말씀 말인데, 유리 님, 무명승이 자유의 몸이 되는 일은 없소. 무명승은 한번 무명승이 되면 그 이외의 다른 것은 될 수 없소이다."

"하지만 이 사람은—"

"무명승이 무명승의 자격을 잃으면 무無로 돌아갈 뿐. 이자는 '무'요!"

내지르듯이 힘 있는 목소리다. 유리의 혀도 움츠러들었다. 무섭다. 학교의 기우치 선생님도 상당히 무섭지만, 화났을 때의 현자에 비할 바가 아니다.

"허락을."

소년 무명승이 어름어름 입을 열었다.

"뭔데요? 말해봐요."

유리가 격려했다. 조금만 더, 하는 생각에 그에게 다가가 아까처럼 손을 잡을 뻔했다. 정말로 그러고 싶었다.

"허락을 해주시면, 왜 제가 이름 없는 땅에서 쫓겨났는지 '인을 받은 자'이신 유리 님께 말씀드리겠습니다."

이름 없는 땅에서 쫓겨나?

"허락이라면 얼마든지 해줄게요. 아까부터 했잖아요? 하지만 이상하네. 당신은 이름 없는 땅에서 쫓겨난 게 아니에요."

선택받아서 유리를 따라온 거다. 하지만 소년 무명승은 고개를 저었다. 아직도 떨면서 이를 맞부딪치고 있다.

"아니요, 쫓겨난 것입니다 유리 님."

『공허의 서』에 선택받는 것은 즉, 이름 없는 땅에서 추방당하는 것이라고 한다.

"난 그런 말 못 들었어요!"

뻣뻣해진 손가락으로 검은 옷의 옷깃을 여미며 소년 무명승이 고개를 떨어뜨렸다. 유리보다도 훨씬 어린 아이가 갈 곳을 잃고 어찌할 바를 모르는 모습처럼 보였다.

"대승정님이 저를 시종으로 데려가달라고 유리 님께 말씀드렸을 때,"

"예, 그랬죠."

"몹시 서두르시는 것처럼 보이지 않았습니까. 말씀도 엄했습니다."

확실히 그랬다. 딱 지금의 현자처럼, 그때의 대승정은 덮어놓고 소년 무명승에게 호통을 쳤다.

"그것은 저를 한시라도 빨리 그 땅에서 내쫓아야 했기 때문입니다."

자신이 더러워졌기 때문이라고 한다.

"당신이 더러워져요? 어째서요? 공허의 서한테 선택돼서?"

소년 무명승은 깊이 고개를 끄덕였다. "예. 다만 순서가 다릅니다. 오히려 반대입니다. 저는 더러워졌기 때문에 공허의 서에게 선택을 받았습니다."

"그러면 당신은 왜 더러워졌는데요?"

한 손으로 검은 옷의 옷깃을 꼭 잡고 몇 번인가 마른침을 삼키고 나서 소년 무명승은 말했다. "그 땅에서는 제1의 종을 울려서

'영웅'의 파옥을 알립니다."

제1의 종은 오직 '영웅' 때문에 울리는 것이라고 한다. 그것
이 탈출했을 때와 그것이 봉인되었을 때.

"그 두 경우는 종을 치는 방식이 다릅니다. 누가 들어도 바로
구분할 수 있을 정도로."

흥미가 생겨 유리는 물었다. "당신도 구분할 수 있어요? 전에
도 들은 적 있나요?"

소년 무명승이 다시 고개를 끄덕였다. 겨우 이를 맞부딪히는
소리가 멎었다.

"일찍이―먼 옛날입니다만, 봉인할 때의 소리를 들은 적이
있습니다. 이름 없는 땅에서는 시간이 존재하지 않기 때문에 얼
마나 옛날인지는 말씀드릴 수 없지만요."

파옥의 소리를 들은 것은 이번이 처음이었다고 한다.

"봉인의 소리와는 명확하게 달랐습니다. 파옥이란 걸 바로 알
수 있었습니다."

'영웅'이 감옥을 부수고 자유로워졌다―

"저는 그때,"

소년 무명승은 눈을 감았다.

"그때 마음이 움직였습니다."

부끄러워하듯 부들부들 떨고, 이마에서 땀을 흘리면서 그는
그렇게 말했다. 주위를 가득 채운 헤아릴 수 없이 많은 책들이

일제히 숨을 삼키는 듯한 기척이 났다.

"파옥이 일어났다. '영웅'이, 황의를 입은 왕이 '테두리'로 도망쳤다. 그 사실을 안 순간 저는 존재하지도 않는 제 마음이 두근거리는 것을 느꼈습니다."

이 말에는 유리도 할 말이 없었다.

'싸움이 시작된다'고 소년 무명승은 말을 이었다. "파옥한 '영웅'을 추적해 이름 없는 땅으로 데려오기 위한 사냥이 시작됩니다. 제1의 종이 울려대는 그 소리는 그 사실을 고하는 소리입니다. 저는······ 그 소리에 마음이 움직였습니다."

유리는 숨을 천천히 내뱉었다.

"아니라면 미안한데, 그건 이런 뜻인가요? 당신은 큰 난리가 벌어진 것에 가슴이 설렌 거예요?"

그 순간 소년 무명승이 다시 몸을 움츠린 채 굳어버렸다. 양팔로 몸을 꽉 껴안았다.

"······예."

사그라질 듯한 가냘픈 목소리가 유리의 질문에 대답했다.

"예, 말씀하시는 대롭니다."

"과연, 그랬단 말인가."

현자의 목소리가 났다. 유리의 귀는 싸늘함과 엄격함뿐만 아니라, 따끔하게 비꼬는 듯한 어감을 알아차렸다.

"이자는 변화를 기뻐했다는 거요. 이름 없는 땅을 뒤흔드는

'영웅'의 파옥을, 시간의 흐름에서 벗어난 그 땅의 섭리에 변화를 가져올 일이라 생각해, 가슴이 뛰고 혼이 끓어올랐다는 거요!"

또 다른 느낌도 있었다. 공포다. 현자는 두려워하고 있다. 『공허의 서』에게 선택된 유리의 시종이 내뱉은 말을.

유리는 놀랐다. 이건 궤를 열고 『공허의 서』를 꺼냈을 때의 대승정과 똑같잖아.

다시 몹시도 무거운 침묵. 소년 무명승의 거친 숨소리만 들려올 뿐이다. 그는 금방이라도 울음을 터뜨리거나, 소리를 지를 것만 같다.

"현자님, 그 말씀은 좀 짓궂어요."

놀라움을 억누르고 유리는 상냥하게 말했다.

"저는 알 것 같아요. 그런 곳에서 그런 생활을 강요당하면, 변화를 원하는 건 당연한 일이죠."

다른 일 없이 무한히 계속되는 울력. 정말이지 아무런 결실도 없어 보이는 대륙을 밀기만 하는 나날. 예측할 수 없는 움직임을 보이는 것은 횃불의 불꽃뿐이다.

"하지만 유리 님, 무명승은 오직 그 땅에서 죄업의 대륙을 밀기 위해 존재하는 자들이오."

"왜요? 죄인이라서? 대승정님은 말했어요. 무명승들은 옛날에 개개의 얼굴과 모습을 지닌 인간이었을 적에, '이야기에 살려 한 죄'를 범한 자들이었다고요."

서재의 책들이 다시 숨을 삼켰다. 변화가 없는 것은 아쥬뿐이다.

"하지만 죄를 범해서 벌을 받고 있다 해도, 거기에 끝이 없다는 건 이상해요. 제 시종님의 마음이 움직인 건, 시종님의 죄갚음이 끝나서 원래의 인간으로 돌아갈 수 있다는 조짐 아닐까요?"

아무도 말을 꺼내지 않는다. 소년 무명승이 머리를 들었다. 하지만 그가 입을 열기 전에 아쥬가 묘하게 기운 없는 빛을 내며 가만히 유리에게 속삭였다.

"유리, 아무래도 그건 아니야. 그건, 내가 아는 무명승들의 본디 모습과 달라. 그들에게 끝은 없어."

"죄를 영원히 용서받지 못하는 거야?"

"시간이 없는 그곳에는 영원도 없어."

유리는 입을 삐죽 내밀었다. 그건 너무 심한데. 사기 치는 것 같아.

"죄는 용서되지 않습니다, 유리 님."

소년 무명승이 어쩐지 타이르는 듯이, 화난 유리를 달래는 듯한 말투로 말했다.

유리는 도리어 괴로워졌다. "기어코 그렇게 주장한다면, 좋아요. 그렇게 해두자고요. 내 생각은 다르지만."

그래서? 마음이 움직이자 당신은 어떻게 했어요?

"저는 은근히 기다리고 있었습니다."

"뭐를? 아니면 누구를?"

이때 비로소 소년 무명승은 미소를 지었다. 눈에 띌 듯 말 듯한 아련한 미소, 마치 희미한 아침 햇살의 장난처럼도 보였다.

"당신이 오시기를."

저는 당신을 기다리고 있었습니다.

남자가 모리사키 유리코의 귀에 속삭이기에는, 적어도 오 년은 이른 대사다. 하지만 유리코가 아닌 유리가 된 지금, 헐렁한 수호의 법의로 몸을 감싼 말라깽이 소녀는 부끄러워하거나 겁먹지 않고 이 말의 바른 의미를 알아들을 수 있었다.

그 말에 담긴 희망과 두려움을.

유리는 찬찬히 소년 무명승의 얼굴을 마주 바라보았다.

"당신, 만서전에서 잠들어 있는 내게 담요를 덮어줬죠? 어두워진 방에 불도 켜줬죠?"

소년 무명승이 당황하여 쩔쩔맸다. 그걸로 알 수 있었다.

"그렇구나. 당신은 날 보고 있었군요."

그는 '인을 받은 자'의 도착을 기다리고 있다가, 방문한 유리코를 찾아내 그후로 계속 보고 있었다. 미행이나 스토킹, 아니, 그렇게 말하면 나쁜 짓 같지만, 하여튼 그는 유리에게서 눈을 뗄 수 없었던 것이다.

"그래서 만서전에서도 대승정님이 '거기 숨은 자여. 나오너라' 하고 호통을 친 거군요."

소년 무명승이 고개를 살짝 끄덕인다. "당신은 모르셨겠지만, 저는 당신의 도착을 기다렸고 당신에게 다가가려고 당신 주위를 어슬렁대고 있었습니다. 동문들은 그 사실을 알고 제가 더러워진 것을 눈치 챘습니다."

이름 없는 땅에서는 바깥세계에 호기심을 가지는 것, 변화를 동경하는 것, 그 모두가 '더러움'으로 취급당하는 걸까.

"……드물게 일어나는 일이외다."

현자다. 어째서일까, 목구멍 속에서 억지로 끌어낸 듯 잠긴 목소리다.

"이건 일종의…… 사고요."

목소리에 깃든 공포의 빛이 짙어졌다.

"사고"라고 유리는 되풀이해 말했다. 사고라면 그것 말고도 있었다.

"저기, 현자님."

유리는 『공허의 서』가 상했다는 사실을 현자에게 설명했다.

"그래서 대승정님이 엄청 놀랐어요. 무명승들은 인간다운 마음을 지니고 있지 않다고 했지만 그렇지 않아요. 놀라고, 무서워하고, 화도 좀 냈어요. 지금의 현자님이랑 똑같이."

현자는 침묵을 지키고 있다. 녹색 빛이 심호흡하는 듯한 간격으로 반짝인다.

"이번에 일어난 '영웅'의 파옥이 사나웠던 탓에, 공허의 서가 상해버렸대요. 그것도 드문 일이죠? 무명승을 그렇게 놀라게 한 걸요."

설명하는 사이에 생각이 떠올랐다.

"어쩌면 그 일이랑 시종님이 절 따라온 일 사이에 무슨 관계가 있는 것 아닐까요? 드문 일이 두 가지나 거듭되다니, 단순한 우연이 아닌 것 같아요."

"그렇게 말한 겁니까?" 현자가 물었다. "그 땅의 무명승이, 궤를 열어 공허의 서를 꺼낸 후에 크게 놀라고 허둥댄 이유를 당신에게 그렇게 말했소, 유리 님?"

다짐을 받는 듯한 나지막한 물음이었다.

"아, 예."

현자는 또 잠시 입을 다물었다. 침묵 속에서 녹색 빛이 점점 빨리 깜박이더니 달릴 때의 심장 박동과 비슷한 템포가 되었다가, 점차 간격을 두며 느려져 다시 심호흡을 하듯이 차분해졌다.

"맞소이다, 확실히 그것은 드문 일. 그 땅에 머무는 자가 그리 말했다면 그것이 맞을 것이오."

왠지 말투가 신중한데.

"이번의 무지막지한 파옥이, 거기 있는 시종의 탄생과 관련이 있다는 유리 님의 짐작도 정곡을 찌르는 것이라 생각하오."

어딘지 모르게 딱딱한 말투야.

"현자님은 지금까지 '인을 받은 자'가 시종을 거느리는 경우를 본 적이 없나요?"

"이번이 처음이라오. 하지만 알고는 있었소이다."

"드물게 그런 일이 있다는 걸 말이죠."

"그렇소."

"그건 환영받을 만한 일이 아닌거죠?"

잠깐 틈을 두고 대답했다.

"……그렇소."

"그래서 처음에 시종을 데리고 돌아왔냐고 혼낸 거군요."

현자는 갑자기 허둥댔다. "유리 님을 혼낸 것이 아니오. 그렇게 들렸다면 용서해주시기 바라오."

유리도 사과를 받고 싶은 것은 아니다. 빙긋 웃어 보였다.

"괜찮아요. 저도 놀랐을 뿐이에요. 기분이 상하진 않은 걸요."

게다가 『공허의 서』가 상해버린 일은 접어두고, 시종에 대해서는 꺼림칙하지만은 않다고 생각한다. 그렇지 않은가. 단 한 명이지만 그 불모의 땅에서 밖으로 끌어낼 수 있었다. 대단하지 않나.

"당신은 공허의 서에게 선택받았어요."

유리는 소년 무명승을 향해 돌아서서 딱 잘라 말했다.

"그건 결코 나쁜 일이 아니에요!"

그 생각에 유리는 기쁜 마음이 들어 목소리가 들뜨고 말았다.

"이번에 파옥한 '영웅'이 상대하기 너무 버거운 존재라서, 공허의 서가 '인을 받은 자'를 도와줄 사람이 필요하다고 생각했다면요? 그 때문에 당신을 선택했다고 하면요?"

'영웅'과 대치한 유리가 모리사키 히로키라는 최후의 그릇을 해방시켜 '영웅'의 힘을 줄일 수 있다면, 유리의 손발이 되어 일한 시종 또한 보상받을 수 있을지도 모른다. 시종은 『공허의 서』 덕분에 그런 좋은 기회를 얻었는지도 모른다.

그렇다. 분명 그렇다. 그것이 『공허의 서』에게 선택되었다는 말의 진정한 의미가 아닐까.

"당신은 해방되는 거예요. 분명 그럴 거야!"

마음이 따뜻한 힘으로 가득 찼다. 유리는 소년 무명승에게 다가가 두 손으로 그의 손을 잡았다.

"가슴을 더 펴고 당당해져요! 당신은 날 도와주기 위해 왔어요. 그리고 당신 자신을 구하기 위해 왔다고요."

"예, 예."

저기 이봐, 하고 아쥬가 뒤에서 말을 걸었다.

"보기 좋은 장면이긴 한데, 내 조언을 좀 들어줄래?"

"뭔데?"

"유리, 수호의 법의를 벗어봐."

거침없는 지시에 유리는 깊이 생각하지도 않고 따랐다.

그러자마자 무릎에서 힘이 빠졌다. 온몸이 무거워지고, 심한 현기증에 천장이 빙빙 돌아간다. 사방을 둘러싼 책더미가 무너져내리는 것 같다. 서 있을 수 없어 주저앉는 통에 엉덩이와 팔꿈치가 바닥에 세게 부딪혔다. 하지만 아프다는 목소리조차 나오지 않는다. 힘이 들어가지 않는다.

뭐야, 이거—

유리의 배가 큰 소리로 울렸다.

"배 많이 고프지?"라고 말하며 아쥬가 웃었다. "완전히 지쳐서 비슬비슬하네."

그런가. 유리는 어떻게든 머리를 들어올려 아쥬의 목소리가 들리는 쪽을 보려고 했다.

그리고 깨달았다. 혼란이 덮쳐왔다.

소년 무명승이 없다. 방금 전까지 곁에 있었는데. 손을 잡고 있었는데. 모습이 보이지 않는다.

"시종님! 어디예요? 어디 갔어요?"

"자자, 당황하지 마."

아쥬가 반짝반짝 빛나고 있다.

"다시 법의를 입어봐."

벗을 때보다 열 배는 어려웠다. 하지만 퀴퀴한 법의를 입는 순간 유리의 몸에 힘이 돌아왔다. 공복감도 사라졌다. 현기증이 멈췄다.

소년 무명승은 가까운 거리에서, 아까 유리와 손을 잡았을 때와 똑같은 자세로 눈을 크게 뜬 채 얼어붙어 있었다.

"유, 유리 님."

서둘러 유리를 안아 일으키려고 했다. 유리는 폴짝 뛰어 일어났다.

"괜찮아요. 아무것도 아니에요."

옷자락을 펼쳐 곰곰이 바라보았다.

"알았다. 그런 거구나."

"그런 거지." 아쥬의 말투가 흐트러짐 없이 진지해졌다. "수호의 법의에는 몇 가지 특수한 능력이 있어. 확실히 기억해둬야 해. 잘 들어둬."

하나. 수호의 법의를 입고 있는 한, 유리는 배고픔과 피로를 느끼지 않는다.

둘. 수호의 법의를 입은 유리는 이 현실세계에 사는 사람들의 눈에는 전혀 보이지 않는 존재가 된다.

"투명인간이 되는 거야?"

"투명? 그게 뭐야." 중얼거리다가 아쥬는 바로 이해한 모양이다. "아아, 그런 게 있지. 응, 그런 거야."

다만 그때도 유리가 손을 대거나 손으로 움직인 것은 다른 인간들의 눈에 보인다. 주의를 기울여야 한다.

"반대로 어떤 것이든 법의 아래 숨기면, 유리와 마찬가지로 다른 인간들의 눈에는 보이지 않게 돼. 만질 수도, 알아차릴 수도 없지."

그리고 셋. 법의를 벗은 상태에서는 유리에게 시종이 보이지 않는다.

"아, 그래서 지금도 —"

소년 무명승이 급히 고개를 끄덕였다.

"예. 그리고 제 눈에도 유리 님의 모습이 사라진 것처럼 보였습니다. 유리 님이 계시던 장소는 그냥 빈 공간이 되었습니다. 만질 수도 없었고요."

"원래 무명승은 '이름 없는 땅' 외의 장소에서는 실체를 가지지 않는 법이지. 그렇지, 현자?"

아쥬의 질문에 현자가 "그렇단다" 하고 대답했다. 말투는 아직도 못마땅한 듯 딱딱했다.

"수호의 법의가 지닌 마력이 유리를 통해서 시종에게 **형체를 부여**하는 거야. 이 세계에서 이 녀석의 모습은 어디까지나 **일시적인 거지**. 그래서 법의가 없으면 서로 보이지 않게 돼. 잘못하다 잃어버리면 그걸로 끝이야."

섬뜩했다. 만약 그런 사태가 벌어지면 소년 무명승은 어떻게 되지? 무無가 되어 이 현실세계 속을 떠돌면서, 어디로도 이동할 수 없고, 누구도 알아차리지 못한다 —

무다. 이자는 무요.

"조심해야겠네." 유리는 말했다. 마음속 가장 잘 보이는 곳에

굵은 글씨로 써놓아야지.

"그리고 마지막으로 하나 더."

아쥬가 갑자기 장난스러운 목소리를 냈다.

"수호의 법의가 지닌 마력으로 유리는 온갖 마법을 쓸 수 있게 되었—지만 말이야."

"되었지만?"

"실감이 나?"

전혀 그렇지 않다. 아무것도 머리에 떠오르지 않는다. 뭘 어떻게 해야 좋을지 짐작도 가지 않는다.

"그렇지? 유리에게는 지식이 없어. 주문을 모르니까 당연하지."

온갖 종류의 다양한 주문은 이 서재에 모인 수많은 책 속에 뿔뿔이 흩어져 실려 있다. 왜냐하면 책마다 전문 분야가 다르기 때문이다.

"그런데 유리, 내가 무슨 책인지 기억하고 있어?"

아쥬는 사전이다. 그것도 초보자용 주술 용어 사전이다.

"좋아, 좋아." 아쥬는 상당히 기분이 좋은 듯하다. "즉 날 토대로 삼으면, 유리는 여러 가지 마법 주문을 자유자재로 알 수 있는 거지. 사전에 준비만 해주면 말이야."

"사전 준비?"

"내게 기록되어 있는 지식에는 한계가 있어. 그것만 갖고는 이제부터 유리의 앞에 닥칠 여행길에는 턱없이 모자라. 그러니까 내가 어디에 있든 이 서재에 모인 친구들과 연락할 수 있게 되면 편리하겠지? 필요할 때는 나를 통해서 여기 있는 친구들의 지식을 끄집어내는 거야!"

그러기 위해 필요한 '연결 주문'을 내게 걸어줘.

"그 연결 주문은 어디 있어?"

"고위 주문이니까." 아쥬는 의미심장하게 반짝였다. "그야 현자가 알고 있지."

유리는 현자를 올려다보았다. 현자의 녹색 빛이 강해졌다가 슥 엷어졌다. 뭔가 말하려다 만 것처럼.

"유리 님이 원한다면 가르쳐드리겠소."

"고마워요!"

"적어둘 것을 찾아오겠습니다." 소년 무명승이 황급히 방을 나갔다. 그런 건 필요 없다고 유리가 불러도 알아차리지 못한다.

"됐어, 저 녀석은 자리를 좀 비우라고 해. 싫어할지도 모르니까."

"싫어해? 뭘?"

"유리도 참, 둔하다니까."

아쥬는 금방이라도 노래를 부를 것만 같았다.

"내가 어디 있든 자유자재로 친구들의 지식을 끌어낼 수 있다—그게 어떤 의미인지 모르겠어?"

유리의 눈이 휘둥그레졌다. "아쥬, 나랑 같이 가주는 거야?"

"물론이지!"

아쥬는, 나도 유리랑 여행을 한다~ '인을 받은 자'랑 함께 모험을 떠난다~ 하고 노래까지 하기 시작했다.

"그럼 아쥬, 또 배낭에 들어가는 거야?"

어라, 배낭을 어디 던져버렸더라.

"잠깐 기다려! 그건 안 돼."

"안 되다니?"

"저기, 유리, 더 좋은 방법이 있는데."

나도 생물로 실체화시켜줘. 그럼 내 다리로 유리를 따라갈 수 있어.

"정말?"

"간단해. 그 주문은 내 안에 기록되어 있거든. 자자, 보시라."

재촉하더니, 아쥬의 페이지가 멋대로 팔랑팔랑 넘어간다.

"여기, 여기야. 이 페이지."

자, 날 잘 펼쳐서 들어. 다리에 힘을 주고 서.

"내 뒤를 이어서 주문을 외우는 거야."

유리는 크게 숨을 들이쉰 후 아쥬의 목소리를 따라했다.

"케사랑, 파사랑, 아르티미디트, 우가, 우가, 우가차카라카모 디스탕─뭐야 이게, 주문이 너무 괴상하잖아!"

웃음을 터뜨리자 빨간빛이 한층 크게 번쩍이더니, 그 속으로 녹아들듯이 책의 형태가 사라져갔다. 빛의 폭발이 일어난 것처럼 눈이 부셔서 유리는 한순간 얼굴을 돌리고 눈을 감아버렸다.

눈을 떠보자, 유리의 코앞에 축구공 크기의 빨갛게 빛나는 구체가 즐거운 듯 둥실둥실 떠 있다.

손끝을 뻗어 쭈뼛쭈뼛 만져보았다. 부르르 떨며 빨간 구체가 튕겨낸다.

"꺼내줘, 꺼내줘!"

아쥬의 목소리다.

"이걸 부수고 날 꺼내줘!"

유리는 허둥지둥 양손으로 빨간 구체를 붙잡았다. 커다란 젤리를 잡은 것 같은 감촉이다. 그러고 보니 색깔도 비슷하지 않나?

"딸기맛 젤리다!"

소리를 지르고 양손에 힘을 잔뜩 주며 손가락을 찔러넣었다. 젤리가 구불구불 일그러지다가 빵, 소리를 내며 터졌다.

"으랏차!"

젤리 구체 속에서 뭔가 조그마한 것이 튀어나왔다. 그것은 공중에 쏘아올린 폭죽처럼 엄청난 속력으로 빙글빙글 돌더니, 엉뚱한 궤도를 그리며 서재 안을 날아다니다 갑자기 유리의 머리 위로 떨어졌다.

부드러운 감촉이 느껴졌다. 따뜻했다. 유리는 머리 위로 손을 들어 머리카락 위에 착지한 그것을 만져보았다.

기다란 꼬리가 쑥 내려오더니 유리의 얼굴 앞에 늘어졌다.

이런 꼬리. 어디서 본 적 있는 것 같다.

"아쥬. 너 뭐가 된 거야?"

머리꼭지에서 조그마한 것이 움직였다. 발의 위치를 바꾸고 있다. 아주 작은 발가락이다. 다리는 네 개인 것 같다.

"이봐, 아쥬."

"……좀더 멋진 게 되고 싶었는데."

상처 입고 실망한 목소리였다.

"아무리 수호의 법의가 지닌 마력이 강해도, 유리의 힘은 아직 약하니까. 어쩔 수 없나."

유리는 손바닥으로 신중히 쓰다듬다가, 그 조그마한 것의 목덜미를 찾아내어 손끝으로 집어올렸다. 얼굴 앞으로 내린다.

"—안녕."

한 쌍의 검은 눈이 사랑스럽게 깜박인다. 분홍색 코끝이 옴찔옴찔 움직인다. 몸과는 어울리지 않는 긴 수염이 유리의 콧등을 간질였다.

생쥐다.

"아쥬!"

이름을 부르는 순간, 수염 때문에 재채기가 났다. 재채기를 정통으로 뒤집어쓴 아쥬가 으악, 하지 마, 하고 비명을 지르더니 작은 두 손으로 조그만 눈을 가렸다.

"유리 님의 탓이 아니다. 원래 네게 담긴 지식이 적었던 거지."

현자의 나무람에 다른 책들이 일제히 부산스레 깜박대며 웃었다. 오랜만에, 정말 오랜만에 유리를 둘러싼 자리의 공기가 완벽하게 밝아졌다.

"아쥬, 귀엽다."

서로 콧등을 맞대고 유리는 웃었다.

"다시 한번, 만나서 반가워. 잘 부탁해."

자세히 살펴보니, 수호의 법의는 여기저기에 기운 흔적이 남아 있는 상당히 낡은 옷이었다. 앞부분 안쪽에는 커다랗게 찢긴 자리에 천을 댄 곳이 한 군데 있다. 그 부분의 솔기가 다시 풀려서 주머니처럼 벌어진 곳이 있는데, 생쥐로 변한 아쥬는 거기 들어가 있기로 했다. 딱 유리의 심장 위에 해당하는 위치로, 밖으로 얼굴을 내밀면 옷깃 사이로 살짝 보인다.

"여기 좋은데" 하는 걸 보니 아쥬는 만족한 듯하다.

소년 무명승이 허둥지둥하며 황급히 별장 안을 돌아다니, 어떻게 찾아낸 사인펜 한 자루를 손에 들고 서재로 돌아왔다.

"이게 글자를 쓰기 위해 사용하는 것이지요, 유리 님."

하지만 그때 유리는 이미 아쥬에게 '연결 주문'을 마친 상태였다.

"벌써 끝났는데. 수고했어."

아쥬가 말을 걸자 소년 무명승은 여우에게—아니, 생쥐에게 홀린 듯한 표정을 지었다. 그를 제외한 나머지 모두가 다시 웃었다.

"미안해요. 그래도 고마워요."

"다음부터는 유리가 하는 말을 잘 듣고 행동하라고. 그러지 않으면 헛일이니까."

"아쥬, 으스대지 마."

소년 무명승이 찾아온 사인펜은 척 보기에도 오래된 것 같았다. 잉크가 나오지 않는다. 뚜껑은 꼭 닫혀 있지만, 촉은 바싹 말라 있었다.

의아한 일이었다.

이름 없는 땅과 이 현실세계는 여러 가지로 다르지만, 펜 같은 기본적인 도구의 사용법을 모르지는 않을 것이다. 적어도 유리는 그랬고, 그 덕분에 실제로 소년 무명승도 이 커다란 창고처럼 복잡한 별장 안에서 사인펜을 찾아낼 수 있었으리라.

"이것 말고 글자를 적는 데 쓸 만한 도구는 못 찾았어요?"

"없었습니다."

아무리 미노치 이치로가 혼자 살았다고 해도 방이 이만큼 많은 집에 펜이 한 자루밖에 없다는 것은 이상하지 않나? 그런 물건은 가만 놔둬도 어느 틈엔가 수가 늘어나서 저절로 많아지는 법인데.

게다가 미노치는, 책을 모아 자신의 바람을 이루기 위해 조사를 계속했다.

―즉 공부를 한 거지, 공책에다 적었을 거야. 아니면 뭘 쓸 때는 컴퓨터를 사용했나.

그래도 메모 정도는 볼펜이나 연필로 했겠지.

"뭐야, 유리. 빨리 가자." 아쥬가 졸라댄다. 뺨 아래를 긴 수염으로 간질간질 문지르자, 배를 움켜잡고 깔깔 웃어버릴 정도로 간지럽다.

"알았어, 알겠다고. ……그나저나 우리 어디로 가는 거였지?"

"유리네 집. 단서도 필요하지만, 어쨌거나 우선 분신의 상태를 봐야지. 유리도 아빠랑 엄마를 만나고 싶지?"

"그렇지……"

'인을 받은 자'가 된 지금, 부모님을 만나면 어떤 기분이 들까.

유리는 서재 바닥에 그린 마법진 위로 나아갔다. "시종님도 와요. 또 손을 잡는 거예요."

소년 무명승은 시킨 대로 했지만, 마법진을 발로 밟는 데 저항감이 있는 듯 까치발로 섰다.

"유리, 어디로 날아갈까? 순간이동이니까 정확한 위치만 있으면 어디로든 날아갈 수 있어."

내 방으로 할까. 아니, 안 돼. 만약 거기 엄마가 있으면 곤란해. 아무리 엄마의 눈에 내 모습이 보이지 않는다고 해도, 내가 동요할 테니까.

"우리 맨션 앞에 있는 도로로 날아갈 거야. 길을 건너서 현관으로 들어가야지."

"괜찮겠어?" 아쥬가 미심쩍은 듯이 말했다.

"도로 폭 같은 거 확실히 기억하고 있어? 의외로 어렵거든. 처음에는 집 안이 안전……"

"괜찮아, 괜찮아, 자 간다!"

유리는 한 손을 이마에 댔다. 옆에서 소년 무명승이 마른침을 꿀꺽 삼켰다.

"우리를 우리집 앞 도로 위, 오노다 내과 클리닉 간판이 붙은 전봇대 곁으로 데려다주세요!"

무수히 많은 책들의 반짝임을 남기고, 유리 일행의 모습은 서재에서 사라졌다.

"현자여." 현자와 마찬가지로 원숙한 목소리가 조용하게 불렀다. "저걸로 되겠는가?"

잠깐 있다가 현자는 대답했다. "됐네. 지금은 저거면 됐어. 어쩔 수 없는 일이지."

괴로워하고 고민하는 목소리였다.

"……다른 길은 없어."

서재의 책들이 묵념하듯이, 잠시 반짝임을 멈추었다.

지금까지와는 달리 명료한 현실세계 속에서 이동했기 때문인지, 유리는 '착지'하는 감각을 익혔다. 순간적으로 무릎을 굽혀 어딘가에서 폴짝 뛰어내렸을 때와 같은 자세를 취했다.

길 건너편에 익숙한 회색 벽 맨션이 있다. 엔젤 캐슬 이시지 마. 집이다. 저 건물의 오층에 우리집이 있다. 있……는데,

거리가 너무 가깝지 않나?

"유리, 위험해!"

부우우우우웅! 굉음이 가까워졌나 싶더니, 짐칸에 철근을 산더미처럼 쌓아올린 트럭이 달려와 오른쪽에서 왼쪽으로 유리 일행을 통과해 지나갔다.

망연자실한 표정으로 유리는 달려가는 트럭 꽁무니를 눈으로 좋았다. 배기가스를 제대로 뒤집어썼다.

"도로 한가운데야."

아쥬에게 지적받을 필요도 없다. 유리가 마음에 떠올린 전봇대는 등뒤에 있다. 오노다 내과 간판도.

"그러니까 말했지? 처음 한동안은 거리감을 잡는 게 어렵다고 했잖아."

"괜찮아, 차에 치일 걱정은 없으니까."

소년 무명승은 두 팔을 벌리고 발을 바꿔들며 깜박이는 눈으

로 자기 몸에 이상이 없는지 확인했다. 그러다 갑자기 머리 위를 올려다보더니 눈이 휘둥그레졌다. 턱이 축 처지고 입도 딱 벌어졌다.

"왜 그래요?"

유리도 머리 위를 쳐다보았다. 어느 틈엔가 날이 완전히 밝아 푸른 봄 하늘이 가득 펼쳐져 있다. 민들레 솜털 같은 구름이 여기저기 한가로이 떠 있다.

"왜 그렇게 놀랐어요?"

대답이 없기에 유리는 소년 무명승의 팔을 건드렸다. 그래도 소용이 없어서 흔들었다.

그는 그대로 머리 위를 올려다보면서 말했다. "이것은 무엇입니까, 유리 님."

"뭐라니요?"

푸른 하늘이다. 그게 아니면 뭐란 말인가.

"푸른 하늘." 소년 무명승은 중얼거렸다. "하지만 이것은 천天입니다. 어찌하여 천이 이처럼 맑은 푸른색을 띠고 있습니까?"

이번에는 유리가 놀랐다. "당신, 푸른 하늘을 본 적이 없어요? 이름 없는 땅에도 하늘은 있었잖아요."

아, 하지만. 그곳은 항상 흐렸다. 안개에 갇힌 채로.

"시종님은 지금까지 푸른 하늘을 본 적이 없었구나……"

그는 여전히 눈을 동그랗게 뜬 채, 겨우 유리 쪽을 보았다. 그러고는 머리 위로 손가락을 들이밀며 고자질이라도 하듯 열심히 물었다.

"하늘? 푸른 하늘이란 무엇입니까? 이것은 천이지요, 유리님?"

유리는 이해했다. 이름 없는 땅에는 '하늘'이라는 명칭이 없는 것이다. 만서전과 죄업의 대륙, 그리고 무명승들 위에 펼쳐지는 것은 그저 '천'이라 불렸던 것이다.

"한낮의 맑은 하늘을, 푸른 하늘이라고도 불러요."

"······색깔이······ 아름답습니다."

소년 무명승의 눈동자는 하늘에 매혹된 채, 그 푸른색을 비춰내고 있다.

도시의 한구석, 트럭이 쌩쌩 오가는 거리 속에서 우러러보는 하늘색은 칙칙하다. 진정한 푸른색이 아니다.

그러고 보니 언젠가 오빠가 가르쳐줬다 ─ 푸른 하늘을 엄청 어려운 말로는 창궁蒼穹이라고 해. 그런 건 우리가 사는 이 나라에는 존재하지 않아. 진짜 푸른 하늘은 말이야, 이제는 아마 지구상의 극히 한정된 장소에만 남아 있을 거야, 라고.

하지만 그래도 시종님에게는 충분해. 가짜 푸른 하늘이라도, 이름 없는 땅에는 없는 거니까. 줄곧 이름 없는 땅에 얽매여 있던 이 사람은, 배기가스로 흐려진 푸른 하늘에도 이렇게 열중할 정도로 감동할 수 있는 거야.

"결정했다." 유리는 말했다. "소라*로 할래."

"무슨 소리야?" 아쥬가 먼저 반응했다. 소년 무명승은 아직 위를 쳐다보며 봄 햇살을 얼굴 가득 받고 있다. 눈을 감고, 기분 좋은 듯이.

"당신 이름이에요, 시종님."

소년 무명승이 제정신을 차렸다. "예? 유리 님. 뭔가 말씀하셨습니까?"

"당신 이름은 소라. 앞으로는 그렇게 부를게."

잘 부탁해, 소라 씨 — 마음을 담아 유리가 부르자, 이번에는 더 큰 트럭이 왼쪽에서 오른쪽으로 유리 일행을 통과했다.

빠뜨리지도 않고, 또다시 배기가스를 듬뿍 덤으로 얹어주면서.

"유리, 소라." 아쥬가 끙끙거렸다. "아무래도 좋으니까 빨리 여기서 움직이자."

현관문은 잠겨 있었다. 유리는 열쇠를 가지고 있지 않다. 미노치 씨의 별장 어딘가에 내버려두고 온 배낭 속에 있다.

"어떻게 하지?"

아쥬의 물음에, 유리는 대답 없이 입술을 꼭 깨물고 인터폰을

* 空. 일본어로 '하늘'이라는 뜻.

눌렀다. 딩동. 그러자 문 건너편에서 발소리가 다가왔다. 슬리퍼 소리를 내며 달려온다.

"잠깐 물러나 있어." 유리는 소라를 물러서게 했다.

"예!"

문이 열렸다. 엄마다. 인터폰으로 확인도 하지 않고 느닷없이 문을 연다. 역시 변함없다. 오빠일지도 모른다는 생각에 달려온 것이다.

"누구세요?" 엄마는 슬리퍼를 신은 채 맨션 현관을 가로질러 공용 복도 쪽으로 몸을 내밀었다. "누구세요? 히로키?"

문을 빠져나와 복도를 달린다. 이것도 역시 변함없다. 엘리베이터 홀까지 살피러 가는 것이다. 혹시 오빠가 돌아오지 않았나 하는 생각에.

"이 틈에 들어가자."

유리는 말하고 나서 현관 안쪽으로 스르르 들어갔다. 문이 천천히 닫힌다. 소라가 황급히 뒤를 따라왔다.

"네 엄마, 항상 저렇게……"

"응. 또 눈이 빨갛네. 잠을 안 자는 걸까."

유리는 어금니를 앙다물고 가슴에서 북받치는 감정을 참았다. 울면 안 된다. 매번 이렇게 울기 위해 '인을 받은 자'가 되어 돌아온 것이 아니다.

"별장에서 푹 잔 덕택에 몸의 피로는 어느 정도 풀리셨을 거야." 달래듯이 아쥬가 말했다.

복도를 나아가 거실을 들여다보았다. 텔레비전이 켜져 있을 뿐 아무도 없다. 분신은 학교에 있나? 어쨌든 내 방에 가 봐야지.

소라는 또다시 눈이 휘둥그레졌다. 검은자위까지 휘둥그레졌는지도 모른다. 가구는 둘째치고, 전기제품에 놀라고 있다. 몸을 움츠리더니, 자칫 주변의 것을 건드리지 않도록 두 손을 모으고 또 다시 까치발로 섰다.

"점점 알게 될 거야. 조만간에 익숙해질걸." 아쥬가 말했다. "마법은 아니지만, 마법과 맞먹을 정도로 편리한 물건이지."

"그렇습니까……"

유리는 자기 방문을 두드렸다. 소리가 난다. 예, 하는 대답이 들렸다.

"아, 어서 오세요."

유리의 얼굴을 보자 분신을 고개를 꾸벅 숙였다. 아쥬와 소라는 덤을 데리고 있는 본체인 유리를 보고서도 놀라는 기색이 없다. 그들의 모습은 분신에게도 보이지 않는 걸까.

가만, 그 이전에, 분신에게는 유리가 보이는 모양이다. 마법으로 만들어진 존재라서 수호의 법의가 지닌 마법의 힘에 방해를 받지 않는 건가.

"엄청 평범한 대답이지만, 지금은 너도 그렇게밖에 말할 수 없겠구나." 유리도 말했다. "다녀왔어."

분신은 책상 옆에 있었다. 교과서와, 유리와 다른 글씨체로 빽빽이 필기한 공책이 펼쳐져 있다.

'너'라고 하려다 유리는 말을 고쳤다. "유리코, 학교에 다니고 있어?"

분신은 고개를 저었다. "당신이 부탁하지 않는 일은 저도 안 해요, 주인님."

"그래. 난 유리라고 부르면 돼."

"예, 유리."

"이 공책, 누가 가져온 거야?"

"예. 가나랑 사유리가요."

마음을 굳세게 다스리고 있다고 생각했는데, 다시 눈물이 날 뻔했다. 두 친구의 얼굴을 떠올리자 눈시울이 뜨거워진다.

"가나는 내 친한 친구야. 사유리도 아주 다정하고 좋은 애고. 고맙다고 했어?"

"당신이 바라지 않았기 때문에 만나지 않았어요. 공책은 어머님이 받아주셨습니다."

지금까지의 유리코라면 그리 했을 행동이다. 분신의 판단은 틀리지 않았다.

"알았어. 앞으로 내 마음이 바뀌어서 가나랑 사유리 정도는 만나도 좋다고 생각하면, 네가 만나줄래?"

"예, 물론이죠."

갑자기 다짐을 받고 싶어졌다. "하지만 너무 사이좋아지면 안 돼. 내 친구니까."

"유리, 유리." 아쥬가 끼어들었다. "이 녀석은 유리의 분신, 그냥 마법 인형이야. 진짜 인간이랑 마음을 나누는 일은 있을 수 없어."

이론은 그렇겠지만, 기분은 별개다. 유리는 아쥬를 붙잡아올렸다. 팔을 뻗어 수호의 법의에서 멀리 옮긴다.

"이거, 보여?"

"마도로 만들어진 화신이군요. 원래 모습은 책이고요."

알고 있다.

"소라도 보여?"

분신은 빙긋 웃었다. "보입니다. 유리, 저는 당신의 분신이에요. 진정한 의미의 복제죠. 마법이 풀리지 않는 한 저는 당신입니다. 그러니 당신이 아시는 건 제게 말씀하시지 않아도 돼요. 모두 통하니까요."

그래서 무엇에도 놀라지 않는 건가.

"마법 인형인 저에게도 마음을 나눌 수 있는 인간이 딱 한 사람 있어요. 그게 당신입니다."

분신은 손가락 하나로 아쥬의 머리를 쓰다듬었다. 아쥬는 쥐다운 울음소리를 냈다.

갑자기 몸에서 힘이 빠졌다. 유리는 아쥬를 어깨 위에 얹고 침

대에 앉았다. 소라는 자세를 바로하고 침대 아래쪽에 선다. 과연
시종답다.

"그후로 어땠어?"

이곳 현실세계에서는, 부모님과 유리코가 미노치 씨의 별장
에서 돌아오고 나서 사흘이 지났다.

"아버님과 어머님은 경찰에게 미노치 이치로 씨의 별장 이야
기를 하셨습니다. 생각나서 상황을 보러 가봤지만, 히로키는 없
었다. 거기 들른 흔적도 없었다. 라고요."

그래도 경찰은 앞으로 미노치 씨의 별장을 지켜볼 것이라고
한다.

"현실적으로는 흡족한 결말이지만, 마법진을 지키기에는 좀
성가시네."

흡족하다니, 어른스럽다고 할까, 나이가 지긋한 말투다. 유리
는 확실히 변한 모양이다.

유리코는 학교에는 가지 않고, 가나와 사유리가 필기해준 공
책을 가지고 집에서 자습하고 있었다. 부모님은 전학도 고려해
선생님과 상담하고 있지만, 아직 정식으로 결정되지는 않았다.

"집안에 달라진 건 없어요. 어머님은 좀 지치신 것 같습니다."

"오빠 방은 계속 매일 청소해?"

"청소를 하고 항상 한 시간 정도 거기서 지내세요. 울고 계셔
서, 제가 이따금 위로하고 함께 울 때도 있고요."

고마워 — 하고 말하고 나서 유리는 웃었다. "이상하네. 내 일인데."

"아니요. 이상하지 않아요. 유리."

마법 인형은 다정하구나.

자신의 분신을 만들어 그것과 사이좋은 친구가 된다. 지금까지 그런 생각을 해낸 사람이 있을까. 시도해본 사람은? 유리가이 세상에서 처음으로 그 일을 시도하게 될 모양이다.

"일단, 앞으로는 이 방이 내 기지가 될 거야."

침대에서 일어나 팔짱을 끼고 주변을 둘러보았다. 우리집에돌아왔다. 여기는 내 세계다.

"아, 왠지 갑자기 목욕을 하고 싶어졌어. 샤워라도 괜찮은데."

"식사는 어떠세요? 졸리지는 않으세요?"

"그건 마법으로 어떻게든 돼. 시간이 아까운걸. 하지만 목욕만은 참을 수 없어."

잠시 얌전히 있던 아쥬가 활기차게 상황을 정리하기 시작했다. "우선, 마법으로 기운을 차리자고. 그다음에 수호의 법의를분신에게 입혀놓고 유리는 목욕을 하는 거야. 좋지?"

"이런 시간에 목욕하는 건 우리집 규칙에 어긋나."

"하지만 저, 어젯밤은 머리가 아파서 일찍 잔 탓에 목욕을 건너뛰었어요. 그러니까 괜찮아요." 분신이 말했다.

"그럼 잠깐 엄마랑 이야기하고 와줄래?"

분신이 방을 나가자 아쥬는 유리의 머리꼭지로 조르르 올라 갔다.

"자, 날 따라서 주문을 외우는 거야."

엄마에게 들리면 안 되기 때문에 작은 목소리로 주문을 외웠 다. 배고픔을 없애고 피로를 가시게 하는 주문은, '퐈'나 '퓌' 같 은 소리로 가득해 아주 쾌활했다.

분신이 돌아왔다. 만약을 위해 문손잡이 아래로 의자를 옮겨 막아놓고 나서 유리는 수호의 법의를 벗었다.

몸은 건강하다. 힘이 넘친다. 게다가 컨디션도 좋다. 대단히 좋다. 이런 느낌은 처음이다.

하지만 온몸에서 땀내가 나고 구질구질하다. 자세히 보자 손 톱은 흙으로 더러워져 있었다. 이름 없는 땅의 흙이다―그렇게 생각하자 심장이 쿵 뛰었다.

별 생각 없이 법의를 벗었다가, 갑자기 깨달은 사실에 유리는 당황하고 말았다. 소라의 모습이 보이지 않는다.

"소라, 어디 있어?"

대답도 들리지 않는다. 그러자 팔에 걸친 수호의 법의에서 아 쥬가 머리를 내밀었다.

"침대 옆에 잘 있어. 자, 빨리 분신을 숨겨야지."

"머리 아프다며, 감기 아닐까? 괜찮아?"

엄마가 유리의 뺨에 손을 대쳤다.

"열은 없는 것 같은데."

아아, 안 된다. 마음이 흔들린다. 엄마, 미안해. 왜 사과하는 거지? 엄마한테 비밀을 만들어서? 유리코가 유리가 되어서?

아니다, 이유 같은 건 없다.

"걱정 끼쳐서 미안해."

갑자기 이런 식으로 말하면 의아해할 텐데.

하지만 엄마는 알아차리지 못했다. "무슨 소리니. 얘도 참. 자, 목욕물 다 받았다. 갈아입을 옷은 나중에 가져갈 테니까, 빨리 들어가렴."

땀 냄새 나, 하고 엄마는 웃었다. 등을 미는 손은 부드럽고 따뜻했다.

목욕탕에 혼자 남아 머리 위로 샤워기 물을 맞자 눈물이 났다. 이게 마지막이다. 이제 두 번 다시 우나봐. 그러니까 이번만. 이번만 좀 울게.

욕조에 몸을 담그고 얼굴에 뜨거운 물을 끼얹자 마음이 좀 가라앉았다. 탈의실 문이 열리더니 젖빛 유리문 너머로 엄마의 모습이 보였다.

"오늘은 따뜻하지만 셔츠 꼭 입어."

"응."

낮—은커녕 아직 오전이다. 목욕탕은 아주 밝아서 구석구석 잘 보였다. 엄마는 깨끗한 걸 좋아하는데, 특히 부엌이랑 목욕탕, 화장실이 더러우면 참지 못하는 성미라 무척 열심히 닦는다. 하지만 아쉽게도 맨션이 낡은 탓에 욕조와 벽 사이에 엷게 곰팡이가 피어 있는 곳도 있다.

참방, 하고 물이 튄다.

—그러고 보니.

유리가 학교에서 돌아와 가나네 집에 놀러가려고 준비하고 있었는데, 갑자기 오빠가 돌아와서 놀란 적이 있었지.

6장
사건의 내면

그게 언제였더라. 한 달 정도 전? 아니, 그렇게 예전은 아니다. 오빠가 중학교 2학년, 유리가 초등학교 5학년으로 올라간 지 얼마 되지 않았을 때일 것이다. 그때 오빠가 일찍 돌아온 이유가 뭐였더라.

─이번 주는 가정 방문 주간이라서 수업이 일찍 끝났어.

분명 그렇게 말했다. 때문에 부 활동도 쉬게 되어 지역 야구 클럽 멤버들과 모여 자유 연습한다고 했던가.

─나가기 전에 샤워하려고.

그래! 점점 기억이 분명해졌다. 오빠는 그때 돌아오자마자 목욕탕으로 직행했다. 마침 엄마가 장을 보러 나가서 잠깐 동안이나마 유리는 혼자였다. 그때 현관문이 열리고 발소리가 나는가 싶더니 목욕탕에서 누군가가 드나드는 소리가 나서, 조금 으스스한 기분으로 살펴보러 갔다.

그러자 오빠가 있었다. 이미 교복 윗도리를 벗고 셔츠와 바지만 입은 차림이었다. 유리가 들여다보자 허둥대며 탈의실 문을 쾅 닫았다.

— 체육시간에 땀을 무진장 흘려서 냄새 나.

연습하러 가는데 왜 지금 샤워하느냐고 유리가 묻기 전에 먼저 설명해주었다. 얼마 안 있어 샤워기 물소리가 들렸다.

유리는 별달리 이상하게 생각하지 않았다. 오빠는 평소에도 청결한 것을 좋아했다. 아침 연습이 없는 날에는 일어나서 샤워를 하고 등교할 때도 있었다.

대수롭지 않은 일이었다. 계속 잊어버리고 있었다. 그 일이 지금, 한낮의 목욕탕을 보고 있다가 문득 떠오른 것이다.

어딘가 불안한 분위기를 띠고.

정말 별일이 아니었을까.

욕조 안에서 무릎을 감싸안고 유리는 생각했다. 그런 일이 그 후에도 있었던가. 학교에서 돌아온 오빠가 엄마에게 말도 걸지 않고 쏜살같이 목욕탕으로 가서 샤워하는—

전혀 오빠답지 않은 행동이었다.

유리는 반질반질한 이마에 주름을 잡고 얼굴을 찌푸렸다. 더욱 불안해질 만한 일을 떠올리며.

팔자 눈썹 경찰이 말하지 않았던가.

— 히로키는 2학년이 된 이후로 반 친구들과 사이가 좋지 않아서 고민하고 있던 것 같다고 하더구나.

그러고 보니 그때 엄마가 한 말도 새삼스레 의미심장하다는 생각이 든다. 히로키는 여동생에게 걱정을 끼칠 만한 말은 하지 않는다고. 부모인 우리에게도 아무 상담도 하지 않았을 정도라고.

걱정. 상담. 사이가 좋지 않다.

왕따.

갑자기 세차게 움직인 탓에 얼굴에 물이 튀었다. 턱 끝에서 물방울을 떨어뜨리며 유리는 눈을 크게 뜨고 목욕탕 벽을 쳐다보았다.

왕따? 말도 안 된다. 누가 오빠를, 모리사키 히로키를 따돌린단 말인가.

오빠는 — 강했다. 그래, 그렇다. 강하다는 표현이 제일 잘 들어맞는다. 뭐든지 잘하고 완벽했다. 아무리 음흉하고 짓궂은 동급생이라도, 모리사키 히로키를 '따돌리기' 시작할 꼬투리를 찾아낼 수는 없었을 터이다.

따돌림이라는 말과 현상을 억지로라도 오빠와 연결해야 한다면, 실제로는 결코 그럴 리 없겠지만, 따돌림을 당하기보다는 따돌리는 쪽이 어울릴 것이다. 그 정도로 히로키는 강했다. 존재감이 컸다.

유리는 자신의 생각에 스스로 기가 막혔다. 왜 이런 생각을 하는 걸까. 나, 뜨거운 물속에 너무 오래 있었나봐.

욕조에서 나와 샤워기 꼭지를 비틀었다. 온도를 낮추어 차가운 물로 샤워를 했다. 머리가 식는다.

불안과 의문이 서서히 제자리로 돌아간다.

하지만 그러면 '반 친구들과 사이가 좋지 않았다'라는 말을 어떻게 해석하면 좋을까. 사이가 좋지 않았다는 말은 어떤 의미지?

실제로 오빠는 동급생을 두 명이나 상처 입혔다. 게다가 칼을 준비해서 목을 찔렀다. 급소다. 한 사람은 목숨을 잃고 말았다. 그것은 뒤집을 수 없는 사실이다.

유리는 입술을 꽉 깨물었다. 더 일찍 이 사실을 깨달았어야 했다. 똑바로 직시했어야 했다. 난 왜 그렇게 어리석었을까.

수건으로 머리카락을 말리며 거실로 들어가자 엄마가 부엌에서 믹서를 돌리고 있었다. 유리가 좋아하는 바나나 주스를 만들고 있는 것이다.

"목욕 마치고 나서 마시면 딱 좋지?"

큼지막한 유리컵에 가득 따라주었다. 엄마가 만드는 바나나 주스에는 아이스크림이 들어 있어서 진하고 맛있다.

오빠도 이 주스를 정말 좋아했다. 유리는 천천히 맛을 보았다. 마법으로 배를 부르게 하는 것은 편리한 기술이지만, 역시 진짜 음식과 음료수가 좋은 것이 당연하다.

"저기, 엄마."

싱크대 앞에 선 채 자신의 작은 컵으로 주스를 마시고 있는 엄마에게 말을 걸었다.

"오빠도 바나나 주스를 좋아하잖아."

엄마의 표정이 흔들렸다. 컵을 든 손도 희미하게 떨린다.

"그렇지."

"빨리 집에 돌아오면 좋을 텐데."

연기가 아니라 정말로 그런 생각이 솟아올라서, 유리의 목소리가 잠겼다.

"어디 있을까. 엄마가 만든 멕시칸 필라프 먹고 싶을 텐데."

엄마는 입을 다물고 컵을 싱크대 옆에 놓았다. 수도꼭지 언저리에 시선을 떨어뜨리고 있다. 조금 있다가 뭔가 떨쳐내듯이 엄마가 얼굴을 들고 말했다.

"오늘 저녁에 멕시칸 필라프 만들까?"

"좋은 냄새에 이끌려서 오빠가 돌아올지도 몰라."

유리코, 하고 엄마가 불렀다. "너 매일 오빠 생각하니?"

무슨 의도가 있는 질문인지 읽어낼 수 없었기에 유리는 질문으로 대답했다. "엄마는?"

"생각하지. 매일이 뭐니, 하루 종일, 한 시간마다 생각해."

실은 십 분마다 아닐까.

"나도."

엄마는 유리 맞은편으로 와서 앉았다.

"너한테 한번 물어보려고 생각했어. 힘들면 대답하지 않아도 돼."

"응."

"유리코, 오빠한테 화나니?"

이번에는 대답을 미룰 필요가 없었다. "어떤 부분에서는 화나."

엄마가 눈을 크게 떴다. "무슨 뜻이니?"

"가출해서 돌아오지 않는 거 말이야."

모두에게 걱정을 끼치고, 모두를 슬프게 만들고 있다.

"화나는 건 그것뿐이야. 나머지는 전부 걱정이야. 매일매일 걱정하고 있어."

엄마는 눈을 내리깔았다. "히로키가 친구에게 심한 짓을 했다고는 생각하지 않아?"

유리는 마시다 만 바나나 주스를 쳐다보았다. "오빠가 어째서 그런 짓을 했는지 이유를 모르니까, 그렇게 생각하지 않아. 오빠는 남들처럼 싸우는 일도 거의 없었으니까. 그치?"

엄마는 말없이 고개를 끄덕였다.

"오빠가 그런 사건을 일으킨 건, 충분히 생각해봐도 어쩔 도리가 없었기 때문이야. 물론 칼 같은 걸 가지고 나가기 전에 아빠 엄마나 선생님에게 상담한다든가, 다른 여러 방법이 있었겠지. 평상시의 오빠라면 그걸 알았을 거야. 하지만 이번에는 그러지 못할 정도로 어쩔 수 없는 이유가 있지 않았을까? 그 사정을 모르면 난 오빠가 나쁘다고 할 수 없어. 해서는 안 될 짓을 저질렀지만, 난 일단 오빠의 변명을 들어주고 싶어. 가족인걸, 그렇게 해도 된다고 생각해."

정신을 차려보니 엄마가 눈물을 흘리고 있었다.

유리는 가슴이 찡했다. 지금까지 몇 번이나 엄마가 우는 모습을 봤다. 그리고 함께 울었다. 하지만 그것은 모두 유리코로서의 경험이었다. 지금은 다르다. 유리코는 유리가 되었다. 유리가 되어 처음으로, 귀여운 자식이 살인이라는 죄를 범한 것을 알고 그 신변을 걱정하는 어머니를 눈앞에 두고 있는 것이다.

신기한 감각이었다. 머릿속은 냉정했다. 가슴이 찢어질 것 같은 슬픔이 아니라, 동정과 측은함, 구해야 한다는, 구할 수 있는 사람은 자기뿐이라는—사명감. 그리고 그것과 뒤섞여 고동치는 강인한 마음. 그것이 유리의 내면에 확연히 존재하고 있었다.

나는 이제 내가 아니다.

나는 '인을 받은 자'. 아직 어리고 미숙하지만, 황의를 입은 왕을 사냥하는 추적자다.

엄마의 이름은 뭐였더라. 모리사키—요시코다.

번민하는 모리사키 요시코여. 상처입고 슬퍼하는, '테두리' 안에 살아가는 작은 생명의 어머니여. 내가 반드시 당신을 구해내

보이겠다.

고양감에 온몸이 부르르 떨렸다.

"울지 마" 하고 유리는 말했다. "엄마가 계속 울다가 몸이 상하면 오빠가 걱정할 거야."

모리사키 요시코가 두 손으로 얼굴을 덮었다.

"엄마, 오빠가 다치게 한 두 사람에 대해 잘 알아?"

요시코는 고개를 떨어뜨린 채 고개를 저었다.

"오빠랑 친한 아이 아니었을까?"

이제 와서 깨달은 건데, 유리는 그들의 정확한 이름을 몰랐다. 주위 어른들이 유리가 모르도록 조처해두었다. 또한 유리도, 유리코도 그 무렵에는 그래도 상관없었다. 가혹한 현실의 정보에서 보호받는 편이 나았다.

"잘 모르겠어."

손으로 얼굴을 닦고 코를 훌쩍이며 요시코는 유리를 쳐다보았다. 눈이 새빨갛다.

"둘 다 2학년 올라와서 히로키랑 한반이 된 학생들인데…… 그래서 엄마는 아무것도 몰라."

"수영부원 아닐까?"

"아닐 거야. 그런 이야기는 들은 적 없으니까. 그냥 반 친구라고만……"

잊은 것이 아니라 정말 모르는 것 같았다.

"그럴 거야. 수영부 사람이었다면 1학년 때부터 함께였을 테니까."

모리사키 히로키가 다니던 기보가오카 공립 중학교에서는, 방과 후의 부 활동을 학생의 자유의사에 맡겨두고 있다. 그래서 저마다 다양한 이유로 부에 들어가지 않고 수업이 끝나면 바로 하교하는 학생들도 제법 있다고 히로키는 말했었다.

—하지만 꼬맹이 유리도 중학생이 되면 역시 부 활동은 하는 편이 좋아. 좋은 친구가 생겨.

그렇게도 말했다.

—교실에서 그저 책상 앞에만 앉아 있으면 모르는 일이 많거든.

히로키가 집에서 부 활동 때문에 불만이나 푸념을 늘어놓은 적은 없다. 적어도 유리는 알지 못한다.

설사 학교에서 좋지 않은 일이 있었다 해도, 히로키가 꼬맹이 여동생에게 그런 일을 밝히지는 않는다. 어떤 걱정거리가 생기면 오히려 그 일을 숨기고 가족 모르게 행동하면서 자기 힘으로 해결하려고 한다. 그것이 모리사키 히로키다. 그런 그를 좋아하고 편을 들어주는 친구도 있었을 터이다. 인기가 많았으니까.

그러니 만약 누군가가 히로키의 뭔가가 마음에 들지 않아서 괴롭히려 한다면, 그것은 상당히 어려운 시도가 되리라. 모리사키 히로키는 해치기 쉬운 상대가 아니다. 어지간한 일로는 타격을 입지 않는다.

그럼 반대로, 그를 막다른 곳으로 몰아넣을 수 있는 사정은 무엇일까?

그것이 해결점이 아닐까. 모리사키 히로키가 자기 자신을 잃어버릴 만큼 두려워하거나, 미쳐 날뛰거나, 슬퍼하거나, 수치스러워할 사정. 그 정도의 파괴력이 있는 무언가.

단순한 악감정이나 심술이 아니다. 선망에서 비롯된 질투? 히로키는 우등생이니까 익숙할 터이다. 대수롭지 않게 받아넘길 수 있다. 그 정도의 일이 아니다. 뭐지? 뭐냐고.

유리는 재빨리 머리를 굴리면서 컵에 남은 주스를 다 마셨다. 컵 가장자리가 앞니에 딱 하고 닿는 순간 유리는 문득 제정신을 차렸다.

나, 마음속이라고는 해도 엄마를 '요시코'라고 부르고, 오빠를 '히로키'라고 불렀어. 그리고 아빠는—

모리사키 시로다. 모리사키 시로와 요시코 부부.

히로키가 학교에서 갖고 있던 문제나 울적함을 모리사키 부부에게 밝혔을 가능성은 제로에 가깝다고 간주해도 되리라. 부부가 무슨 얘길 들었다면 사태의 전개는 좀더 달랐을 터이다.

아아, 또 이런 식으로 생각하네. 유리는 텅 빈 컵을 테이블에 내려놓고 기운차게 일어섰다.

"맛있었어. 나, 방에서 공부 좀 할게."

너무 열중하지는 말라고 요시코가 말했다. 너무 골똘히 생각하지 말라고 하고 싶었는지도 모른다.

　유리는 도망치듯 자기 방으로 뛰어들었다. 문을 닫고 자물쇠를 잠근다. 분신이 수호의 법의에서 얼굴을 내보이며 고개를 갸웃거렸다.

　"유리, 괜찮으세요?"

　"괜찮지 않아." 유리는 떨고 있었다. "나, 이상한 것 같아."

　가족을 타인처럼 냉정하게 떼어놓고 생각하기 시작했다.

　"조금도 이상하지 않아."

　책상 위에서 분홍색 콧등을 옴찔거리며 아쥬가 다정한 목소리로 말했다.

　"앞으로는 매사를 냉정하게 보고 판단하지 않으면 길을 잘못 든다고. 그러니까 괜찮아."

　"점점 익숙해지실 겁니다." 분신도 상냥하게 말한다. "문제없어요, 유리코로서의 부분은 확실히 보존되어 있어요. 그리고 제가 소중히 지키고 있고요. 언젠가 유리의 역할이 끝났을 때 제대로 돌려드리기 위해서."

　유리는 분신의 손을 꼭 잡았다. "너, 내가 없는 동안에도 엄마가 울면 위로해줘."

　"예, 반드시. 안심하세요."

　분신은 유리에게 자리를 양보하고 수호의 법의를 벗어 입혀

주었다. 그제야 문 옆에서 차려 자세로 있는 소라의 모습이 보였다.

"과연, 이런 거구나." 자기 자신을 향해 한 번 고개를 끄덕였다. "이 현상에도 점점 익숙해져야 할 텐데."

아쥬가 유리의 어깨로 기어올라왔다.

"그래서, 이제부터 어떻게 할 건데?"

"피해자 두 사람에 대해 조사해야 해. 사건이 일어났을 때의 상황도."

"그러면, 학교로 갈 거야?"

유리는 고개를 저었다.

"선생님들은 입이 무거우니까, 갑자기 학교에 가봤자 실속 있는 내용은 못 알아낼 것 같아. 그것보다 경찰 쪽이 빠를 거야."

아쥬가 찍찍찍 쥐 울음소리를 내며 웃었다. "어떤 모습으로 갈 생각이지? 히로키의 동생으로 가면 소용없어."

물론 안다. "그러니까 아쥬, 무슨 좋은 수 좀 생각해주지 않을래?"

"마법을 사용해서, 경찰들이 쉽게 입을 열어줄 만한 사람으로 변신하는 게 좋겠는데."

그러면 역시 기자나 리포터인가. 아니, 안 된다. 그런 직업의 사람들은 모리사키 히로키가 일으킨 대사건에 대해 지금도 취재하고 있을지 모른다. 유리가 그 사람들 중 누군가로 변해서 경찰

서에 가 있는데, 진짜가 와서 딱 마주치거나 하면 곤란하다.

"기자들만큼 재빠르게 움직이지는 않지만, 경찰이나 학교를 취재할 가능성이 있는 사람들."

"어려운 주문이로군." 아쥬는 중얼거렸다. "한번 찾아볼까."

생쥐 아쥬의 작고 빨간 눈동자가 샛별처럼 반짝이기 시작했다. 유리의 어깨 위에서 작은 발을 바삐 움직인다. 그러다 그 움직임이 멈췄다.

"서재의 책들이 뭐래?"

"잠깐 기다려. 지금 현자에게 물어보고 있어."

이건 '아기'들의 영역이기 때문이라고 한다.

"아기라니?"

"유리가 살고 있는 현시대에 쓰인 책을 말하는 거야."

미노치 이치로의 서재에 모인 책들은 사람으로 비유하자면 하나같이 천이백 살, 천팔백 살, 이천오백 살 정도 되는 고령자다. 물론 책이라는 물체 자체만으로 보면 더 새것이지만, 그것은 판을 거듭해 최근에 찍었기 때문이고, 내용은 초고령자이다.

현대의 책들은 그에 비하면 아기다. 태아라고 해도 될 정도다. 그리고 그 별장에는 그런 아기들도 잘 보관되어 있다고 한다.

"미노치도 기분전환을 위한 독서가 필요할 때가 있었고, 세상 움직임에 아주 관심이 없었던 건 아니니까."

"하지만 내가 서재에 있었을 때, 아기들의 목소리는 안 들렸는데."

"그야 그렇지. 아기들은 다른 방 서가에 모여 있었어. 무엇보다 아기들은 아직 말을 못 하는걸. 빛나지도 못해."

아쥬의 빨간 눈이 다시 반짝이기 시작했다. "오, 오" 하고 소리를 내더니 잠깐 있다가, "알았어, 고마워" 하고 먼 서재의 현자를 향해 말했다.

"안성맞춤인 아기가 있었어."

오 년 정도 전에 세상에 나온 책이라고 한다. 어느 지방 도시의 공립 중학교에서, 이번에 모리사키 히로키가 일으킨 것과 비슷한 사건이 일어났다. 3학년 남학생이 동급생에게 칼을 휘둘러 중상을 입혔다. 하지만 이 학생은 그 자리에서 선생님에게 제압당했고, 경찰 조사에서 진학 및 성적과 관련해 피해 학생에게 놀림을 받은 것에 원한을 품고 칼을 휘둘렀다—라는 동기와 경위가 판명되었다.

"이 사건을 취재해서 책을 쓴 작가가 있어."

이토 시나코라는 여성 작가라고 한다.

"흡사한 사건이니까 이번에도 취재하러 올지 몰라. 하지만 그건 사전에 전화로 넌지시 떠보면 알 수 있잖아? 괜찮을 것 같으면 이 작가로 변신하자고."

줄곧 장식품처럼 조용히 있던 소라가 조심스레 입을 열었다. "작가……요?"

"응. 글을 쓰는 사람이야."

"그 사람 경력에는 논픽션 작가라고 씌어 있대." 아쥬가 보충해서 설명한다.

갑자기 소라가 겁을 먹은 듯했다.

"글을 쓴다. 책을 쓴다는 말씀이지요?"

그것은 '자아내는 자'입니다.

들은 적이 있다. 죄업의 대륜에 관련된 이야기를 할 때 대승정이 말하지 않았나. 아니면 처음에 만난 무명승과의 대화에서 나왔나.

"그렇구나. '자아내는 자'는 작가를 말하는 거구나."

소라가 쭈뼛쭈뼛 고개를 끄덕였다.

"이야기를 자아내는 자라는 의미겠네, 아마도."

'이름 없는 땅'에서는 그것도 죄업을 진 자의 별칭이라고 하지 않았던가.

"하지만 이 경우는 다르다고 생각해. 논픽션 작가란 말이야, 소라. 현실에 일어난 일을 소재로 책이나 기사를 쓰는 사람들이야. 상상해서 쓰는 게 아니라고. 그러니까 이야기 작가가 아니야."

소라의 얼굴에서는 두려움의 기색이 가시지 않는다. 지금 유리가 한 말을 닦아서 지우듯 천천히 고개를 좌우로 흔들며 말했다.

"글로 엮인 것은 모두 이야기입니다, 유리 님."

"하지만 사실을,"

말하다 말고 유리는 입을 다물었다. 대승정이 말하지 않았던가. 역사도 이야기라고. 실제로 일어난 일의 기록이지만, 그래도 이야기라고.

"정확하게 보충하자면 말이지." 아쥬가 끼어들었다. "글로 엮인 것만이 이야기는 아니야. 말로 엮인 것도 마찬가지로 이야기지. 아직 종이 같은 기록 매체가 발명되기 이전 시대에, 모든 인간은 기록이고 대화고 역사고 전부 입에서 입으로 전했으니까."

"하지만 그런 것도 종이가 발명된 후로는 책이나 두루마리로 형태가 바뀌었잖아? 말로 전해지는 내용을 기억하고 있는 사람이 그걸 기록하면 되는걸."

인간은 돌에 새겨진 비문도 책으로 다시 기록해 보존해왔다.

"그렇지만 전부 책으로 옮길 수 있었던 건 아니야."

아쥬의 코가 옴찔옴찔한다. 이야기 내용과는 전혀 관계없이 정말이지 귀여운 모습이다.

"말로 전해지는 형태 그대로 남아서, 문자나 문장이 되지 않은 이야기도 있어. 그런 걸 두고 '분리물'이라고 불러."

유리는 고개를 갸웃했다. "기록되지 않으면 언젠가는 사라지잖아. 어쨌거나 아주 옛날 일이니까."

아쥬는 차가운 코끝을 유리의 볼에 갖다댔다. "그렇지 않아. 한번 입에서 나온 이야기는 결코 '테두리' 안에서 사라지지 않아. 인간들이 모를 뿐, '테두리' 안에 존재하고 있어."

문자가 되지 않고, 영상으로 바뀌지도 않고, 기억에도 남지 않지만, '테두리'에는 있다.

"그러니까 '분리물'이야. 모든 사실과 현상에서 떨어져 허공을 떠돌고 있지."

물론 '분리물'도 이야기이기에 언젠가는 죄업의 대륙에 되감겨 만서전으로 회수된다. 그리고 다시 죄업의 대륙을 통해 '테두리' 안으로 내보내진다.

"하지만 두 번 세 번씩 '테두리' 안으로 보내도 역시 분리물이 되고 마는 종류의 이야기가 있어. 기록 매체가 확실히 존재하는 시대에도 떠도는 이야기가 된 거지."

문자 혹은 문장으로 만들기 어려운 이야기가 '분리물'로 순환을 되풀이하고 있다는 말이다.

실로 흥미롭다―고 생각하면서도 유리는 아쥬의 조그마한 머리를 손끝으로 눌렀다.

"알았어. 하지만 이야기가 빗나가지 않았어? 빨리 마법을 써서 경찰서로 가야지."

"아차, 미안, 미안."

아쥬가 주문을 외우고 유리가 그것을 따라 하는 동안 소라는 여전히 딱딱한 표정으로, 그러지 않아도 혈색이 나쁜 얼굴에 그늘을 드리운 채 검은 옷 안에서 몸을 움츠리고 있었다. 뭐가 그렇게 무서울까. 무서우면 왜 그런지 이유를 설명해주면 좋을 텐

데. 그러면 어떻게든 해줄 수 있을 텐데. 어쩐지 답답하고 불안
했다.

주문이 끝나자 눈부신 빛이 유리의 발치에서 머리 위로 솟아
올랐다.

"자, 완성."

유리는 양손을 펼쳐보았다. 수호의 법의를 입은 자기 모습이
보일 뿐이다.

"실패 아니야?"

"거 무슨 실례의 말을. 거울을 봐봐."

유리는 옷장 문을 열고 안쪽에 붙은 거울 앞에 섰다.

거기에는 삼십대 중반 정도의 머리가 긴 여성이 비치고 있었
다. 초여름에 어울리는 옅은 푸른색 재킷에 하얀 바지. 액세서리
는 하고 있지 않다. 머리카락은 목덜미에서 하나로 질끈 묶어놓
았다.

"주변 사람들의 눈에는 그렇게 보여."

유리는 두 손을 허리에 댔다. "대단하다."

이 '변신 마법'에는 교환 스위치 같은 역할을 하는 '열쇠' 단
어가 있는데, 그것을 외우면 유리 마음대로 변신을 하거나 풀 수
있다는 점이 편리했다. 변신을 풀면 수호의 법의를 입은 유리는
투명인간이 된다. 변신한 모습으로 숨어들기 힘든 곳에 들어가
고 싶을 때나, 누구에게도 보이고 싶지 않을 때 제격이다.

유리는 즉시 열쇠 단어를 사용해서 모리사키 요시코에게 들키지 않고 집을 나왔다. 맨션의 공용 복도 그늘진 부분에서 '이토 시나코'로 변신한 후 근처의 공립 도서관으로 발걸음을 옮겼다. 일단 사전 조사를 해야 한다.

구두 소리를 내며 길을 걷다가, 유리는 자신이 어깨에 커다란 숄더백을 메고 있다는 사실을 알아차리고 깜짝 놀랐다. 상당히 무겁다. 신호를 기다리며 내용물을 확인해보니 취재 수첩과 디지털 녹음기, 필기도구 세트, 명함 케이스, 지갑에 휴대전화— 전부 갖추어져 있다.

"이것도 변신의 일부야?"

"빈손이면 이상할 테니까." 법의 가슴 주머니에서 아쥬가 말했다. "진짜의 복제니까, 이토 사나코 씨 본인이 봐도 자기 소지품이 틀림없다고 생각할 거야."

휴대전화는 당장이라도 쓸 수 있을 것 같았다.

"내가 이걸 쓰면 전화비는 이토 씨가 부담하겠구나."

"글쎄. 마법으로 만들어진 복제품은 허상이니까, 요금 걱정은 안 해도 될 것 같은데."

그래도 함부로 쓰지는 말자. 미안한걸.

이 도서관은 모리사키 유리코에게도 익숙한 장소다. 가나랑 자주 책을 빌리러 왔고, 열람실에서 함께 숙제를 한 적도 있다.

접수처 앞을 지나갈 때, 자칫 걸음걸이가 어색해질 정도로 긴

장했다. 하지만 접수처에 있는 도서관 직원은 유리 쪽으로 눈을 돌리려고도 하지 않았다.

평소에는 이렇지 않다. 이용하는 아이들이 도서관에 들어와 접수처 앞을 지나가면 직원들은 꼭 "안녕" 하고 말을 건다. 인사하지 않는 아이도 있지만, 유리코와 가나는 "안녕하세요" 하고 인사를 받아주었다.

지금 나는 어른의 모습이니까, 그냥 거기 있는 것만으로는 직원들의 주의를 끌 일이 없다.

조금 대담해진 유리는 접수처로 다가가 신문철 보관 장소를 물었다. 여자 직원이 정중하게 가르쳐주었다.

평일 낮이라서 이용하는 사람은 드물다. 열람실에도 헤아릴 수 있을 정도의 사람밖에 없다. 신문철을 가져와 집중해서 읽었다.

피해자와 가해자 모두 중학생이라서일까. 도서관에 보관되어 있는 일반 신문은 모두 보도에 소극적이었고, 사실관계에 대해서는 경찰의 발표를 거의 그대로 실었다. 다만 학교에 대해서는 가차 없이 취재해 상당히 날카로운 기사를 쓴 신문도 있다.

모리사키 히로키가 다니고, 머지않아 모리사키 유리코도 다니게 되었을 기보가오카 공립 중학교.

이번 사건의 동기로 반 친구들의 따돌림을 생각할 수는 없을까. 학교 측은 거듭되는 추궁에 대해 부정으로 일관하고 있다. 학년주임과 담임교사에게 반에서 집단 따돌림이 있었다는 보고

는 받지 못했다. A(모리사키)나 보호자에게 그 건으로 상담을
한 사실은 없다.

학교 측은 방어 일변도이지만, '따돌림은 없었다'라는 대답의
근거를 제시하지 못하고 있다. 그저 '우리는 관여한 바 없다'라
는 말뿐이다. 그래서 취재 공세에 밀려 점차 슬금슬금 꼬리를 내
리고 있다.

어른으로 변신한 지금은 유리도 알 수 있다. 학교 측이 이렇게
나온다면 달리 생각할 방도는 없다. 따돌림은 실제로 있었던 것
이다.

하지만 모리사키 유리코는 알 수 없었다. 유리코가 알고 있는
것은 '모리사키 히로키'가 아니라 '오빠'였으니까. 우등생에 스
포츠 만능인, 유리코의 자랑인 오빠였으니까.

자잘한 활자가 눈을 찌르는 것 같아서 유리는 양손으로 눈가
를 눌렀다. 손바닥이 뺨에 닿자 건조한 감촉이 느껴졌다. 이 뺨
은 내 뺨이 아니라 서른을 넘긴 성인 여성의 뺨이다.

변신하면 변신의 대상이 된 존재가 지닌 지혜와 경험을 빌릴
수 있다. 하지만 속마음은 유리 그대로다. 유리코가 아니라 '인
을 받은 자' 유리니까 울보에 어리광쟁이 소녀는 아니라고 해
도, 그 마음은 아직 여리다.

활자가 쿡쿡 찔러 아픈 것은 눈이 아니라 마음이리라.

모리사키 히로키의 학교생활은, 동생 유리코가 무작정 동경

했던 것 만큼 빛나지 않았다.

히로키가 황의를 입은 왕에게 매혹된 이유도 틀림없이 거기 있다. 히로키에게는 기껏해야 호기심 정도의 동기밖에 없었는데, 운 나쁘게도 우연히 '영웅'이라는 거대한 힘과 맞닥뜨리고 말았을 것이라고, 유리는 지금까지 그렇게 생각하고 있었다. 아니, 굳게 믿으려고 했다. 하지만 그렇지 않다.

'그릇'에도 '영웅'을, 황의를 입은 왕을 끌어들이는 요소가 있다. 모리사키 히로키는 무엇을 바랐고, 무엇을 원했기에 황의를 입은 왕을 소환하고 말았을까.

"유리, 괜찮아?"

아쥬가 가슴 언저리에서 속삭인다. 유리는 손바닥으로 아쥬의 작은 몸을 살짝 감쌌다.

"괜찮아. 그런데 소라는?"

고개를 돌리자 열람실 출입구에 서 있는 소라가 보였다. 유리 쪽에 등을 돌리고 뭔가에 귀를 기울이고 있는 듯한 모습이다. 빙글빙글 사방으로 고개를 돌리며 바쁜 모습이다.

그런가? 그야 그렇겠지. 여기에도 책이 잔뜩 있으니까.

"아쥬, 여기의 책들은……"

아쥬가 흥, 하고 작은 코로 숨을 내뱉었다. "아까부터 시끄러워 죽겠네. 유리, 잠깐 상대해줄래?"

유리는 서둘러 신문철을 정리하고 사람 눈이 없는 서가 뒤편에 숨어 변신 주문을 풀었다.

그러자 사방팔방에서 소리가 밀려왔다.

"'인을 받은 분'이시여, 올 캐스터 님!"

유리는 목소리의 파도를 밀어내듯 대답했다.

"인사가 늦어서 죄송해요. 제 이름은 유리예요."

"유리 님." 다른 목소리를 압도하며 의젓하게 울려퍼진 것은 차분한 여성의 목소리였다.

"잘 오셨습니다. 모두가 소란을 피운 것을 용서해주십시오. 올 캐스터 님은 물론이고, '이름 없는 땅'의 존재를 아는 인간이 발을 들여놓은 것조차 이 도서관에서는 처음 있는 일입니다. 그래서 모두 흥분했어요."

"당신들, 사정은 알고 있어요?"

"예, 알고 있습니다. 저희 책들은 모두 '이름 없는 땅'과 통하고 있으니까요."

파옥이지요, 하고 여성의 목소리가 말했다.

유리는 고개를 한 번 끄덕였다.

"최후의 그릇이 된 소년은 제 오빠예요. 모리사키 히로키라는 남자아이요. 여러분, 뭐 아는 게 있으면 가르쳐주지 않을래요?"

히로키도 이 도서관의 이용자였다. 책들이 그와 안면이 있을지도 모른다.

"유리 님, 죄송합니다."

여성의 목소리가 희미하게 떨렸다.

"이곳에 있는 제 동족들은 구십 퍼센트 이상이 아기나 아이입니다. '영웅'이 이전에 행한 파옥은 모릅니다. 그러는 저 자신도 과거의 일은 지식으로 알고 있을 뿐입니다."

마을 도서관의 책들이다. 현대의 새 책이 태반을 차지하고 있다.

"엘름의 서를 가진 유리 님의 오빠는 저희 따위는 필요로 하지 않습니다. 그러니 적어도 엘름의 서를 손에 넣고 난 후로는, 여기에 발을 들여놓지 않았을 겁니다. 또한 그때까지는 오빠 역시 우리 책을 사랑하는 수많은 아이에 섞여 특별히 눈에 띄지 않았을 겁니다."

확실히 그럴 것이다. 이치에 맞는다.

"그렇겠죠. 미안해요, 저도 참, 생각도 잘 안 해보고서."

"아니요, 하지만 유리 님. 하나 말씀드리고 싶은 게 있습니다."

지금으로부터 두 달 정도 전의 일이라고 한다.

"저희 모두가, 이 마을에 엘름의 서가 있다는 사실을 느꼈습니다."

그건 어쩌면 히로키가 미노치 이치로의 별장에서 『엘름의 서』를 꺼내, 몰래 집에 가져왔던 때 아닐까.

"예, 그렇게 생각합니다. 아무리 젊고 어리더라도 저희 책들은 위험한 사본의 기척을 감지할 수 있는 힘을 갖추고 있으니까요."

『엘름의 서』는 확실히 근처에 있었지만, 도서관 안으로 들어오는 기척은 없었다. 그래도 여기의 책들은 두려움에 숨을 죽이는 나날을 보냈다고 한다.

"그런 와중에 저희 동족 중 한 권이 불타는 사건이 일어났습니다."

"한 권만? 화재인가요?"

아니요 — 여자 목소리는 나지막하게 바로 대답했다.

"그것은 마도의 화염이었습니다."

책이 빽빽이 늘어선 서가 속에서, 그 한 권만이 한밤중에 불을 내뿜으며 순식간에 형체를 유지하지 못할 정도로 검게 타버렸다고 한다. 다음 날 아침 그 사실을 알아차린 직원이 서가에서 뽑아내려 하자 그 책은 맥없이 부서져 새카만 잿더미로 변했다.

"음, 그건 분명히 마법이로군." 아쥬가 말했다. "보통 화재로는 일어날 수 없는 일이야."

"유리 님."

늘 있는지 없는지 알 수 없을 정도로 조용한 소라가 살짝 이름을 불렀다.

"저는 아까 전에 그 책이 놓여 있던 곳을 보았습니다. 지금도 마도의 냄새가 남아 있습니다."

소라에게 안내를 받아 유리는 그곳으로 갔다. '생활과 삶의 지식'이라는 서가다.

얼핏 봐서는 이변을 알아차릴 수 없었다. 하지만 다가가서 자세히 살피자 불탄 책이 놓여 있었다는 선반의 일부가 녹아 뒤틀려 있었다. 거무스름한 얼룩은 검댕의 흔적이리라.

유리는 집게손가락으로 그 부분을 문질러보았다.

까칠까칠한 감촉이다.

"어디 보자." 아쮸가 유리의 어깨를 기어올라가더니 거기에서서가 위로 탁 뛰어올랐다.

그러자 갑자기 주위의 책들이 소리를 지르기 시작했다. 공포감으로 깜짝 놀라서 내지르는 비명의 합창이다. 마침 질문을 하려던 참이었던 유리는 저도 모르게 바짝 얼었다가 혀를 깨물 뻔했다.

"뭐, 뭐야? 왜 그래?"

여자 목소리의 책을 포함해, 도서관의 책들은 그저 울부짖을 뿐이었다. 귀가 망가질 것 같다! 유리는 두 손으로 귀를 막았다.

소라가 재빨리 나서서 아쮸를 움켜쥐더니 자기 품에 쑤셔넣었다. 그의 눈도 놀라움으로 동그래져 있다.

비명의 물결이 낮아지고 약해지더니 이윽고 멎었다. 아이가 겁에 질려 흐느끼는 듯한 목소리만이 희미하게 남았다.

"지, 지금 이건 뭐야?"

유리는 눈이 휘둥그레진 채 누구에게랄 것도 없이 물었다. 그리고 채찍질하듯 매섭게 소라를 뒤돌아보았다. "소라, 너 지금 뭘 한 거야?"

소라가 기가 꺾여 뒷걸음쳤다. 하지만 품에 감춘 아쥬는 여전히 손으로 꽉 쥐고 있다.

"그렇게 세게 쥐면 아쥬가 짜부라져! 빨리 꺼내줘. 꺼내!"

"됐어, 유리. 난 괜찮아."

검은 옷 아래에서 아쥬의 분명치 않은 목소리가 들려왔다. "미안해, 미안. 모두에게 겁을 줘버렸네. 내가 깜박했어. 미안."

그제야 소라가 손에 힘을 빼자, 아쥬가 꼬물꼬물 움직여 그의 품에서 얼굴을 내밀었다.

"어떻게 된 거야?"

아까까지의 의젓함은 온데간데없이, 몹시 흐트러지고 갈라진 여자의 목소리가 유리의 귀에 울려퍼졌다.

"유리 님. 이자는 황의를 입은 왕과 접촉했습니다. '황인'이 있어요! 황의를 입은 왕의 기운을 쐰 자입니다!"

그것이 책들을 공포에 질리게 했다고 한다.

"그래. 정말 미안해."

유리의 손톱 크기만큼도 되지 않는 아쥬의 작은 귀에서 핏기가 가셨다.

"그래서 조심해야 하는데, 까맣게 잊고 있었어. 수호의 법의나 소라의 검은 옷 속에 숨어 있으면 괜찮은데 말이야."

아까 아쥬는 서가에 뛰어올랐다. 서가에 직접 닿았다. 그것이 문제라는 말이다.

"하지만 별장의 책들은 아무렇지도 않았잖아."

"녀석들은 하나같이 강자들인걸. 그렇지, 비유하자면 신선이나 마법사의 집단이지. 하지만 이곳의 책들은 이른바 보통 인간이야. '황인'을 받은 내가 내뿜는 악한 기운을 참을 수 없는 거지."

모르겠다. 도대체 '황인'은 뭐야?

소라가 유리의 소매를 가볍게 만졌다. "나중에 이야기해드리겠습니다. 지금은 부디 용서해주십시오. 이것은 제 실책입니다. 아쥬 님만 나쁜 것이 아닙니다."

매달리는 듯한 그의 눈빛이 유리를 원래대로 되돌려놓았다. 동요를 삼키고 얼굴을 들었다.

"다들, 괜찮아요?"

"예. 꼴사나운 모습을 보였습니다. 사과드립니다."

하지만 여자의 목소리는 아직도 숨을 헐떡이고 있었다.

"저기, 불타버린 이 책은 무슨 책이었어요? 제목을 가르쳐주지 않을래요?"

이 도서관은 일반적인 분류뿐만 아니라, 이 서가처럼 이용자가 찾으려는 책을 쉽게 찾을 수 있도록 용도별로도 분류하고 있다. 실용서나 가이드북인 경우가 많다.

"삶의 지식이라는 분류니까, 뭔가 그런 종류의 책일 것 같은데."

같은 서가에는 『알아두면 유용한 구급 처치』 『식초로 매일 건강』 등의 제목이 줄지어 있다.

"유리 님, 이곳의 책 대부분은 이름이 없습니다."

"왜요? 제목이 있잖아요."

"우리 대부분은 서로의 제목을 모릅니다. 그것에는 의미가 없습니다. 또한 책의 제목과 책의 '이름'은 근본적으로 다릅니다."

말로 하지는 않았지만, '모르십니까' 하고 의아해하는 분위기를 풍긴다. 유리는 반문하고 싶었지만 참았다.

"그래요. 그럼 조사해볼게요."

앞뒤 책의 분류번호를 확인했을 때, 그 사이에 빠져 있는 것이 불탄 책의 번호다. 도서관 컴퓨터로 검색해보면 된다. 통로를 가로질러 컴퓨터가 늘어선 부스로 향했다.

빠져 있는 책은 바로 알 수 있었다.

『뜻밖의 위험? 이렇게 하면 더 편리! 가정용 세제의 올바른 사용법』

내용도 제목대로이리라. 오해하려 해도 할 수가 없다. 서가의 분류도 잘 맞는다.

"왜 이런 책을 군이 마법의 힘으로 불태웠을까요?"

"저희도 모릅니다." 여자의 말투가 송구하다는 듯 가라앉았다. "다만 그 책이 엘름의 서가 지닌 힘으로 불탄 것은 틀림없습니다. 저희는 분명하게 느꼈습니다."

그렇다면 모리사키 히로키가 불태웠나. 혹은 그를 사용해서, 황의를 입은 왕이 —

"히로키가 한 거야." 소라의 품에서 아쥬가 조그맣게 말했다. "마법을 시험해본 것 아닐까?"

『엘름의 서』를 통해 얻은 마도의 힘을 시험해보았다는 말인가. 하지만 그렇다면 더더욱 이상하다. 왜 하필이면 『가정용 세제의 올바른 사용법』일까.

"시험만 한 거면 집에 있는 책으로 해봐도 됐을 텐데."

혼잣말을 중얼거리며, 이 책에 대해 더 자세한 정보를 얻을 수 없을까, 하고 유리는 단말기의 키를 탁탁 두드렸다. 화면도 움직여본다.

소라가 다시 유리의 소매를 건드렸다. 왜? 하고 눈길을 주자 그는 눈짓으로 옆 부스를 가리켰다.

중년 남자가 부스 좌석에 앉으려다 말고 엉거주춤한 자세로 눈을 부릅뜨고 이쪽을 보고 있었다. 맞다! 유리는 투명인간이다. 이 사람의 눈에는 키가 혼자서 탁탁 움직이고, 화면이 스크롤하고 있는 것처럼 보이는 것이다!

유리는 천천히 뒤로 뒷걸음쳐서 부스에서 떨어졌다. 중년 남자는 화면과 키의 움직임이 멈춘 컴퓨터를 기분 나쁜 듯이 쳐다보고 있었다. 이윽고 흠칫흠칫 다가가 손끝으로 키를 툭 건드리고는 고개를 갸우뚱했다.

"큰일 날 뻔했네. 나도 깜박했어."

"의외로 잘 잊어먹는다니까." 아쥬가 겨우 기운을 차리고 가볍게 웃었다.

유리는 다시 가까운 서가 뒤에 숨어 팔짱을 꼈다. "결국 여기서는 아무것도 알아낼 수 없구나."

"도움이 되지 못해 안타까울 따름입니다." 여성의 목소리가 다시 한탄했다.

괜찮아요, 신경 쓰지 말아요, 하고 유리는 웃었다.

"저도 아직까지 굉장히 미숙한걸요."

"유리 님, 학교 도서실에는 가보셨습니까?"

기보가오카 중학교 도서실이다. "아니요, 아직요."

"거기라면 유리 님이 찾으시는 것을 아는 책이 있을지도 모릅니다. 역시 이름이 없는 아기와 어린아이가 대부분인지라 큰 기대는 할 수 없지만, 학교의 책들이라면 유리 님의 오빠뿐만 아니라 주변 일도 알고 있을지 모르지요."

"그러네요. 가볼게요. 고마워요!"

유리는 일어서서 도서관을 나가기로 했다. 로비 앞에 공중전화가 있어서 거기서 지방 경찰서로 전화를 했다. 기보가오카 중학교의 동급생 살상사건에 관한 취재를 희망하는 사람이라고 전하자, 몇 번 다른 부서로 전화가 연결되다가 일단 접수처로 와달라는 답변을 들을 수 있었다.

유리는 '이토 시나코'라는 이름을 댔다. 특별한 반응은 없었다. "또 당신이요? 바로 저번 주에 왔잖소"라고 대응하는 사태를 가정할 필요는 없을 듯하다. 좋아, 이대로 변신을 유지하도록 하자.

이런 일을 척척 할 수 있는 것도 변신의 힘이리라. 편리하지만 그러는 와중에 진짜 자신의 존재를 잊어버릴 것만 같아서, 유리의 마음은 결코 편안하지는 않았다.

"이동 마법을 사용하자. 내가 주문을 외워줄게."

도서관 앞 보도의 나무들이 있는 곳에서 아쥬가 소라의 품에서 빠져나오더니 유리의 어깨로 옮겨왔다. "괜찮지?"

"안 괜찮아. 먼저 설명해. 대부분의 책들에게는 '이름이 없다'는 건 무슨 말이야?"

유리의 무서운 목소리에 아쥬는 엉뚱한 방향을 보며 코를 옴찔옴찔 움직였다.

"저기, 유리. 이야기라는 것에는 그렇게 종류가 많지 않아. 열 종류뿐이라고. 하지만 이야기를 내포한 책은 그보다 훨씬 많은 수가 '테두리' 안을 돌아다니고 있잖아? 하지만 근원을 찾아가면 어떤 책이든 그 열 종류의 이야기 속에 포함되거든. 그걸 원형이라고 불러."

인간은 책 하나하나에 제목을 붙인다. 분류하기 편리하기 때문이고, 인간에게는 제목을 붙이는 일 역시 '이야기를 표현하는 행위'의 일부이기도 하기 때문이다.

하지만 본래의 '이야기'—열 종류의 '원형'을 나타내는 제목과 개개의 책이 가지는 제목은 아무 관계도 없다.

"그래서 번호로 충분한 거지."

세상에 나와 처음에 놓인 장소에서 붙여진 번호만 있으면 개개의 책은 불만이 없다.

"책이 스스로 이름을 대야 할 때는 없으니까. 인간의 손으로 번호가 붙여지지 않는다면, 번호조차 없는 상태로 '테두리'에 있어도 곤란할 일은 하나도 없어."

'테두리'에 있는—인간이 제 손으로 적고 정리한 후, 인쇄와 제본을 거쳐 만들어낸 수많은 책 중 99.9퍼센트는 단명하는 존재다. '테두리'에 오래 머무르지 않는다. 바로 '죄업의 대륙'에 되감긴 다음 다시 '테두리' 안으로 보내져, 누군가의 머리와 마음에 깃드는 다른 책이 된다. 이번에도 99.9퍼센트의 확률로 단명하는 책이.

이것은 책에만 국한된 게 아니다. 이야기를 엮어내는 모든 매체의 '작품'에 같은 말을 할 수 있다.

유리의 마음에 선뜩하니 불순한 생각이 솟아올랐다. 99.9퍼센트는 이 세상에 다시없는 '고유한 이름'을 가질 가치가 없고, 있으나 없으나 상관없는 것이다. 즉시 다른 걸로 대체 가능하다는 이야기이다.

그것은 인간도 마찬가지 아닐까.

　꺼림칙한 생각이다. 뭔가 잘못된 생각이다. 인간이라는 존재
는 하나하나가 귀중한 법이다. 자신의 생각을 떨쳐내기 위해 유
리는 짐짓 크게 "에헴" 하는 소리를 냈다.

　"그럼 아쥬라는 이름을 가진 너는 그런 책들보다 대단한 거구
나?"

　죄업의 대류에 되감기지 않고 오랫동안 '테두리'에 남아 있을
필요성을 인정받았다. 그래서 이름도 가지고 있다.

　"뭐, 오래된 건 확실하지." 아쥬는 으스댔다. 생쥐 주제에 잘
도 떡하니 거만한 자세를 취한다. 수염까지 빳빳하게 펼치기는.

　"그런데 뭔가 깜박하기도 하고 말이지."

　'황인'이란 뭐야? 유리는 으름장을 놓듯 목소리에 더욱 힘을
주었다. 그것이야말로 유리가 궁금해하던 것이다.

　아쥬는 작은 발을 바꿔가며 유리의 어깨 위에서 머뭇머뭇했다.

　"그걸 정직하게 말하면……"

　"말하면?"

　"유리는 날 싫어하게 될 거야."

　아쥬는 풀이 팍 죽어 코끝을 수호의 법의에 바짝 갖다댔다. 그
리고 수염을 떨면서 단숨에 말했다.

　"그도 그런 게, 그건 내가 완전히 무력했다는 이야기니까. 내
가 히로키를 구하지 못했고, 히로키를 말리지 못했다는 이야기

니까. 난 엘름의 서를 당해낼 수 없었어. 도전했다가 진 게 아니야. 애초에 그 책의 마력과 겨룰 수가 없었어."

바로 할 말을 찾지 못해 우두커니 선 유리에게 소라가 조용히 다가왔다.

"엘름의 서는 황의를 입은 왕의 사악하고 강대한 힘의 한 부분을 기록한 사본입니다."

"⋯⋯응, 알아."

"그 힘 앞에서 아쥬 님은 오빠의 마음에 손을 쓸 수 없게 되었습니다. 아쥬 님이 원래 지니고 있던 책의 힘을 『엘름의 서』가 억눌러버린 거지요."

유리는 아쥬를 다정하게 감싸올려 가슴 주머니에 넣었다.

"하지만 아쥬는 최대한 노력했지?"

"처음 얼마간뿐이야. 바로 아무것도 할 수 없게 돼버렸거든."

유리상자에 집어넣어진 느낌이었다고 한다. 주위에서 일어나는 일은 보이지만, 소리는 차단되어 있었다. 이쪽 목소리는 닿지 않을뿐더러 아무리 버둥대도 아쥬는 모리사키 히로키에게 다가갈 수 없었다.

"⋯⋯생각만 해도 한심해."

미안해, 미안해, 미안해. 아쥬가 우물우물 사과하자 가슴 언저리가 간지럽다. 유리는 저도 모르게 웃었다.

"아쥬, 귀엽구나."

유리의 미소에 안심했는지 소라의 표정이 누그러졌다. "그렇게, 책이 황의를 입은 왕의 힘에 의해 원래 능력을 억눌리는 것을 보고 '황인'을 받는다, 라고 합니다."

　그 인의 효력은 오래도록 지속되어, 다른 깨끗한 책들을 두려움에 떨고 광분하게 만든다.

　"그 이유는 황의를 입은 왕이 지닌 힘의 편린이 거기 남아 있기 때문입니다만, 또 한 가지, 황의를 입은 왕이 '황인'을 통해 그 책에 영향을 주어 바꾸어버릴 수 있다고 믿기 때문입니다."

　이 말에는 유리도 놀랐다. "그럼 아쥬도? 아쥬도 영향을 받는 거야?"

　아쥬가 당황해서 고개를 내밀었다. "난 괜찮아. 아마 아무렇지도 않을 거야. 아마가 아니라, 절대 아무렇지도 않아!"

　난 사본이 되지 않아. 만약 들여다볼 수 있다면 생쥐인 아쥬가 작은 이빨을 악물고 있는 모습이 보일 것만 같았다.

　"현자도 그렇게 말했어. 보증해줬다고. 유리가 이름 없는 땅에 가 있는 동안 이런저런 이야기를 했거든. 그랬더니 아쥬는 괜찮다고 그랬어."

　유리는 수긍하기로 했다. 현자가 한 말이라면 틀림없을 테고, 여기서 이러니저러니 걱정해봤자 시간을 잡아먹을 뿐이다.

　"알았어, 알았어. 게다가 만약 아쥬가 '황인' 때문에 변해버린다 해도, 반대로 그게 황의를 입은 왕을 찾는 단서가 될지도 모르고 말이야."

반쯤 농담 삼아 가볍게 말했지만, 아쥬는 낯빛을 바꾸며 화를 냈다.

"이상한 소리 하지 마! 그런 일은 있을 수 없어! 난 변하지 않아!"

분위기가 거북해졌다. 유리도 이번에는 진심으로 "알았어" 하며 사과했다.

"이제 됐어. 빨리 가자."

아쥬는 수호의 법의 속으로 숨어버렸다.

지방 경찰서 건물은 모리사키 유리코도 잘 알고 있다. 가족끼리 자주 가는, 싸고 맛있는 이탈리안 레스토랑이 바로 근처에 있기 때문이다. 외벽은 거무데데한 회색, 창틀의 색상과 모양이 구식인 낡은 건물이다.

종합 접수처라는 곳에서 이름을 대고 용건을 전한 후 거기서 십오 분 정도 기다렸다. 이윽고 정복 차림의 여자 경관이 하나 다가와서 책상 너머로 "이토 씨세요?" 하고 말을 걸었다.

모리사키 요시코와 비슷한 정도의 나이이리라. 몸매가 통통하고 얼굴 생김새도 다정한 느낌의 여자 경관이다.

"저는 가시무라라고 합니다. 지난 달 이후로 모리사키 가를 담당하고 있어요. 취재 신청이라고 하셨는데, 모리사키 가의 분들은 매스컴의 취재를 거절하고 계세요."

말이 잘 전달되지 않은 모양이다.

"저는 모리사키 씨가 아니라 경찰 수사 상황에 대해 여쭙고 싶어서 왔어요."

둥근 눈에 약간 처진 눈썹을 지닌 가시무라 경관이 조심스레 눈을 깜박였다.

"현재 저희 서에서는 이 사건에 관한 기자 발표를 삼가고 있습니다. 새로운 정보가 없어서요."

"담당 형사님 중 어느 분이든 만나뵐 수 없을까요?"

"모두 나갔습니다. 모리사키 군에 대한 수색을 계속하고 있으니까요."

수사가 아니라 '수색'이라고 분명히 말했다.

"뭔가 단서는……"

"새로운 정보는 없다고 말씀드렸습니다."

모리사키 가를 방문해도 소용없다고 다짐을 두고 나서, 가시무라 경관은 물러가버렸다.

"차갑구만." 아쮸가 말했다. "유리, 저 여자 경찰 알아? 유리 집 담당이라는데."

"모르지만, 분신은 만났을지도 몰라."

말도 제대로 붙일 수 없지만, 저렇게 해서 모리사키 가를 지켜주고 있다고 해석할 수도 있다. 실제로 모리사키 요시코와 분신 유리코는 조용히 생활하고 있는 것 같았다.

어쨌든 경찰에 가면 뭔가 알아낼 수 있으리라는 것은 안이한 생각이었다. 기자나 작가라면 취재하기 쉬우리라는 생각도 단순하기 그지없었다. 진짜 이토 시나코 씨라면 이럴 때 어떻게 접근을 시도할까.

"어떻게 할래? 모습을 감추고 숨어들어볼래? 자료 같은 걸 찾으러."

그럴듯하게 들리지만, 실제로는 좋은 수가 아니라고 유리는 생각했다. 이 건물 안의 어느 방에 모리사키 사건에 관한 자료가 보관되어 있을지 짐작도 가지 않는다.

같은 생각을 했는지 옆에서 소라가 미아가 된 듯한 불안한 눈빛으로 주위를 빙 둘러보고 있었다.

"다른 방법을 생각하는 편이 나을 것 같아."

유리가 말을 걸자 소라가 깜짝 놀란 듯이 눈을 깜박였다.

"왜 그래?"

유리는 그의 얼굴을 들여다보았다. 그리고 자신과 똑같이 검은색이라고 믿었던 그의 눈동자가 짙은 보라색이라는 사실을 알아차렸다. 보통은 검은색과 분간이 가지 않지만, 얼굴에 빛이 닿으니 잘 알 수 있다.

어쩐지 허둥거리고 있다.

"죄송합니다. 정신을 다른 곳에 두었습니다."

"소라는 경찰을 보는 게 처음일 테니까."

"아니요…… 사람의 복장이나 모습에는 놀라지 않습니다. 그 또한 '테두리' 안에 있는 이야기의 요소이니까요."

조용하군요, 하고 소라는 중얼거렸다.

유리도 그와 함께 주변을 둘러보았다. 여기저기 사람이 있고 이야기 소리나 전화 소리도 들린다. 조용하다는 표현은 들어맞지 않는다고 생각하지만, 확실히 소란스럽지는 않다.

"아무 일도 일어나지 않은 것만 같습니다."

"그야 뭐, '이름 없는 땅'이랑은 다르니까." 아쥬가 말했다. "이 영역의 사람들은 황의를 입은 왕 따위는 모르거든."

소라가 말하려고 하는 것은 그런 의미가 아닐 터이다. 유리는 알아차렸다.

모리사키 히로키 같은 것은 모두 잊어버렸다. 다 잊고 보통의 생활을 보내고 있다. 히로키가 발견되든 발견되지 않든 시간은 흘러간다.

"어쩔 수 없지……"

그 순간 유리의 심장이 이상하게 뒤틀리는 것 같았다. 유리는 손바닥으로 가슴을 눌렀다.

뭐야, 이거. 고동이 멈춘 것 같아.

"왜 그러십니까, 유리 님."

가슴이 철렁했어, 하고 대답하려는데 이번에는 심장이 몹시 두근거렸다. 끅, 하고 딸꾹질처럼 호흡이 흐트러졌다.

"이상해."

유리는 서둘러 경찰서 출입구로 향했다. 요란스러운 소리를 내며 문을 연다. 문 옆에는 아무도 없다. 길 반대편을 걸어가는 샐러리맨이 보일 뿐. 유리는 열쇠 단어를 외워 변신을 풀었다.

"이봐, 유리, 누가 보면 어쩌려고!"

변신 탓에 심장 박동이 이상해진 것 아닐까. 마법의 영향 아닐까. 바로 그렇게 판단하고 변신을 그만두었지만, 두근거리는 심장은 진정되지 않았다. 점점 가슴이 답답해진다. 유리는 무릎을 굽혀 구부정한 자세를 취했다.

"유리 님!"

소라가 유리를 껴안았다. 아쥬가 어깨 위로 뛰어올라왔다.

귓속이 웅웅 울렸다. 자신의 피가 수런대는 소리뿐만이 아니다.

외치는 소리다. 수많은 목소리가 뭔가 외치고 있다. 유리를 향해 소리 지르고 있다. 그에 응해 가슴이 두근거리는 것이다.

학교.

갑자기 그런 생각이 떠올랐다. 머릿속에 불이 켜진 것 같았다. 학교. 히로키의 학교다. 거기 가야 해. 나를 부르고 있어. 부르고—

그래, 도서실이다. 도서실의 책들이 나를 부르고 있다. 올 캐스터 님, 올 캐스터 님, 올 캐스터 님! 이리 오십시오, 빨리, 빨리!

"아쥬, 나를 히로키의 학교로 보내줘!"

"에엥? 갑자기 무슨 일이야?"

"무슨 일이든 간에! 빨리 하지 않으면 늦어!"

"아쥬 님, 서둘러주십시오! 지금은 유리 님이 말씀하시는 대로 하십시다!"

소라에게도 질책을 받고 겨우 아쥬가 주문을 외웠다.

하늘을 가로질러 유리 일행은 기보가오카 중학교로 이동했다. 내려선 곳은 교정이었다. 옷자락이 스칠 정도로 가까운 거리를 똑같은 체육복 차림의 학생들이 뛰어간다.

두근거림은 아직도 멈추지 않았다. 유리는 얼굴을 홱 들고 비명을 지르듯 부르는 수많은 목소리가 어디서 들려오는지 찾았다. 건물 삼층의 저 창문이다. 유리가 번쩍 빛났다. 저기가 도서실이다.

"뛰자!"

유리는 달리기 시작했다. 소라가 딱 붙어 따라왔다. 두 사람의 검은 옷이 펄럭인다. 흔들리다가 떨어질 뻔한 아쥬는 유리의 머리카락에 들러붙었다.

계단을 뛰어올라 도서실에 다가갈수록 외침은 점점 크고 선명해져간다. 이제 말을 분명하게 알아들을 수 있다. 올 캐스터 님, 도와주십시오! 이자를 구해주십시오!

유리는 도서실로 뛰어들었다. 오른쪽에 긴 접수용 책상. 거의 정사각형인 방에 서가가 정렬되어 있다. 열람 공간은 없고, 접사다리가 기대어 세워져 있다.

인기척은 없다. 수업중이라 학생들은 모두 교실에 있다.

도서실은 밝다. 모퉁이 방이라 벽의 두 면에 위치한 창문에서 햇빛이 잔뜩 비쳐든다. 허공을 떠도는 먼지가 반짝반짝 빛나는 게 보인다.

책들이 비명을 지른다. 올 캐스터 님, 올 캐스터 님! 도와주십시오!

산들바람이 유리의 콧등을 어루만졌다. 어딘가에 창문이 열려 있다!

달그락, 하는 소리가 났다. 유리는 채찍에라도 맞은 듯 소리가 들려온 방향으로 뛰쳐나갔다. 폭이 넓은 서가에 가려졌던 광경이 눈에 들어왔다. 창가. 반 정도 열린 유리창. 접사다리를 발판 삼아 그 유리창 창틀로 기어올라가 난간에 손을 대고 몸을 내밀고 있는 교복 차림의 여자아이 —

유리는 앞뒤 가리지 않고 그녀에게 달려들었다. 소라도 뛰어들었다. 그의 양손이 여자아이의 어깨를 잡았다. 유리는 그녀의 허리에 매달렸다.

"뭐 하는 거야! 그만둬!"

온 힘을 다해 소리 지르며 힘껏 뒤로 잡아당기자 여자아이는 별 저항 없이 창틀에서 굴러떨어졌다. 유리와 소라는 셋이서 한

덩어리가 되어 바닥에 쓰러졌다.

머리를 세게 부딪힌 유리는 눈에서 불꽃이 튀었다. 거짓말 같다. 수호의 법의도 이런 사고에서는 지켜주지 못하는 걸까?

"아야~!"

"유리 님!"

소라는 여자아이 밑에 깔려 일어서지 못하고 버둥대고 있다. 유리는 옆으로 구르며 양손으로 머리를 감싸안았다.

그 순간 여자아이가 몸을 벌떡 일으켰다. 옆으로 비스듬히 앉아 양손으로 바닥을 짚고, 튀어나올 만큼 눈을 크게 뜨고 있다. 핏기 없는 얼굴에 창백한 입술.

"누, 누, 누구예요?"

새되고 불안한 음정의 목소리였다. 그녀의 목소리가 신호라도 된 것처럼 책들의 외침이 딱 멎었다.

"누구예요? 누구 있어요?"

유리의 목소리를 들은 것이다. 여자아이는 양손을 허공에 휘저으며 목소리의 주인을 찾으려 하고 있다. 그녀의 손끝이 유리의 몸 삼십 센티미터 정도 위쪽을 휘저었다.

소라가 겨우 일어나 유리가 일어서는 것을 도와주었다. 여자아이가 무릎으로 서서 다시금 주변에 팔을 휘두른다.

"누구예요? 지금 날 만졌죠? 누구예요?"

그녀에게는 나와 소라의 모습이 보이지 않는다. 건드릴 수도 없다.

어떻게 할까―그런 물음을 담아 유리는 소라의 팔을 잡고 얼굴을 올려다보았다. 소라는 뚫어지게 여자아이를 쳐다보았다.

몸집이 작고 빼빼 말랐다. 곱슬머리인지 뻗친 건지 몰라도 짧게 자른 머리카락이 삐죽삐죽 튀어나와 있다. 하얀 블라우스와 촌스러운(히로키도 자주 그렇게 말했다) 디자인의 주름치마 교복.

그뿐이라면 특별히 눈에 띌 만한 점이 없는 여자아이다. 하지만 그녀에게는 딱 하나 커다란 특징이 있었다. 오른쪽 눈 위에 흉터가 있다. 벌레가 기어가는 듯 구불구불하고, 쏘인 듯 부어서 오른쪽 눈꺼풀이 반쯤 감겨 있다.

여자아이의 표정이 움직였다. 두려워하고 있다. 겁내고 있다. 하지만 입술에서 흘러나온 그 목소리에는 기대와 희망, 그리고 기뻐하는 느낌이 뒤섞여 있었다.

"모리사키…… 모리사키야?"

7장
사로잡힌 공주와 백마 탄 기사

여자아이는 말을 걸면서 일어서더니, 슬금슬금 걸어나와 더 넓은 범위를 손으로 더듬기 시작했다. 크게 뜬 왼쪽 눈이 흥분으로 빛나고 있다.

"모리사키야? 돌아왔어?"

움츠러든 것은 유리만이 아니었다. 유리를 껴안아 받쳐주고 있던 소라는 등을 뻣뻣이 펴고 어깨에 힘을 준 채 굳어 있다. 그의 얼굴을 올려다본 유리는, 짙은 보라색 눈동자 속에서 그의 마음이 동요하고 있는 것을 보았다.

"소라, 괜찮아?"

속삭이는 목소리로 몇 번 말을 걸자, 소라는 가까스로 눈을 깜박이더니 입을 반쯤 벌린 채 유리를 향해 고개를 끄덕였다.

"유, 유리 님, 다친 곳은."

"괜찮은 것 같아."

두 사람은 일어섰다. 여자아이는 두 손으로 허공을 더듬으며 벽 옆의 서가까지 가더니, 거기서 다시 아무도 없는 도서실을 향해 말을 건다.

"모리사키, 여기 있으면 대답해. 계속 걱정하고 있었어."

울음이 터지려는 것을 애써 참고 있다.

"나, 혼자서는 불안해서. 빨리 모리사키가 돌아와주었으면 하고……"

너무나도 친밀하고 거리낌이 없는, 우정을 넘어 애정의 느낌까지 풍기는 애원이다. 허공을 더듬는 가녀린 손끝, 손가락의 움직임에도 망설임이나 두려움이 없다. 남자친구의 팔을 찾고 있는 것 같다고 유리는 문득 생각했다. 그렇다기보다 알아차렸다.

"저분은…… 눈이 불편한 걸까요?"

소라가 동요 때문에 음정이 불안해진 목소리로 중얼거렸다. 아닐 거라고 유리가 대답하려던 순간,

"어머!"

여자아이가 발을 멈추었다. 그녀의 발끝에서 삼십 센티미터도 떨어지지 않은 곳에 아쥬가 조그맣게 몸을 움츠리고 있었다. 아까 유리가 넘어졌을 때 바닥 위로 나가떨어졌다가 수호의 법의 속으로 돌아올 타이밍을 놓쳤으리라.

생쥐 아쥬는 그 작은 몸 전체로 '아차!' 하고 외쳤다. 들켰다!

다행히 여자아이는 쥐를 무서워하지 않는 듯했다. 고개를 갸웃하며 찬찬히 아쥬를 쳐다봤다. 그러더니 무릎을 굽혀 몸을 웅크리며 금방이라도 붙잡을 듯 아쥬에게 손을 내밀었다.

유리는 즉시 마음을 정했다. 재빨리 법의에 달린 후드를 젖히고는 말을 걸었다.

"놀라게 해서 죄송해요."

여자아이는 아기 사슴처럼 재빨리 뒤를 돌아보았다. 꼭 그 동작 때문만이 아니라, 여자아이의 모습 그 자체가 딱 아기 사슴 같았다.

유리는 법의 앞을 열어젖혀 여자아이의 눈에 자기 모습이 최대한 많이 보이도록 했다. 그리고 후드 때문에 흐트러진 머리카락을 한 번 흔들고 여자아이와 정면으로 마주 보았다.

"아까 창문에서 뛰어내리려던 당신을 말린 건 저예요."

여자아이가 처음으로 두려움을 내비쳤다. 뒤를 확인하지 않고 뒷걸음치다 뒤통수를 서가 선반에 콩 부딪쳤다.

아쥬가 잽싸게 달려와, 유리가 내민 팔을 타고 어깨 위로 뛰어올라갔다. 여자아이는 왼쪽 눈만으로 그 움직임을 뒤쫓았다. 양팔로 몸을 꼭 껴안고 떨고 있었다.

"부디 무서워하지 말아요. 저는 당신을 해칠 사람이 아니에요."

유리는 한껏 위엄을 담아 말했다. 직감적으로, 이 자리에서 여자아이의 마음에 가 닿을 만한 것은 다정함이나 위로가 아니라 위엄이라고 생각했다.

그것은 정답이었다. 여자아이가 느릿느릿 숨을 내뱉었다.

"당신…… 누구?"

유리는 턱을 살짝 젖히고 어깨를 편 후 눈길을 똑바로 유지한 채 대답했다. 그래, 현자의 말투와 비슷하게 해보자.

"나는 책의 정령입니다."

소라가 아연한 표정으로 유리를 보았다. 아쥬가 유리의 귓볼을 붙잡았다.

"이 도서실에 있는 책의 정령입니다. 화신이라고 해도 되겠지요."

말을 이으면서 유리는 천천히 한 발 앞으로 나섰다.

"당신이 목숨을 버리려는 것을 알고, 말리기 위해 이 모습으로 나타났습니다."

그렇게 말한 뒤에 유리는 발을 모으고 고개를 가볍게 숙였다. 이번에는 이름 없는 땅에서 무명승들이 하던 절을 흉내 낸 것이다.

"어깨 위의 이 하얀 쥐는 내 사역마입니다. 사역마라고는 해도, 위험한 것은 아닙니다. 마법이라고 생각해주십시오."

책만이 지닐 수 있는 마법의 힘입니다.

스스로도 자신에 찬 말투로 들렸다.

여자아이의 어깨가 축 처지더니 서가에 등을 댄 채 주저앉는다. 치맛자락이 흐트러져 무릎이 훤히 보였다. 유리는 그녀에게 다가가 한 손을 내밀었다.

"자, 일어서세요."

건너편 서가 옆에는 교실에서 사용하는 의자 두 개가 겹쳐진 채 놓여 있다.

"일단 진정하고 앉죠." 유리는 여자아이에게 미소를 지었다.

여자아이는 순순히 손을 뻗었다. 홀려버린 듯한 상태다.

초여름 날씨인데도 그녀의 손바닥과 손가락은 아주 차가웠다. 유리는 여자아이의 팔을 잡고 부상자를 이끌듯 걸음을 옮겨 의자에 앉혔다. 그리고 그녀에게서 좀 떨어진 곳에 나머지 의자 하나를 놓고 자신도 앉았다.

소라가 조용하게 유리의 등뒤에 선다.

"기분은 좀 가라앉았습니까?"

유리의 물음에 여자아이는 한 손을 심장 위에 대더니, 고동을 확인하듯 가볍게 눌렀다.

"예…… 괜찮은…… 것 같아요."

"그거 다행입니다."

"정말 고맙습니다."

가까이에서 보자 얼굴 생김새가 예쁘장했다. 오른쪽 눈의 흉터는 딱하지만, 그것이 여자아이의 아름다움에 흠집을 내고 있지는 않았다. 신기했다. 불행한 사고나, 사악한 장난질로 상처 입은 천사상이라도 보는 듯한 기분이 들었다.

"그런 짓을 하면 안 됩니다. 당신의 소중한 목숨은 하나밖에 없으니까요. 그리고 당신의 목숨은 당신만의 것이 아닙니다."

처음으로 쓴 위엄의 가면에 도취되기 시작한 유리는 그만 우쭐해져서 설교를 했다. 그러자 여자아이가 얼굴을 휙 들고 항변했다.

"어떻게 그런 식으로 말할 수 있어요? 목숨은 나 하나만의 거예요. 내가 죽은들 아무도 상관하지 않을 테니까."

유리는 허망하게 도취에서 깨어나고 말았다. 하지만, 하고 위엄이라곤 눈곱만큼도 없는 말이 입에서 튀어나왔다.

"그, 그래도 부모님이."

"아빠도 엄마도 신경 안 써요. 아빠는 장례식에도 안 올걸요."

아무래도 여자아이의 가정에는 복잡한 사정이 있는 듯하다. 유리는 허둥지둥 태세를 정비하고 필사적으로 머리를 굴렸다. 자, 뭐라고 말하지?

— 오빠.

이 여자아이는 연인을 부르듯이 오빠에게 말을 걸었다. 오빠를 찾고 있었다.

"그래도 모리사키 히로키는 슬퍼하겠지요."

확실히 효과가 있었다. 여자아이는 블라우스의 가슴 언저리를 붙잡더니 고개를 떨어뜨렸다. 가냘픈 어깨가 다시 떨리기 시작한다.

"우리 책의 정령도 당신이 목숨을 소홀히 하는 것을 슬퍼합니다. 당신이 우리를 사랑해주셨으니까요."

유리는 스스로도 의식하지 못하는 사이에 '속마음을 떠본다'는 수단을 취하고 있었다. 이렇게 된 이상 어쩔 수 없다. 이번에는 이쪽에서 더듬어나가는 거다.

"자주 여기에 와주셨지요."

여자아이는 고개를 끄덕였다. 이 짐작은 들어맞았다. 모리사키와 함께—라고 이어가도 될지 유리가 0.1초 정도 머뭇거리는 사이에 여자아이가 먼저 말했다. "항상 모리사키와 여기서 책 이야기를 했어요. 같이 도서위원을 했었거든요."

유리는 크게 미소를 지었다. "알고 있습니다."

아쥬가 귓가에서 찍, 하고 울었다. 유리, 또 우쭐대면 안 돼, 라는 충고인가.

하지만 이것이 적당한 기회를 만들어주었다. 여자아이는 희미하게 미소를 띠더니, 아쥬를 보았다.

"그 쥐, 귀엽네요. 이름이 뭐예요?"

"아쥬라고 합니다. 겉보기는 귀엽지만, 실은 제법 늙은이입니다."

"그건 아니지, 유리!" 갑자기 아쥬가 평상시의 말투로 떠들기 시작했다. "나도 책의 정령이거든. 그야 인간보다야 훨씬 오래 살지만, 늙은이는 아니야. 젊은이다!"

여자아이의 눈이 동그래졌다. 흉터에 가려진 오른쪽 눈마저 꿈틀 움직였다.

아아, 다 망쳤네.

"정말이지 얌전하게 있지를 못하는구나, 아쥬."

"언제까지고 쥐 흉내를 낼 수는 없잖아. 안녕, 아가씨."

아쥬가 꼬리를 휘젓고 옅은 분홍색 코끝을 흔들면서 여자아이에게 인사했다.

"아가씨 이름은 뭐라고 하지? 난 모르니까 가르쳐줘."

이 역시 작전이다. 아쥬는 주도면밀하다.

"이누이 미치루예요." 여자아이는 바로 대답해주었다.

"히로키의 동급생인가?"

고개를 끄덕이다 말고 여자아이는 퍼뜩 놀랐다. "아쥬…… 씨, 모리사키를 알아요?"

"응. 미치루와 마찬가지로 히로키를 걱정하고 있으니까. 나뿐만이 아니야. 유리도 그렇지. 책의 정령들은 모두 히로키의 신변을 걱정하고 있어."

그리고 난 그냥 아쥬라고 부르면 돼.

"제 이름은 유리." 유리는 다시 한번 가볍게 절을 했다. "내력이 있는 이름이지만 설명하면 길어지니까 용서해주세요, 미치루 씨."

미치루가 문득 뺨을 일그러뜨렸기에 유리는 그녀의 눈을 쳐
다보았다. 기분이 상했나?

하지만 눈동자는 밝다.

"저는 애칭 같은 게 전혀 없어요."

손끝으로 입가를 누르며 미치루가 말했다.

"다 이누이라고 불러서, 미치루라고 부르면 어쩐지 이상해
요*."

"예쁜 이름이에요." 유리는 말했다.

애칭이 없다는 사실로도, 연하이긴 했지만 같은 소녀인 유
리는 이누이 미치루의 외로움을 알아차릴 수 있었다. 또한 그것
은 이 상황을 뒷받침하는 증거이기도 했다. 미치루가 동급생들
이 모두 교실에서 수업을 받는 이런 시간대에, 혼자 몰래 도서실
에 있는 사실이 의미하는 바를.

자살을 꾀하려 한 이유를.

그래도 물어보았다. "지금은 수업중이잖아요. 도서실에 있다
가 선생님한테 들키면 야단맞지 않아요?"

"괜찮아요. 몰래 숨어들어왔으니까. 저 지금은 원래 학교에
안 나오거든요. 알죠?"

---

* 일본에서는 특별히 친한 사이가 아니면 일반적으로 성으로 부른다.

유리는 그녀의 눈을 쳐다본 채 천천히 고개를 끄덕여 보였다.

"모리사키가 없어지고 나서 다시 학교를 쉬고 있어요."

미치루가 입술을 세게 깨문다.

"하지만 도서실에는 오고 싶어져서…… 꼭 와야 하니까, 그럴 때는 숨어들어와요. 게다가 선생님은 야단치시지 않아요. 그렇게 약속을 해놓았으니까."

"약속?"

"도서실에는 등교해도 괜찮다고요."

교실에는 들어갈 수 없지만, 도서실에는 들어갈 수 있다. 보건실 등교 같은 건가.

"하지만 쉬는 시간이 되면 누가 올지도 모르니까, 너무 오래 꾸물댈 수는 없어요."

미치루의 작고 단정한 얼굴에 별안간 공포의 기색이 스쳐갔다. 누구도 만나고 싶지 않은 것이다.

"그거라면 괜찮아요. 만약 누가 오면 나갈 때까지 제가 당신의 모습을 숨겨드릴게요."

그러자 유리가 말을 끝내기 전에 수업 끝을 알리는 벨소리가 들려왔다. 미치루는 한눈에 알 수 있을 정도로 부들부들 떨었다.

"쉬는 시간은 어느 정도예요?"

"오, 오 분."

순식간에 도서실 바깥세계에 학생들이 만들어내는 소란함이 넘쳐나기 시작했다. 문이 여닫히고 웃음소리가 울려퍼진다. 달음박질하는 발소리가 지나간다.

유리는 가만히 일어서서 미치루의 곁으로 다가가 수호의 법의로 그녀를 머리 위에서부터 푹 감쌌다. 입가에 집게손가락을 댄다.

"이제 안심. 잠깐 눈을 감고 있어요."

미치루의 뻣뻣해진 몸에서 식은땀이 흘렀다. 호흡이 빠르다. 진심으로 무서워하고 있다. 도서실 바깥세계를. 거기 있는 학생들을.

유리는 텅 빈 의자 뒤에 똑바로 선 소라를 보았다. 그는 미치루를 쳐다보고 있었다. 머리가 약간 기울어져 있었다. 처음 보는 것에 빠져 있는 듯한 얼굴이다. 눈을 떼지 못하는 것 같다.

다시 벨소리가 울리고 정적이 찾아왔다. 다행히 짧은 쉬는 시간에 도서실에 발을 들여놓는 학생은 없었다.

"자, 이제 다시 느긋해질 수 있어요." 유리는 원래 의자로 돌아가서 앉았다.

"유리, 작네요." 미치루가 말했다. "초등학생 정도로 느껴졌어요. 저를 겁주지 않으려고 일부러 그렇게 변신한 거예요?"

순간, 유리의 마음 한구석에 그래요, 실은 초등학생 여자아이고, 모리사키 히로키의 작은 여동생이며 아쥬에게 '아가씨'라고 불린 적도 있어요, 라는 생각이 스쳐갔다. 그냥 생각일 뿐이었지만.

"이 모습을 좋아해요" 하고 유리는 조용히 대답했다.

"아쥬랑도 균형이 맞고요."

"그렇군요. 생쥐를 애완동물로 데리고 다니는 작은 여자아이네요."

미치루는 아까보다 더 크게 미소를 지었다. 미소와 함께 목소리가 흘러나왔다.

"모리사키한테는 초등학생 여동생이 있어요. 저한테도 자주 이야기했죠. 우리 꼬맹이 유리, 우리 꼬맹이 유리, 하면서요."

갑작스러운 놀라움과 맞닥뜨려도 태연할 정도로 유리는 강해져 있었다. 흐트러지지 않았다.

"분명 슬퍼하고 있을 거예요. 오빠가 없어져서 울고 있겠죠."

흐트러진 쪽은 미치루였다. 미소를 짓다가, 지금까지 그녀 안에서 유지되고 있던 위태로운 균형이 무너진 것이다. 둑이 허물어지고 말았다.

"저, 사과하러 가야 해요. 모리사키가 그런 짓을 한 건 전부 제 탓이에요. 모두 제가 나빠서 그래요. 정식으로 사과해야 되는데. 하지만 할 수 없었어요─할 수 없었어!"

터져나온 것은 고백이었다. 무의식중에 유리는 주위에서, 마음속에서 붙들 것을 찾았다. 갑작스런 고백에 떠내려가버릴 것만 같았다. 이번에야말로 놀라서 낯빛이 창백해지는 것을 스스로도 알 수 있었다.

그때 아쥬의 자그마한 손이 유리의 귓불을 탁 때렸다. 긴 꼬리가 유리의 목덜미를 다정하게 쓰다듬었다. 뒤에 서 있던 소라가 흔들리는 유리의 어깻죽지를 꼭 눌렀다.

유리는 고개를 돌려 소라를 올려다보았다. 소라는 아직도 뚫어질 듯이 미치루를 쳐다보고 있다. 짙은 보라색 눈동자에 미치루의 하얀 교복 블라우스가 비친다.

아쥬가 유리의 귀에 코끝을 갖다대고 정신 차려 유리, 하고 속삭였다. 이런 상황인데도 웃음을 터뜨릴 만큼 간지럽다.

미치루는 얼굴을 잔뜩 찌푸리며 울기 시작했다. 몸을 구부려 의자에서 떨어질 것 같은 자세로 머리를 감싸안는다. 유리는 수호의 법의를 가볍게 펄럭이며 일어났다가 쪼그리고 앉아 그녀에게 다가갔다.

"그런 괴로운 마음이 쌓여서 목숨을 버리려고 한 거죠?"

미치루는 부들부들 떨면서 몇 번이고 머리를 위아래로 끄덕였다. 유리는 그 등을 천천히 어루만졌다. 그러는 동안 자신도 어루만져지는 듯한 기분이 들었다.

"괴로웠죠? 참 무거운 짐이었죠?"

미치루는 소리 내어 울었다. 둑 안쪽에 괴어 있던 물이 펑펑 흘러나간다. 유리는 그 흐름의 가장자리에 똑바로 서 있다.

"무거운 짐을 내려요. 저한테 가르쳐주세요. 당신이 뭘 참고

견뎌왔는지, 모리사키가 왜 그런 짓을 저질렀는지. 저는……"

으으, 하고 세게 고개를 젓고 말했다.

"이제 딱딱한 말투는 그만! 난 말이야 미치루, 책의 정령이라서 정말 많은 일들을 알고 있지만, 현실세계에 대해서는 다 파악하고 있지 못해. 그도 그런 게 책이니까 자유롭게 혼자 어디로 가서 이야기를 듣거나 조사할 수 없단 말이야."

유리는 시선을 들고 도서실의 책들을 둘러보았다. 침묵 속에서 지원해주는 힘이 느껴졌다. 유리 역시 책들에게 말없이 고개를 끄덕였다.

"미치루, 이야기해줘. 도대체 무슨 일이 있었어? 그걸 알면 너랑 모리사키를 돕기 위해 우리 책들이 할 수 있는 일이 있을지 몰라."

흐느껴 울면서 미치루는 몸을 일으켰다. 얼굴은 눈물에 젖었고, 눈가는 새빨갛다. 오른쪽 눈의 흉터가 한층 애처롭다. 유리는 그녀의 이마와 볼에 달라붙은, 앞머리를 살짝 매만져주었다.

"넌 우리 책들을 사랑해줬어. 그러니까 우리는 네 편이야. 네 친구. 믿고 털어놔줘."

미치루는 눈물을 뚝뚝 흘리다 치마 주머니에서 손수건을 꺼내 얼굴을 닦았다. 손수건은 구깃구깃하고 눅눅해 보였다. 유리 일행과 만나기 전에도 이렇게 정신없이 울다가 손수건을 꺼내 썼으리라.

"모리사키는 말이죠."

띄엄띄엄 말을 꺼내다 미치루는 괴로운 듯 숨을 내쉬었다. 유리는 다시 그녀의 등을 문질렀다.

"저를 도와줬어요."

"도와줘?"

"제가 따돌림을 당하는 걸 보고. 그러지 말라고 반 아이 모두에게 호소했어요. 감싸줬어요."

두 사람은 1학년 때 같은 반이었다.

"입학하고 나서 바로 저를 따돌리는 아이들이 있었죠. 하지만 그렇게 심하지는 않았고요. 정말 심하게, 대놓고 여럿이서 따돌리게 된 건 2학기가 되고 나서였어요. 아마도 체육 수업에서 수영이 시작된 게 계기였을 거예요."

유리는 눈을 깜박이다 물었다.

"반 친구들이 뭐 때문에 괴롭힌 거야? 네가 뭘 잘못했다는 거야?"

미치루는 왼쪽 눈을 크게 뜨고 가만히 유리를 쳐다보았다.
"유리, 제 눈을 보고 아무 생각도 안 들어요?"

"눈의 흉터 말이야?"

고개를 끄덕이고 미치루는 그 흉터를 손가락으로 만졌다.

"세 살 때, 집 이층 베란다에서 떨어졌어요. 떨어진 곳에 정원 손질용 도구가 놓여 있어서……"

금속 도구에 얼굴을 베여 자칫하면 오른쪽 눈의 시력을 완전히 잃을 뻔했다고 한다.

"다쳤을 때, 그리고 일 년 정도 지나고 나서 재차 수술을 받았어요. 엉덩이랑 허벅지의 부드러운 피부를 떼어내 이식했죠. 그래서 그 흉터가 몸에도 남아 있어요."

수영 수업이 시작되자 반의 여자아이들에게 그 흉터를 들켰다. 그것이 따돌림으로 확대되었다는 것이다.

"기분 나빴겠죠. 무리도 아니에요. 저도 거울을 보기 싫은걸요."

입학 초부터 일부 반 아이들은 미치루를 '괴물'이라 불렀다고 한다. 흉터가 몸에도 있다는 사실이 알려지자 험담하는 데 더 거리낌이 없어졌다.

"물론 그런 말을 안 하는 아이도 있어요. 하지만 저를 감쌀 수는 없죠. 감싸면 그때는 그 아이가 괴롭힘을 당하니까, 모른 척할 수밖에 없었어요."

유리는 입을 일자로 꾹 다물었다. 분노로 말이 나오지 않는다.

미치루가 왜 따돌림을 당했는지는 이해할 수 있다. 하지만 그러는 놈들의 비열하고 더러운 심성은 이해할 수 없다. 이해하고 싶지도 않다.

"……즉, 그 녀석들은 네 얼굴의 흉터를 노리개 삼아 널 괴롭히거나 놀리곤 했다는 거네?"

너무 무시무시하게 물었기에, 모르는 사람에게는 미치루를 협박하는 것처럼 들렸으리라.

"그래요……"

"이유는 그것뿐이지?"

미치루는 흠칫 풀이 죽었다. "모르겠어요. 무슨 말을 하든 제가 웃으며 받아넘겼으면 조금은 달랐을지도 몰라요."

"그렇지 않아. 넌 나쁘지 않아."

유리는 이를 꽉 깨물었다.

"널 괴롭힌 녀석들의, 뭐라고 하지, 주모자? 그 녀석은 남자야, 아니면 여자야?"

"처음에는 남자였는데, 2학기가 되고 나서는 여자애들도……"

대여섯 명이라고 한다.

"이름은 다 알지? 나한테 가르쳐주지 않을래?"

"유리." 아쥬가 끼어들었다. "좀 진정해."

"어떻게 진정할 수 있어? 진정해서는 안 된다고, 아쥬!"

유리가 소리를 질렀다. 주먹을 움켜쥐고 치켜든다.

"이렇게 사악한 일이 어디 있어? 용서할 수 있을 리 없잖아. 미치루, 나한테 그 녀석들이 누구인지 가르쳐줘. 아쥬, 주문을 찾아줘."

"어떤 주문 말이야?"

"그 녀석들을 싹 모아서 '이름 없는 땅'에 보내버릴 거야! 머리를 깎고 신발을 벗기고 너덜너덜한 옷만 입힌 다음에, 남은 일생을 '죄업의 대륙'을 밀면서 보내게 해주겠어! 그 녀석들에게야말로 죄업을 진 자라는 오명이 어울려!"

찢어지는 목소리로 외치며 저도 모르게 일어섰을 때, 소라와 눈이 마주쳤다. 슬픈 듯한 보랏빛 눈동자가 보였다.

"아, 미안."

소라는 그 '머리를 깎고 맨발에다 너덜너덜한 옷을 입은' 무명승이다. 죄업을 진 자다. 게다가 추방된, 죄업을 진 자다.

"바보 같은 소리 하는 거 아니야, 유리."

아쥬의 목소리에 갑자기 원숙한 느낌이 배어들었다.

"설령 올 캐스터라고 해도 그런 힘은 사용할 수 없어. 그런 주문도 없고. '테두리' 안에서 멋대로 인간을 골라내 이름 없는 땅으로 추방하는 건, 올 캐스터의 힘으로 할 수 있는 일이 아니야."

"그럼, 누가 할 수 있는데?"

아쥬는 잠깐 입을 다물었다가 수염을 떨면서 대답했다. "이야기의 신이겠지. 아마도."

아마도, 라는 표현에서 주눅이 느껴져 유리의 혈압이 내려갔다.

"이야기의 신? 그런 신이 있어? 신도 이야기일 텐데."

"그러니까." 아쥬는 생쥐 주제에 아주 능숙하게 한숨을 쉬었다. "그건 심원한 비밀이지. 건드려서는 안 될 수수께끼야."

"현자님이 그렇게 말했어?"

아쥬는 조그만 두 손으로 콧등을 감추고 몸을 동그랗게 말며 다시 "아마도" 하고 대답했다.

"네가 아직 젊다고 현자님이랑 책들이 말한 건 그런 의미구나."

소라가 부드럽게 말을 걸어왔다. "유리 님, 미치루 님이 난처해하십니다."

그 말대로 미치루는 곤혹스러움에 옴짝달싹도 못한 채 굳어 있었다.

"그렇구나. 미안. 고마워."

깜박하고 소라를 향해 말하고 말았다. 바로 그 순간 미치루의 몸이 풀렸다.

"유리, 지금 누구한테 고맙다고 한 거예요?"

그녀에게는 소라의 모습이 보이지 않는다.

"아무것도 아니야. 혼잣말" 하고 웃으며 얼버무렸다. 아쥬가 유리의 어깨에서 팔을 타고 내려와, 미치루의 무릎 위로 폴짝 뛰어올랐다.

"나, 잠깐 미치루랑 같이 있을래. 유리는 무서우니까."

무슨 실례의 말을. 하지만 미치루가 기쁜 듯이 손끝으로 아쥬를 쓰다듬는 걸 보고 말싸움은 그만두기로 했다.

"그래서, 모리사키는 그런 바보 같은 녀석들에게 반기를 들었단 말이지?"

미치루는 아쥬를 손바닥에 얹은 채 고개를 끄덕였다.

"언제쯤 일이야?"

"작년 10월이었나…… 처음에는 HR 시간에 의견을 말해줬어
요."

"둘이서 도서위원을 했다고 했지? 그럼 모리사키는 왜 좀더 일
찍 네가 심한 괴롭힘을 당한다는 사실을 알아차리지 못했을까?"

뜻밖에도 미치루는 수줍은 듯한 미소를 지었다. "큰일이 없다
면, 저 같은 건 모리사키처럼 인기 있고 바쁜 아이의 눈에 들어
오지 않아요. 게다가 처음에는 저를 괴롭히는 아이들도 공공연
하게 그러지는 않았으니까."

"모리사키는 학급위원 아니었어?"

그런 대화를 들은 기억이 있다. 모리사키 요시코와 히로키의
이야기 — 히로키, 학급위원으로 추천됐지? 어떻게 할 거니?

"부 활동으로 바쁘니까, 도서위원이라면 맡겠다고 모리사키
가 직접 말했어요. 한가해 보이니까."

"미치루는 책을 좋아해서 입후보한 거야?"

"여자 도서위원은 제비뽑기로 결정했어요. 다들 하기 싫어했
거든요."

자기는 어떤 위원이든 간에 직접 입후보하는 것 같은 눈에 띄

는 일은 할 수 없었다고 작게 덧붙였다.

"그리고 나중에 모리사키가 결정된 거고."

"예."

유리는 마음속으로 생각했다. 미치루는 그것이 불편했을지도 모른다. 일부 여자아이들 사이에서 미치루에 대한 질투심이 싹 트지는 않았을까. 물론 학년이 막 시작되었을 무렵에는 아무렇 지 않았으리라. 하지만 점점 모리사키 히로키의 인기가 높아지 면서 왜 저런—마음속으로 생각하기도 싫은 표현이지만, 그 녀석들은 그렇게 말했을 테니까—괴물이 모리사키랑 둘이서 도서위원을 하느냐는 질투가 일어나지는 않았을까.

"대놓고 괴롭히기 시작한 후에 모리사키가 알아차렸단 말이 지."

그리고 미치루를 위해 싸웠다. 이것은 올바른 일이 아니다. 부 끄러운 일이다. 다들 그렇게 생각하지 않느냐고 물었다.

"그때까지는 보고도 못 본 척하던 아이들도, 그 모리사키가 선두에 서준 덕분에 무서워하지 않게 돼서—"

미치루에 대한 가혹한 괴롭힘은 멈췄다. 꼬리를 감추었다.

"저, 1학년 3학기* 때는 매일 학교에 왔었어요." 미치루는 그

---

* 현재 일본의 초중등 학교 대부분은 3학기 제도를 채용하고 있다. 3학기는 일반 적으로 1월부터 3월까지다.

리운 듯 눈을 가늘게 뜨고 작게 중얼거렸다.

그건 정말 다행이다. 하지만 선생님은 뭘 했을까?

"그동안 선생님은 뭘 했어? 선생님도 모리사키가 들고 일어설 때까지는 보고도 못 본 척했어?"

미치루는 크게 당황하며 고개를 저었다. "그렇지 않아요! 가네하시 선생님은 열심히 절 격려해주셨고, 괴롭히는 아이들을 야단쳐주셨어요."

가네하시 아키코라는 젊은 여선생님이라고 한다. 영어 교사다.

"하지만…… 가네하시 선생님은 아직 젊으시고, 담임은 처음이라서…… 게다가 그……"

몹시 말하기 힘든 듯 미치루는 입을 오므리고 설명했다. 괴롭히는 학생들의 부모 중에 이른바 '치맛바람이 센 학부형'이 있어서, 가네하시 선생님이 따돌림 건으로 학생지도를 하면 바로 학교에 거세게 항의하거나 교육 위원회에 전화를 했다.

"그게 너무나도 억지스러운데, 그…… 거짓말도 많아서, 그래서 항상 가네하시 선생님이 나쁜 것처럼 이야기가 흘러가요."

유리는 다시 어금니를 꽉 깨물었다. "교장 선생님은 뭘 했어?"

미치루가 입을 다물고 있기에 유리는 스스로 말했다. "가네하시 선생님과 네 편을 들지 않고, 시끄러운 부모에게 굽실굽실하면서 모르는 척한 거지?"

미치루는 방금 전의 아쥬와 마찬가지로 고개를 떨어뜨리고 "아마도요" 하고 작은 목소리로 대답했다.

"미치루의 아빠 엄마는?" 아쥬가 긴 수염을 떨면서 물었다. "미치루가 엄청 괴로워했잖아. 분명 걱정했겠지?"

약간 되돌아온 미치루의 얼굴빛이 단숨에 하얘졌다. 입가가 떨리고 어깨가 처졌다.

"제가 베란다에서 떨어졌을 때, 엄마가 같이 있었거든요."

아주 잠깐 눈을 뗐을 뿐이었다.

"그래서 엄마는 아빠한테 엄청 혼났어요. 친할아버지 할머니한테도 혼나고."

부부 사이가 틀어져서, 결국 미치루의 사고가 일어난 지 얼마 지나지 않아 이혼했다고 한다.

"그후로 엄마는 혼자서 일하며 절 키워주셨어요. 엄마는 항상 피곤해요. 그래서 늘 기분이 나빠요. 제가 학교에 들어가면서부터 밤일을 하게 돼서 술을 많이 마시게 됐는데, 그것도 안 좋은 것 같아요……"

미치루의 모친에게는 미치루를 보살필 마음의 여유가 없는 건가, 하고 유리는 생각했다.

"아빠는?"

그 질문에 미치루는 한순간 뭔가 거대한 것에 끼여 짜부라지기라도 한 듯 괴로운 표정을 지었다.

"아빠는, 제 얼굴을—볼 수 없다고."

볼 수 없다. 보고 싶지 않다.

"이혼하고 나서 저는 한 번도 못 만났어요. 벌써 재혼해서 아이도 있고."

미치루의 목소리가 평정을 잃고 뒤집어졌다. 하지만 눈물은 나오지 않는다. 극심한 비통함에 마음이 불타 눈물이 말라버린 것이다. 갈고리처럼 구부린 양손 손가락으로 금방이라도 자신의 얼굴을 쥐어뜯을 것만 같다.

"그래서 엄마는 저를 원망해요. 아빠랑 불타는 연애 끝에 결혼했대요. 그런데 저 때문에 엉망이 됐어요."

"그건 아니야!"

아쥬가 미치루의 어깨로 뛰어올라가더니, 그녀의 손가락에 매달려 꼬리를 크게 흔들며 얼굴에서 떼어놓았다.

"미치루의 엄마는 자기를 탓하고 있는 거야. 그게 너무 괴로우니까 미치루에게도 다정하게 대하지 못하는 거지. 미치루를 원망할까봐!"

미치루는 아쥬를 양손바닥으로 건져올리더니 거기에 얼굴을 묻었다. 아쥬는 따뜻하고 부드러운 하얀 털가죽을 그녀의 얼굴에 문지르며 위로했다.

싸늘한 감정이 유리의 가슴에 떨어져간다. 너무나 차가워서 마음이 동상을 입었나. 찌르듯이 아프다.

미치루에게 일어난 일은 누구에게나 일어날 수 있는 사고였다. 정말 불운한 사고다. 그것이 차례차례 더한 불행을 불러 미치루를 괴롭혀왔다.

행복은 얼마나 약한 것인가. 기쁨은 얼마나 쉽게 빼앗기는가. 당연한 듯 누리고 있는 동안은 알 수 없지만.

그리고, 사악함은 얼마나 교묘하게 사람의 마음 틈새로 비집고 들어오는가.

질투. 분노. 죄악감. 되돌릴 수 없는 일에 대한 후회. 비탄. 연민. 모두 그것 자체로는 해가 없다. 누구나 마음에 품고 있는 것이다. 오히려 그것들을 전혀 품지 않은 마음은 죽은 마음이라 해도 되리라.

하지만 일단 거기에 사악함이 깃들면 모든 것이 달라지고 만다. 사악함은 질투, 분노, 죄악감, 후회, 비탄, 연민에 형태를 부여한다. 그것을 표출할 에너지를 만들어 낸다.

에너지는 항상 '적'을 찾는다. '표적'을 원한다.

미치루는 얼굴에 상처를 입고, 마음에 상처를 입었다. 아버지에게 버림받고 어머니와의 유대감을 잃었다. 교장 선생님을 포함한 사람들은 보고도 못 본 척했다. 젊은 담임선생님만이 편을 들어주었지만, 그녀의 힘은 약했다. 미치루를 둘러싼 사악한 군세는 강대한 힘으로 미치루를 압박했다. 미치루에게는 도망칠 길이 없었다.

사로잡힌, 탑 속의 공주다.

문득 그런 비유가 유리의 마음에 떠올랐다. 그래, 맞다. 미치루의 가녀린 모습, 쓸쓸한 빛을 띤 아름다운 눈동자는 의지할 조국을 잃고 왕궁에서 쫓겨나 적의 포로가 된 고귀한 공주와 딱 어울린다.

그리고 모리사키 히로키는, 고립무원의 아름다운 공주를 구하러 동분서주하는 백마 탄 기사였다.

"……영웅."

저도 모르게 유리는 소리를 내어 중얼거렸다. 미치루가 얼굴을 들었다.

"미치루에게 모리사키는 영웅이었구나."

미치루는 고개를 끄덕였다.

아쥬의 검은 눈동자가 갑자기 유리에게 고정된다. 아쥬는 뭔가 말하려고 수염을 움직이다 그만두었다.

"영웅과 공주는 적을 물리친 후 언제까지고, 언제까지고 행복하게 살아야 하지 않아? 이야기에서는 그런데."

그렇다. 이야기에서는.

"왜 모리사키는 2학년이 되어서, 지금 이때 그런 사건을 일으켰을까?"

유리를 쳐다보는 미치루의 검은 눈동자에서 순식간에 눈물이 쏟아지기 시작했다. 아니, 눈물이 아니다. 투명하지만 이것은 피다. 유리는 알 수 있었다. 미치루의 마음을 저민, 가장 최근의 상처에서 피가 흘러나오고 있다.

"그러니까 제 탓이에요."

모리사키 히로키는 미치루를 도왔다. 정말 영웅적인 행동으로 그녀를 구원했다.

"2학년이 된 후에, 이번에는 모리사키가 반 아이들에게 따돌림을 당하게 됐어요!"

2학년이 되어 히로키와 미치루는 다른 반이 되었다. 담임선생님도 바뀌었다.

"가네하시 선생님은 제가 따돌림을 당한 사건에 책임을 지고 담임에서 제외당했어요."

완전히 생트집 같은 처분이다. 하지만 그래도 미치루는 괜찮았다. 새로운 반의 분위기는 온화했고, 담임선생님도 미치루가 1학년 때 같은 상황에 처하지 않도록 신경을 써주었기 때문이다.

하지만 모리사키 히로키를 둘러싼 사정은 달랐다.

"제가 따돌림을 당할 때는 그 사실을 아는 학생과 선생님이 적었어요. 옆 반 아이들은 아마 절반도 몰랐을 거예요."

하지만 모리사키 히로키가 대대적으로 펼친 정의로운 행동은 전 학년에 잘 알려졌다.

개중에는 그 일을 달가워하지 않는 사람들이 있었다. 학생들뿐만이 아니다. 선생님들조차도.

"모리사키가 저를 위해서 반에서 호소했을 때, 다른 선생님들이 도와주지 않아서 가네하시 선생님이 곤경에 처했다는 사실도 같이 알렸어요. 우리 담임선생님이 어려움을 겪는다고, 해야 할 말을 했을 뿐인데."

하지만 몇몇 교사들 중 그 일을 건방지다고 생각하는 사람들이 있었다. 히로키가 학교와 선생님들을 비판의 대상으로 삼았기 때문이다.

그렇게 영웅인 척하는 행동은 어떻게든 제재해야 한다.

교육상 바람직하지 않다.

학생은 학생의 본분을 깨달아야 한다.

그런 담임이 2학년이 된 모리사키 히로키를 기다리고 있었다.

유리의 가슴은 찢어질 듯 아프고, 부들부들 떨렸다. 입 밖에 내어 묻기가 무서웠다.

"……그 말은 즉, 담임이 부추겨서 모리사키를 따돌리게 했다는 거야?"

미치루는 대답하지 않는다. 다만 젖은 눈을 크게 뜨고 유리를 마주 쳐다볼 뿐이다.

"설마하니 모리사키가 찌른 두 학생도, 그 선생님 밑에서 '활동'하고 있었어?"

미치루가 겨우 한두 번 고개를 끄덕였다.

목이 바싹 말라 숨쉬기가 괴롭다. 유리는 어떻게든 호흡을 가다듬었다.

"담임선생님 이름은?"

"하, 하타 선생님이요."

쉰 살에 가까운 남자 교사라고 한다. 사회를 가르치는 선생님이라는 말을 듣고 유리는 숨쉬기가 더욱 힘들어졌다.

"가네하시 선생님은 사건 후에 어떻게 됐지? 지금 어떻게 지내고 있어?" 아쥬가 물었다.

"학교를 쉬고 계세요. 저랑 똑같아요."

히로키가 동급생들을 살상하는 사건을 일으키자 기보가오카 중학교는 대혼란에 빠졌다. 학교 안에는 적절하게 대처하려는 선생님도 있었거니와, 누군가에게 책임을 떠넘기고 체면을 유지하기에 급급한 선생님도 있었다. 그러한 아수라장 가운데 가네하시 선생님은 일찌감치 정직 처분을 받았다. 하타 선생님이 이번 사건은 모리사키 히로키가 관련된 1학년 때의 따돌림 사건을 적절하게 처리하지 못한 것이 원인이라고 강력히 주장했고, 교장 선생님을 포함한 학교 간부들도 그 주장을 받아들였기에 가네하시 선생님은 또다시 고립되었다. 속된 표현을 하자면 총대를 메게 됐다는 말이다.

"아쥬, 아까 내가 한 말을 정정할게." 유리는 말했다. "제일 먼저 이름 없는 땅으로 추방해야 할 녀석은 교장 선생이랑 하타 선생이야."

"그러니까 그렇게는 못한다고!"

유리에게 호통을 치고 아쥬는 다시금 미치루에게 물었다. "히로키의 엄마 아빠는 그런 사정을 정확하게 알고 있어?"

미치루의 눈빛이 한층 어두워지더니 자신 없다는 듯 고개를 저었다.

"모리사키는, 1학년 때 일은 부모님께 이야기하지 않았을 것 같아요. 그런 일은 굳이 말할 필요도 없다는 식이었거든요."

유리도 이해할 수 있었다. 분명 그랬으리라고 생각했다. 모리사키 히로키는 스스로 나서서 자기 부모에게 자랑거리를 이야기하는 소년이 아니었다.

"그럼, 괴롭힘 당했다는 건?"

"그것도 이야기하지 않았어, 아쥬." 유리는 미치루보다 먼저 대답했다. "그럴 거야. 어떻게 이야기할 수 있겠어."

유리는 눈을 감았다. 겨우 알았다. 이해했다. 그때―뜻밖에 히로키가 일찍 집에 돌아와 몰래 목욕탕으로 들어간 것은 학교에서 괴롭힘을 당했기 때문이었다. 머리카락과 얼굴, 혹은 몸도 씻어내야 할 정도로 더러워져 있었으리라. 어쩌면 상처를 입어 피가 묻어 있었는지도 모른다.

모리사키 히로키는 강한 소년이었다. 사소한 일에는 굴하지 않았다. 하지만 당시 그를 둘러싼 환경은 이상했다. 바로 눈 위에 군림하는 담임선생님이 왕따에 앞장서는 역할이었던 것이다.

게다가 '교육'이라는 대의명분을 내걸었다. 그의 아래에서 '활동'하는 다른 학생들은 히로키를 괴롭히는 일을 조금도 주저할 필요가 없었다. 당연히 우쭐대는 녀석도 있었으리라.

이 이상 사악한 구도는 없다.

일개 중학생이 대항할 수 있는 사악함이 아니다.

하지만 모리사키 히로키는 잠자코 복종하지 않았다. 옳지 않은 것은 아무리 강대해도 옳지 않은 것이다. 무릎을 꿇어서는 안 된다. 그것과 싸우지 않으면 안 된다.

그래서 히로키는 보다 큰 힘을 원한 것 아닐까. '영웅'의 이야기에 이끌렸다가, 그 강대한 이야기의 이면에 존재하는 '황의를 입은 왕'이 지닌 검은빛에 매료되지 않았을까.

감옥을 부술 힘을 찾는 암흑의 왕과 부정을 부술 힘을 원하는 소년은 그렇게 만났다.

히로키를 '최후의 그릇'으로 만든 것은 역시 분노였다. 단순한 분노라고는 말하고 싶지 않다. 의분이다. 정의의 분노다.

억울함과 슬픔에 유리의 마음은 찢어질 것만 같았다. '인을 받은 자'의 법의 깊숙한 곳에서 모리사키 유리코가 울고 있다.

"히로키가 찌른 두 사람은 학생 쪽의 두목, 아니 리더인가?"

아쥬가 우물쭈물 말을 골랐지만, 미치루는 딱 잘라 말했다. "둘 다 하타 선생님의 추종자예요. 선생님이 하라고 했으니까, 아무리 심한 짓을 해도 상관없다면서 제일 우쭐댔어요."

"싸움이 일어나면 그런 녀석들이 나오지. 세상이란 항상 그래."

유리는 되물었다. "싸움?"

"그래, 싸움이야. 이것도 전쟁이라고."

그 또한 황의를 입은 왕이 원하는 것이었다. '영웅'의 이야기에는 반드시 싸움이 따라다닌다.

"유리 님." 조심스레 소라가 불렀다. 그의 존재를 잊고 있던 유리는 정신이 번쩍 들었다.

"미치루 님은 엘름의 서에 대해 오빠께 무슨 얘기를 듣지는 않으셨을까요? 오빠께서 그 책을 어떻게 손에 넣고, 어떻게 다루었는지 알고 계시지 않을까요?"

소라는 여전히 신기한 경치라도 바라보는 듯한 표정으로 미치루를 보고 있었다. 약간은 미치루를 무서워하는 것 같기도 하다. 지나친 생각일까.

"아까 미치루 님은 심상치 않은 행동을 하셨습니다. 모습이 보이지 않는 유리 님을 향해 **모리사키**라고 부르셨습니다."

그렇다. 게다가 "돌아왔어?"라고 말했다. 히로키가 보이지 않는 존재가 되어 갑자기 도서실로 돌아오는 것을 충분히 예상하고 있었던 것처럼 들리지 않는가.

아니, 그러기를 고대하고 있던 듯한 느낌마저 든다. 그렇기 때문에 미치루는 '도서관에 오고 싶어진다. 와야 한다'라고 말하지는 않았을까.

유리는 그의 의문을 이해했다는 사실을 눈짓으로 소라에게 알렸다. 그리고 더이상 도움이 되지 않을 만큼 흠뻑 젖은 손수건을 눈에 대고 있는 미치루를 향해 가볍게 팔짱을 끼고 말을 꺼냈다.

"미치루. 지금부터 할 이야기는 모리사키의 생명과 관계가 있을지도 모르는 중요한 이야기야."

미치루는 깜짝 놀라 움츠러들다가 손수건을 떨어뜨릴 뻔했다. 유리는 말투를 바꿨다.

"그러니까 부디 제가 묻는 말에 숨김없이 정직하게 대답해주세요. 알겠죠?"

미치루는 충혈된 왼쪽 눈으로 유리의 눈을 보고 고개를 끄덕였다.

"우리 책의 정령은, 그가 강대한 마력을 간직한 어떤 책의 힘을 얻었다는 사실을 알고 있어요."

미치루는 어리둥절해하지 않았다. 다시 조그맣게 고개를 끄덕였다.

"엘름의 서라는 책이죠. 당신은 알고 있나요?"

"모리사키가 이야기해줬어요."

"당신은 본 적이 있나요?"

고개를 젓는다. "귀한 물건이고, 몰래 가지고 나왔으니까 신중하게 숨겨두었다고 했어요."

"그게 언제 일이지?" 아쥬가 조급하게 끼어드는 것을, 유리가 그의 머리에 집게손가락을 얹어 가로 막으면서 말을 이었다.

"미치루, 당신은 책을 좋아하죠?"

"예."

"모리사키도 책을 좋아했나요?"

"싫어하진 않았지만 저처럼 책벌레는 아니었어요. 하지만 제가 읽은 다양한 책 이야기를 했더니 흥미가 생겼다고 했어요."

책도 나쁘지 않다면서.

유리는 천천히 고개를 끄덕였다. "그럼 미치루. 모리사키가 당신에게 산속의 별장에 있는 서재 이야기를 한 적은 없나요? 옛날에 만들어진 책이 산더미처럼 모여 있는 오래된 서재 이야기예요."

침을 꿀꺽 삼켰는지 미치루의 가느다란 목이 위아래로 움직였다.

"그 서재라면 알아요. 데리고 가준걸요. 같이 갔어요. 셋이서."

"셋?"

"가네하시 선생님께도 이야기해서, 선생님 자가용으로."

봄방학이 되고 얼마 지나지 않았을 때였다. 화창한 날씨의 드라이브라서 정말 즐거웠다고, 미치루는 눈물을 글썽이며 말했다.

그 무렵에는 미치루를 못살게 굴던 따돌림 사건은 해결되었고, 히로키가 2학년이 되어 직면할 일도 아직 발생하지 않았다. 과연 두 사람에게는 제일 마음 편하고 평화로운 시기였으리라.

"모리사키는 말이죠, 사실 저 같은 애랑 친구가 될 타입이 아니었어요."

미치루는 몸을 움츠리고 작게 중얼거렸다.

모리사키 히로키는 반에서 인기 있는 학생이었다. 호감 가는 사람이었다. 미치루처럼 수수하고 소극적인 여자아이는 그에게 다가갈 기회조차 없었을 터이다—

"그래서 같이 도서위원을 할 때도 처음 한동안은 이야기를 나누지 않았어요. 저는 모리사키에게 뭐라고 말을 걸어야 할지 몰랐고, 모리사키도 그랬을 거예요."

하지만 미치루를 구원할 백마 탄 기사로 나섰을 때는 히로키의 입장이 변했다. 아니, 사고방식이 변했다고 해야 할까.

"모리사키는 저랑 친구가 되려고 해주었어요. 하지만 우리한테는 공통점이 없으니까, 있어도 책 이야기 정도밖에 없었으니까 모리사키도 곤란하지 않았을까요. 그러다가 어쩌다보니, 우리 가족 중에 별난 아저씨가 있는데 말이야—라는 이야기가 나왔어요."

산속에 지은 유령의 집 같은 낡은 별장에 전 세계의 진귀한 책을 모아둔 서재를 만들었어.

미치루는 흥미가 생겼지만, 따돌림 문제가 정리되기까지는 다른 일에 신경 쓸 여유가 없었다. 그래도 산속에 지어진 별장의 서재는 마음속 깊은 곳에 남아 있었다. 그래서 괴롭힘이 완전히 잠잠해진 3학기 중반이 되어 히로키가 다시 그 이야기를 꺼냈을 때는 반가웠다.

"저도 모르게, 나도 거기 가보고 싶다고 했어요."

그러자 히로키는 같이 가자고 말했다.

—나도 다시 한번 가고 싶었어.

히로키는 미치루에게 미노치 이치로의 별장을 둘러싼 사정을 정확하고 자세하게 말해주었다. 동시에 히로키는 별장의 위치도 잘 기억하고 있었다.

—기차로는 도저히 갈 수 없어. 산속이니까 차가 없으면 안 돼. 그러니까 가네하시 선생님께 부탁해보자.

가네하시 선생님도 홍미를 가졌다. 하지만 역시 선생님이기에 두 사람의 부모님이 허락을 해야 한다고 말했다.

"하지만 모리사키는 자기 부모님께 이야기하면 절대 허락하지 않을 거라고 하는 거예요. 유산 상속 물건이니까 멋대로 들어가면 안 된다고요. 그래서 몰래 가야 한다고 했어요."

—괜찮아요, 선생님. 연말에 갔을 때 창문 같은 걸 살펴봤는데, 유리창을 살짝 깨서 구멍을 내고 손을 넣으면 쉽게 자물쇠를 열 수 있어요. 몰래 들어가서 견학하고 몰래 나오면 돼요. 나쁜 짓을 하러 가는 게 아니니까.

유리는 깜짝 놀랐다. 히로키에게도 그런 일면이 있던 것이다. 하지만 처음 방문했을 때 창문 구조 따위를 관찰했다니, 참으로 히로키답기도 했다.

"가네하시 선생님은 화내지 않았어요?"

미치루는 지금까지 본 것 중에서 제일 장난스러운 표정을 지으며 예쁜 눈매를 누그러뜨렸다.

"처음에는 안 된다고 하셨지만, 결국은 모리사키에게 설득당했죠."

그리하여 셋이서 가게 되었다.

"약삭빠르게 드라이브라." 유리는 저도 모르게 중얼거렸다. "언제 갔지. 매일 부 활동이나 야구만 하는 것처럼 보였는데."

아쥬가 재빨리 "쉿!" 하고 소리를 내자 유리는 자신의 말실수를 알아차렸다. 미치루가 의아해하는 얼굴을 하고 있다. 큰일이다! 유리는 아주 부자연스럽게 헛기침을 했다.

"미치루, 그 서재를 어떻게 생각했어요?"

"나도 거기 있던 적이 있어." 아쥬도 당황해서 덧붙인다. "이렇게 유리의 경호원이 되기 전에는 친구들과 함께 거기서 먼지를 뒤집어쓰고 있었지."

"그렇구나, 아쥬도 실은 쥐가 아니라 책이로군요."

다행히 미치루의 관심은 다른 곳으로 옮겨간 듯하다.

"모리사키에게 이야기를 듣고 저 나름대로도 상상했었지만,

실물을 보자 그런 상상과는 완전히 격이 달랐어요. 지금까지 본 적도 들은 적도 없는 고서가 그렇게 가득……"

그렇다. 그곳에는 이 도서실보다도 많은 책이 모여 있었다.

"드라이브는 정말 즐거웠어요. 좋아하는 음악을 들으면서 달리고, 이야기를 하다가 도중에 도시락을 먹기도 하고, 경치도 구경하고요."

미치루의 말투가 약간 침울해졌다.

고색창연한 별장은 히로키의 계획대로 간단히 세 사람의 침입을 허락했다. 가네하시 선생님은 식은땀을 흘렸다고 하지만.

"서재에 다가가는 동안에 전, 점점 추워져서…… 왠지 모르게 기분도 나빠지고."

"고인 공기 때문이야." 하고 아쥬가 말했다. 미치루는 그 말에는 뭐라고도 반응하지 않았다. 기억을 끄집어내며 미간을 약간 찌푸리고 있었다.

"모리사키는 생기가 넘쳤어요. 가네하시 선생님 역시 긴장하고 계셨지만, 모리사키는 정말, 어쩐지 흥분했다고 할까, 들떠 있었어요."

회중전등을 손에 들고 이쪽, 이쪽 하면서 거침없이 서재로 나아갔다. 가네하시 선생님과 미치루는 어둑어둑한 별장 안에서 히로키를 열심히 뒤쫓아가야 할 정도였다.

"저…… 무서웠어요."

실제로 부르르 몸을 떨며 미치루는 말했다.

"방 전체가 고서로 이루어진 것 같은 그 서재. 정말 무서웠어요. 안에 발을 들여놓았더니 몸이 무거워지는 듯한 느낌도 들었고요."

하지만 미치루는 그런 말을 하지 않았다. 활기차게 눈을 빛내는 히로키를 방해하고 싶지 않았기 때문이었다.

"가네하시 선생님은 깜짝 놀라셨어요. 일본어로 쓰인 책이 안 보인다면서요. 선생님은 물론 영어를 잘하시고, 제2외국어로 스페인어를 배우셨대요. 하지만 여기 있는 책은 한 권도 못 읽을 것 같다고 하셨어요."

히로키는 서재에 들어가자마자 서가의 책을 살펴보는 데 열중해서, 두 사람이 말을 걸어도 건성으로만 대답했다. 미치루는 숨 쉬기가 너무 답답해져서 몇 번인가 서재를 나가 바깥 공기를 마셨다. 가네하시 선생님도 마찬가지였다고 한다.

모리사키 히로키에게는 서재에 혼자 남을 기회가 몇 번이나 있었다는 말이다. 그때 『엘름의 서』와 아쥬를 꺼내서 두 사람의 눈을 피해 챙겨넣었으리라.

"유리 님." 소라가 말을 꺼냈다. 유리는 또다시 그의 존재를 잊고 있었기에 하마터면 펄쩍 뛰어오를 뻔했다.

"뭐, 뭔데?"

"미치루 님께 여쭈어주시지 않겠습니까? 오빠께서 그때 어떤 모습으로 서가를 조사하고 계셨는지, 조금만 더 자세하게."

"자세하게?"

"그저 닥치는 대로 서가에서 책을 꺼내 넘기고 계셨는지, 아니면 어떤 목적이 있어 그것을 찾고 계셨는지 말입니다."

미치루는 '무서웠다'는 서재의 기억에 새삼스레 창백해진 채 고개를 숙이고 있다.

유리는 곁눈질로 아쥬를 보았다. "지금 소라가 제시한 의문에는 너도 대답할 수 있겠지?"

아쥬는 묘하게 허둥거렸다. "아, 아마도."

"아마도? 무슨 의미야?"

"난 말이야, 히로키가 손으로 잡고 서가에서 끄집어낼 때까지……"

잠들어 있었어. 긴 꼬리로 얼굴을 가리려 애쓰면서 아쥬는 자백했다.

"책도 자거든. 아무도 사용하지 않는 동안, 필요로 하지 않는 동안은 잠들어 있어."

"현자님도 자고 있었을까?"

"그 영감님은…… 현자라고 불릴 정도니까…… 그……"

"너처럼 곯아떨어지지는 않았다는 거지."

아쥬가 지금까지 모리사키 히로키와의 만남에 대해 묘하게 말이 없던 이유를 알았다. 요컨대 아쥬는 정신이 없었던 것이다.

"히로키의 가방에 들어가서, 내 옆에 있는 녀석이 엘름의 서라는 사실을 안 순간 난 절규했어. 하지만 이미 늦었지."

유리는 미치루의 이름을 불렀다. 고개를 든 미치루의 입술이 새파랗게 질려 있었다.

"그때 모리사키는 서재에 있는 특정한 책을 찾는 것처럼 보이지는 않았나요?"

미치루는 고개를 갸웃했다. 왼쪽 눈동자가 흔들린다.

이윽고 미안한 듯 고개를 저었다. "모르겠어요. 기억이 잘 안 나요. 어쨌거나 저는 영 기분이 안 좋았지만 그걸 모리사키에게는 들키고 싶지 않아서 필사적이었거든요.

아, 하지만— 하고 미치루가 눈을 크게 떴다.

"그러고 보니 모리사키가 이상한 말을 했어요."

드라이브를 가자고 계획을 세울 무렵의 일이다.

"얼마나 멋진 서재인지, 고서가 얼마나 많이 있는지, 이 세상의 것이라고는 생각할 수 없을 정도의 광경이라고 말하다가."

— 연말에 가족끼리 탐험하러 간 이후로 나, 자주 그 서재의 꿈을 꾸게 됐어.

"서재 안에서 누가 모리사키를 부른다고 했어요. 계속 부른다고요. 히로키, 히로키, 하고."

얼음 같은 전율이 신경을 따라 유리의 등줄기를 타고 올라왔다.

작년 12월, 가족끼리 미노치 이치로의 별장을 찾았을 무렵에 히로키는 미치루의 백마 탄 기사로 한창 싸우고 있었을 터이다. 그야말로 영웅처럼 행동하며 같은 편을 늘려 적을 쓰러뜨리려 하고 있었다.

그런 그를 서재에서 부르는 존재가 있었다. 그의 이름을 부른 것은—

황의를 입은 왕. 아니, '영웅'의 힘 그 자체. 그것은 한 사물의 양면이니까.

"소라, 이해됐어?"

유리는 입의 오른쪽 부분만 움직여 소라에게 물었다. 대답이 없다. 쳐다보자 소라는 다시 멍하니 미치루의 얼굴을 주시하고 있었다.

아쥬의 꼬리가 유리의 뺨을 가볍게 두드렸다. "나도 미치루에게 질문이 있는데."

유리는 고개를 끄덕였다. 미치루도 떨어뜨리고 있던 얼굴을 다시 들었다.

"미치루, 아까 손으로 더듬으면서 히로키를 불렀지? 그러면서 돌아왔느냐고 물었어. 그건 무슨 의미였지?"

미치루는 괴로운 듯 얼굴을 찡그렸다. 투신자살을 저지당하느라 기력을 소진한 후, 이같은 상황이 전개되었다. 피곤하리라. 하지만 유리도 이 질문에 대한 대답을 듣고 싶었다.

유리는 미치루 곁으로 다가가 등에 손바닥을 댔다.

"미안해. 이걸 끝으로 이제 질문 공세는 그만둘게. 미치루를 집까지 바래다줄게. 그러니까 아쥬의 물음에 대답해주지 않을래?"

미치루는 유리의 팔에 매달렸다. 수호의 법의를 통해 미치루의 온기가 전해져온다. 유리도 미치루의 손에 손을 포갰다.

"2학년이 된 후에, 이번에는 모리사키가 왕따를 당한다는 소문을 들었을 때."

"응, 응."

"저, 모리사키에게 사과하면서…… 진심으로 사과하면서…… 제가 다시 왕따를 당하면 되니까, 제가 학교에 오지 않으면 되니까, 더이상 저를 감싸지 말라고 부탁했어요."

물론 히로키가 승낙할 리 없다.

— 괜찮아. 그런 걱정 하지 마.

"하지만 모리사키는 역시 크게 상처를 입었어요. 지쳤죠. 이대로는 망가져버릴 거라고 생각했어요. 그래서 저는 가네하시 선생님과 상담해서 모리사키의 어머니를 만나러 가겠다고 말했어요."

히로키는 어찌된 일인지 그 사실을 알아차리고 미치루에게 단단히 못을 박았다고 한다. 그런 짓을 하면 절교라고. 가네하시 선생님도 설득했지만 히로키는 귀를 기울이지 않았다. 괜찮아요, 제힘으로 어떻게든 할 수 있어요. 저, 어떻게든 할 자신이 있어요.

그렇다. 유리는 마음속으로 고개를 끄덕였다. 자신이 있었던 게 틀림없다. 『엘름의 서』를 손에 넣어 그 영향을 받기 시작했을 테니까.

결과적으로 모리사키 히로키는 동급생 살상 사건을 일으켰다.

하지만, 사용한 것은 조그만 칼이다. 『엘름의 서』가 없어도, 황의를 입은 왕의 힘이 없어도 보통 중학생이 평범하게 사용할 수 있는 칼이었다. 그 점이 이해가 가지 않았다.

히로키에게 들러붙어 작은 칼을 잘못된 방법으로 사용하게 한다. 그 일에만 황의를 입은 왕의 사악한 힘이 작용했다는 건—도무지 이해가 가지 않는다.

하지만 그럴 수도 있을까. 그것도 '싸움'일까. 사람이 사람을 상처 입혀 피를 흘리게 하고, 목숨을 뺏는다. 어엿한 싸움의 형태를 이루고 있기는 했다.

"저, 그 사건이 있던 날 아침에 모리사키를 만났어요."

생각에 잠겨 있느라 유리는 하마터면 미치루의 말을 흘려들을 뻔했다. 한 박자 늦게, 사레가 들릴 정도로 놀랐다.

"만났어요? 그애를?"

"예. 등교하자마자 현관 신발장 있는 데서요. 모리사키는 어쩐지 몹시 활기찼어요."

히로키는 그녀에게 이런 말을 했다.

—오늘 깜짝 놀랄 만한 일이 벌어질 거야.

"깜짝 놀랄 만한 일." 유리는 그대로 소리 내보았다. 미치루는 창백해진 채 몇 번이나 고개를 끄덕인다.

—그걸로 전부 해결돼. 문제는 없어져.

"미치루는 그 말을 믿었어?" 아쥬가 물었다. 미치루는 고개를 저었다.

"무서웠어요. 전 겁쟁이예요. 모리사키가 이상하다고 생각했어요. 그때처럼 들떠 있는 것 같았는걸요."

그래서 미치루는 그를 쫓아가 캐물었다. 해결하다니, 어떻게 할 건데? 뭘 할 생각이야? 혼자 폭주하지 마.

히로키는 웃고 있었다고 한다.

—괜찮다니까. 걱정하지 마. 아마 잘될 테니까.

아마? 아마? 그럼 잘 안 되면 어떡해? 미치루가 필사적으로 물고 늘어지자 히로키의 얼굴에서는 갑자기 미소가 사라졌다.

—잘돼, 반드시. 전부 잘 끝나면 너한테도 확실히 설명해줄게.

"전 믿을 수 없었어요. 모리사키가 뭔가 터무니없는 일을 저지르려 한다는 사실을 알았을 뿐이었어요."

뭔가 나쁜 짓을 하려는 건 아니지? 히로키에게 다가가 열심히 따져 물었다.

―나쁜 짓?

히로키는 갑자기 어린아이로 돌아간 것 같은 순진한 표정으로 되물었다고 한다.

―나쁜 짓이라니, 어떤?

미치루는 대답했다. 어른들이랑 선생님들에게 질책당하고, 모리사키가 붙잡혀서 어딘가로 끌려가버릴 만한 짓 말이야. 그 시점에서 미치루의 불안한 상상은 분명하게 적중한 것이다.

하지만 히로키는 질문에 오히려 미소를 되찾았다. 미치루에게 다정한 웃음을 짓고 이렇게 말했다.

―만에 하나 그런 일이 벌어진다 해도, 난 널 만날 수 있어. 누구한테도 들키지 않도록 모습을 감추고 널 만나러 가서 무슨 일이 일어났는지 설명할게.

그것은 누구에게도 붙잡히지 않는다는 의미일까. 미치루는 점점 더 무서워졌다. 하지만 히로키는 동요하지 않았다.

약속할게, 하고 말했다.

―장소도 정해둘까? 도서실로 하자. 모습은 보이지 않아도 넌 그게 나라는 걸 알 수 있을 거야. 알 수 있도록 할게.

누구한테도 들키지 않도록 모습을 감추고. 굳이 그런 말을 남긴 데에는 의미가 있다. 히로키는 『엘름의 서』를 통해 마법을 익히고 있었으리라. 보통 인간을 초월하는 힘을. 마치 지금의 유리처럼.

이번에는 유리가 물었다. "미치루는 그의 말을 믿은 거죠?"

미치루는 믿었다. 아니, 믿고 싶었다. 그렇게 바랐다. 그래서 더이상은 히로키를 말리지 못했다.

"그래서 아까 우리를 히로키라고 생각했군요……"

미치루의 눈에 다시 눈물이 고이기 시작했다. 울고 또 울어도 이 소녀의 슬픔은 마르지 않는 것이다.

"사건이 일어나고 나서 저는 계속 기다렸어요. 언젠가 모리사키가 도서실로 돌아오기를요."

등교거부 후에도 도서실에는 왔다. 와야 할 이유가 있었다. 히로키가 돌아오겠다고 약속했기 때문에.

하지만 기다리고 기다려도 부질없었다. 히로키는 실종된 채 돌아오지 않았다. 사건이 일어난 지 벌써 며칠이 지났지? 미치루는 외롭고 무시무시한 곳에 홀로 남겨지고 말았다.

절망해서 죽음을 바라며 도서실로 왔다.

"아무런 근거도 없지만, 도서실 창문에서 뛰어내리면 모리사키가 있는 곳으로 날아갈 수 있을 것 같았어요."

유리도 그 기분을 잘 안다. 아플 만큼.

"괴로울 텐데 전부 이야기해줘서 고마워."

미치루의 몸을 안듯이 감싸 의자에서 일으켜 세웠다.

"자, 당신은 일단 집에 돌아가 쉬어야 해. 어쨌든 지금은 마음과 몸을 치료해서 건강해지는 게 먼저야."

약속해요. 얼굴 앞에 손가락을 하나 세우고 유리는 미치루를 똑바로 쳐다보았다.

"두 번 다시 자살 같은 건 생각하지 마요. 절대 생각하지 마. 그건 히로키를 슬프게 할 뿐이야. 알겠지?"

"히로키는 우리가 반드시 찾아서 데리고 돌아올 테니까. 알았지?" 아쥬도 소리 높여 말했다.

기약 없는 약속을 근거로 더 큰 약속을 되풀이한 셈이다. 그래도 미치루는 "예" 하고 대답해주었다.

"저, 기다릴게요."

"응. 믿고 기다려."

그때였다. 유리는 가벼운 현기증을 느꼈다. 한기가 온몸을 내달린다.

"올 캐스터 님!" 도서실의 책들이 차례차례 숨죽인 목소리로 속삭인다. "올 캐스터 님! 조심하십시오! 다가옵니다!"

유리는 재빨리 자세를 가다듬었다. 소라도 급히 주위를 둘러본다. 아쥬가 유리의 머리꼭지로 뛰어올라갔다.

"뭐가 다가와?"

책들이 빠른 말투로 다시 속삭였다. "'황인'이 새겨진 것이 옵니다!"

"그건 나야!" 아쥬가 이상하게 뒤집어진 목소리를 냈다. "너희들, 이제야 알아차렸냐? 나한텐 '황인'이 찍혀 있어. 하지만 괜찮다고."

"올 캐스터 님의 시종이 아닙니다!"

책들의 속삭임이 갈수록 높아지더니, 비명 소리로 변한다.

"다가옵니다! 다가옵니다! 빨리 이곳을 떠나십시오!"

떠나라니, 어디로?

소라가 유리의 손목을 잡고 도서실 출입구를 향해 달리기 시작했다. 한 팔로 미치루의 어깨를 끌어안은 채, 유리도 끌려가듯 달리기 시작한다.

"이쪽으로!" 소라는 소리를 지르며 도서실 문을 열어젖혔다.

세 사람은 복도로 뛰쳐나갔다. 유리의 머리카락에 매달린 아쥬가 공중으로 떠오른다. 그리고 그 작은 몸이 유리의 머리에 내려앉기도 전에 유리는 푹 고꾸라지다시피 멈췄다. 아쥬는 꼬리로 반원을 그리며 유리를 뛰어넘다가, 유리 앞을 달려가던 소라의 등에 부딪혀 검은 옷에 발톱을 걸고 매달렸다.

"뭐, 뭐야!"

소라도 멈췄다. 눈앞의 믿기 어려운 광경에 발을 멈췄다.

도서실은 학교 건물 서쪽 끝에 위치해 있다. 그래서 출입구 밖은 학교 건물이 L자로 꺾여 있는 모퉁이까지 복도가 일직선으로 뻗어 있다. 여기를 찾아왔을 때 복도는 옆에 줄지어 선 창문에서 밝은 햇살이 비쳐들어 눈부실 정도로 밝았다.

그런데 지금은 어두워져 있다. 아니, 정확하게는 어두워지고 있다.

천장과 양옆 창문과 벽, 그리고 복도. 네 변으로 구성된 사각형 공간이 통처럼 모퉁이까지 똑바로 뻗어 있다. 그 제일 안쪽의 네모난 공간을 새카만 어둠이 가득 채우고 있다. 그것이 스르르 다가오고 있다. 네모난 형태를 빈틈없이 유지한 채, 마치 암흑의 벽처럼 밀려오는 것이다.

복도가 네모난 어둠으로 채워져간다.

소라가 눈을 크게 뜨고 어둠에 시선을 못박은 채, 두 팔을 크게 벌리고 유리와 미치루 앞을 막아섰다. 유리 역시 미치루를 등으로 막으며 그녀를 다정하게 뒤쪽으로 밀어냈다. 그리고 소라의 팔 아래를 빠져나가 그의 앞으로 나섰다.

"유리 님!"

"괜찮아."

잠깐 말을 나누는 것과 동시에, 네모난 어둠이 유리의 코앞 일 미터 정도 되는 곳까지 닥쳐와서 딱 멈추었다.

유리는 양 어깨를 치켜들고 두 다리에 힘을 주고는, 턱을 젖혔다.

(2권에 계속)

옮긴이 **김은모**

일본 미스터리 번역가. 옮긴 책으로 『모즈가 울부짖는 밤』 『메르카토르는 이렇게 말했다』 『애꾸눈 소녀』 『미소 짓는 사람』 『밀실 살인 게임』 『달과 게』 『조화의 꿀』 등이 있다. 드넓은 일본 미스터리의 바다에서 색다르고 재미있는 작품을 건져올리기 위해 항해중이다.

문학동네 청소년문학 원더북스

영웅의 서 1

1판 1쇄 2010년 11월 25일 | 1판 3쇄 2015년 11월 18일

지은이 미야베 미유키 | 옮긴이 김은모 | 펴낸이 염현숙
책임편집 양수현 | 편집 박여영 | 독자 모니터 강정은
디자인 엄혜리 유현아 | 저작권 한문숙 박혜연 김지영
마케팅 정민호 이미진 정진아 전효선 | 홍보 김희숙 김상만 한수진 이천희
제작 강신은 김동욱 임현식 | 제작처 한영문화사

펴낸곳 (주)문학동네
출판등록 1993년 10월 22일 제406-2003-000045호
주소 10881 경기도 파주시 회동길 210
전자우편 editor@munhak.com | 대표전화 031) 955-8888 | 팩스 031) 955-8855
문의전화 031) 955-1927(마케팅) 031) 955-2684(편집)
문학동네카페 http://cafe.naver.com/mhdn

ISBN 978-89-546-1334-7 04830
     978-89-546-1341-5 (세트)

www.munhak.com